Christa Wolf
Sommerstück

Christa Wolf
Sommerstück

Luchterhand
Literaturverlag

2. Auflage, Mai 1989
Luchterhand Literaturverlag GmbH,
Frankfurt am Main
Lizenzausgabe mit Genehmigung des
Aufbau-Verlags, Berlin und Weimar
Copyright © 1989 by Aufbau-Verlag, Berlin und Weimar
Alle Rechte für die Bundesrepublik Deutschland,
West-Berlin, Österreich und die Schweiz beim
Luchterhand Literaturverlag GmbH,
Frankfurt am Main
Umschlagentwurf: Max Bartholl
Gesamtherstellung: Clausen & Bosse, Leck
Printed in Germany
ISBN 3-630-86699-9

Raubvogel süß ist die Luft
So kreiste ich nie über Menschen und Bäumen
So stürz ich nicht noch einmal durch die Sonne
Und zieh was ich raubte ins Licht
Und flieg davon durch den Sommer!

*Sarah Kirsch*

Allen Freunden jenes Sommers

Es war dieser merkwürdige Sommer. Später würden die Zeitungen ihn »Jahrhundertsommer« nennen, trotzdem würde er von einigen seiner Nachfolger noch übertroffen werden, infolge gewisser Veränderungen der Strömungsverhältnisse über dem Pazifik, die zu einem »Umkippen« des Ozeans und noch unabsehbaren Verschiebungen in der Großwetterlage über der nördlichen Halbkugel geführt hätten. Davon wußten wir nichts. Wir wußten, wir wollten zusammen sein. Es kam vor, daß wir uns fragten, wie wir einmal an diese Jahre denken, was wir uns und anderen über sie erzählen würden. Aber wirklich geglaubt haben wir nicht, daß unsere Zeit begrenzt war. Jetzt, da alles zu Ende ist, läßt sich auch diese Frage beantworten. Jetzt, da Luisa abgereist, Bella uns für immer verlassen hat, Steffi tot ist, die Häuser zerstört sind, herrscht über das Leben wieder die Erinnerung.

Es sollte nicht sein.

Damals, so reden wir heute, haben wir gelebt. Wenn wir uns fragen, warum der Sommer in der Erinnerung einmalig erscheint und endlos, fällt es uns schwer, den nüchternen Ton zu treffen, der allein den seltenen Erscheinungen angemessen ist, denen das Leben uns aussetzt. Meist, wenn der Sommer zwischen uns zur Sprache kommt, tun wir so, als hätten wir ihn in der Hand gehabt. Die Wahrheit ist, er hatte uns in der Hand und verfuhr mit uns nach Belieben. Heute, da die Endlichkeit der Wunder feststeht, der Zauber sich verflüchtigt hat, der uns beieinander und am Leben hielt – ein Satz, eine Formel, ein Glauben, die uns banden, deren Schwinden uns in vereinzelte Wesen verwandelte, denen es freisteht, zu bleiben oder zu gehen: Heute scheinen wir keine stärkere, schmerzlichere Sehnsucht zu kennen als die, die Tage und Nächte jenes Sommers in uns lebendig zu erhalten.

Was sehen wir denn, wenn wir die Augen schließen? Ein paar Figuren, hingeworfen auf einen in leuchtenden Farben gehaltenen Grund, darüber ein Himmel, hochgewölbt, tiefblau, wolkenlos, gegen Abend goldgetönt, schließlich nachtschwarz, bestückt mit einer Unzahl von Sternen. Jetzt! schrie alles uns an. Wie ein Hetzruf, der einem ins Blut geht: Jetzt! Jetzt! So schrien die Dinge uns um Erlösung an. Wir sollten so stark wir selbst sein, wie sie sie selbst sein mußten. Es konnte bedrohlich werden, ja. Mitten auf der Wiese der Kirschbaum in seinem unvernünftigen Blütentaumel, das war Ende Mai. Der Kirschbaum, der sich Ellen in die Netzhaut einritzte, kein anderer wird sein Bild je verdrängen. Oder die beiden Eichen, die ihr Astwerk ineinandergeschlungen haben und deren eine, rechte, für sie weibliche, auch dieses Jahr um ein, zwei Wochen später grün wurde als die andere, männliche – ein Vorgang, den Ellen als Sinnbild nahm. Oder die nestersuchenden Schwalben, die sich unter dem überhängenden Rohrdach einrichteten, unter dem Jan, kaum waren sie angekommen, die dicken Spinnwebplacken abfegte. Der unentzifferbare Code, den sie mit ihren pfeilschnellen Flügen gegen den blassen Morgenhimmel, mit ihren sanften Bögen gegen Abend auf brandroten Grund schrieben. Nie waren die Spinnen so schlimm wie dieses Jahr. Nie war der Himmel unentrinnbarer in seinem herrischen Blau. Und die Sterne letzte Nacht? Habt ihr das Gefunkel gesehen? Habt ihr gesehn, wie der Abendstern immer größer wurde, je länger man ihn ansah? War dir auch so, als würde er dich in sich hineinreißen? – Solche Fragen stellte Luisa durchs Telefon.

Nein. Nein, Luisa. Die Sterne waren oben, und ich war

unten, himmelweit von ihnen entfernt, und falls etwas an mir riß, meine ungestillte Gier nach den Sternen war es nicht.

Luisa und Ellen sind nicht aus dem gleichen Stoff gemacht.

Aber merkst du nicht, wie es dich treibt, daß du keinen Augenblick versäumen darfst. Weil bald etwas Schlimmes passiert.

Was meinst du, Luisa.

Merkst du nicht, wie alles zum Zerreißen gespannt ist.

Luisa dachte, das Himmelszelt werde eines Tages reißen und die Weltraumkälte könnte bei uns einströmen. Oder die Erde werde unter der Hitze bersten und sich bis zu ihrem rotglühenden Kern vor unseren Füßen auftun. Oder dieses Leuchten und Brennen und Flimmern werde das für unsere menschlichen Körper erträgliche Maß überschreiten. Merkst du nicht, wie du dich auflöst.

Nein, Luisa. Ellen blieb fest, wahrte ihre Konturen. Das war keine Fähigkeit, sondern ein Unvermögen, das sich als Fähigkeit tarnte. Das eingefleischte Unvermögen zur Selbstaufgabe. Wie lange, fragte sie sich, würde sie es halten können, noch halten wollen?

Und hast du keine Angst vor dem Ton, den das Himmelsgewölbe hervorbringen wird, wenn jemand jetzt daran schlägt? Spürst du nicht, mittags, wie dieser Ton dicht davor ist, auszubrechen und uns die Ohren zu zerreißen.

So Tag um Tag.

Wir wollten zusammen sein. Manche Tiere haben diese Witterung, lange ehe man sie zur Schlachtbank führt. Vergleiche, nicht zu rechtfertigen, auch nicht zurückzunehmen. Wir wußten nichts, es gab keine Anzeichen. Unter nichtigen Vorwänden suchten wir jeder die Nähe des anderen. Ein Alleinsein würde kommen, gegen das wir einen Vorrat an Gemeinsamkeit anlegen wollten. Wer kann sich andauernd auf der Tagesseite der Erde halten? Wie soll man es sich versagen, wenigstens im Geiste an jene Orte zurückzukehren, die, jetzt verödet, einst jenen sehr flüchtigen Stoff zu binden wußten, für den Glück ein Verlegenheitsname ist. Soll man der Versuchung nachgeben? Darf man es denn? Noch einmal diesen Grund auslegen. Diesen Himmel aufspannen. Den Bewegungen dieser Zufallsfiguren folgen, so wie ein Kind mit dem Finger die Linien eines Labyrinths nachzeichnet, ohne den Ausgang je zu finden. Uns noch einmal die Plätze bereiten, daß wir sie einnehmen können.

Doch wohin soll das führen? Ist Schönheit beschreibenswert?

Eine vernichtende Frage. Was bleibt zu hoffen für eine Zeit, die vom Hohn auf Schönheit gezeichnet ist? In der eine vertrackte Art von Mut dazu gehört, von einer gewissen Baumgruppe – Ellens beiden Eichen, die genau auf der Grenze zwischen Schependonks und ihrem Grundstück standen – zu behaupten und zu wiederholen, sie seien schön.

Dies nur als Beispiel. Luisa, die niemals fragen würde, ob zu einer Handlung oder Aussage Mut gehört, gebrauchte das Wörtchen »schön« sehr häufig, mit innigem Ausdruck und in inständigem Ton. Wir lächelten, wenn sie auf unseren Stadtgängen den Eckstein einer Treppe, eine Türklinke, eine Fensterumrahmung oder ein altes Innungsschild »schön« nannte, gar nicht zu reden von den alten Frauen, die in den kleinen alten Städten überall auf Bänken unter Bäumen, hinter einer spiegelnden Fensterscheibe, sogar auf Steintreppen vor den windschiefen bröckligen Fachwerkhäusern sitzen, die sich gegenseitig halten. Habt ihr gesehen, wie schön die war? Mit der Überlegenheit ist uns das Lächeln vergangen. Ohne Zwang, ohne Überredung hat Luisa uns sehen gelehrt. Versteht sich, daß wir uns wehrten. Wir begannen gewahr zu werden, welchen Preis der zahlt, der auf Schönheit angewiesen ist: Er ist dem Gräßlichen ausgeliefert, wie Luisa.

## 2

Natürlich war uns klar, daß man sich an nichts hängen soll. Natürlich hat ein Begriff wie »Haus« in unseren jüngeren Jahren keine Rolle gespielt. Ganz, ganz andere Wörter, erinnerte Ellen sich, hatten ihren Kopf vollständig besetzt gehalten. Was trieb sie auf Haussuche? Die Selbstrechtfertigungen, die sie sich schuldig waren, verblaßten vor Luisas Überzeugungen. Flucht? Aber wieso denn Flucht? Wo doch hier das wirkliche Leben ist. Ihr werdet sehen.

Luisa litt, daß sie zur falschen Jahreszeit und von der falschen Seite her ins Dorf kamen. Oft, oft sind sie dann noch von der richtigen Seite gekommen, vom Sandberg her, und beim richtigen Wetter, bei Sonne und praller Hitze. Beim erstenmal aber, davon war dann immer wieder die Rede, hatten sie sich zu Ostern, an einem kalten, windigen, regnerischen Tag, und von hinten her, über die Hügel, an das Dorf herangemacht. So habe es keinen Zweck, hatte Luisa angstvoll gesagt. So würde ihnen das Dorf nicht gefallen. Kalte Schauer schlugen ihnen ins Gesicht, sie stemmten sich gegen den Wind. Das ist hier so, sagte Luisa entschuldigend. Seenähe. Hör doch auf zu jammern, sagte Antonis, und sie lachten, daß Luisa sich für die Landschaft, die Jahreszeit und das Wetter verantwortlich fühlte. Sie kannten Luisa noch nicht gut. Wenn ihr im Sommer kommt, sagte sie, am besten mittags, wenn die Sonne senkrecht steht. Auf dem Sandberg müßt ihr anhalten. Dann seht ihr auf einmal euer Dorf daliegen, und ihr versteht gleich, warum es die Leute hier »Kater« nennen. Von rechts her, wo der Schwanz des Katers ist, springen euch die einzelnen weißen Häuser in die Augen, die leuchten nämlich, unglaublich schön ist das. Dann kommt der Knick in der Häuserreihe beim Transformatorenhäuschen, wo Schependonks Pferd grast, aufgedunsen vom Gras und von der Hitze, als müßte es platzen, aber euer Haus seht ihr immer noch nicht. Ganz links liegt es unter den Bäumen versteckt am Kopf des Katers, vielleicht hundert Meter weit müßt ihr in den Wiesenweg reinfahren, dann seht ihr es. Ihr werdet erschrocken sein, wie rot es ist.

Jenny, ihnen immer voraus, ließ ihr langes blondes Haar und die Schöße ihres olivgrünen Parkas hinter sich flattern, wenn sie gegen den Wind die Hügel hinunterlief, und sie kam als erste auf der höchsten Kuppe an, auf welcher der trigonometrische Punkt stand, ein Holzlattengerüst, das durch ein Warnschild des geodätischen Instituts gegen mutwillige Beschädigung gesichert war, das wir sofort »Neandertaler« tauften und das, über die Jahre hin, vor unseren Augen verfiel und am Ende spurlos verschwand. Dort oben stand Jenny, drehte sich sehr langsam um ihre Achse, suchte mit den Augen die Landschaft ab und rief: O Mann! Mann Mann!

Gefällt es dir? rief Luisa, fast ungläubig, zurück. Ja, sagte sie später, daß Jenny die Gegend gefallen würde, daran habe sie nicht gezweifelt; auch wegen Jan hätte sie sich keine großen Sorgen gemacht. Aber daß Ellen hier hätte leben wollen, das sei ihr doch sehr unwahrscheinlich vorgekommen. Mir auch, sagte Ellen dann jedesmal und suchte sich wieder daran zu erinnern, wie ihr beinahe alles recht gewesen wäre, was sie aus der Stadt herausgebracht hätte, wo ihr beinahe nichts mehr recht war.

Rahmers Haus, das sie an jenem Vormittag betraten, war nicht das gleiche Haus, durch das wir jetzt in Gedanken und in unseren Träumen immer wieder gehen. Antonis, versessen auf alte Möbel und alte Häuser, hatte die Vorverhandlungen mit Herrn Rahmer geführt, der jetzt in seiner ganzen Besitzerwürde vor die Tür trat und sie förmlich, beinahe feierlich, einlud, einzutreten. Endlich blüht die Aloe... Ellen suchte die nächste Zeile, während sich zum erstenmal die grüne Haustür vor ihr öffnete, »auftat«, wäre wohl das passende Wort, während sie zum erstenmal über die alten, unbeschädigten, in schwarz-weißem Rhombenmuster angeordneten Bodenfliesen im Flur gingen, die Köpfe einzogen unter der niedrigen Stubentür, die damals noch weiß, nicht dunkelbraun gestrichen war. Endlich blüht die Aloe, endlich trägt... Am Ofen die beiden dicken Frauen: Frau Rahmer, ihre Krücken neben sich, und Olga, auf die Luisa uns zaghaft vorbereitet hatte: Erschreckt nicht, ihr werdet sehen, sie ist ein bißchen merkwürdig. – Was heißt merkwürdig, hatte Antonis gesagt, sag doch, wie es ist, schwachsinnig ist sie, was ist dabei! – Ach, Antonis!

Olga war es dann gewesen, die die Begrüßung in die Länge gezogen hatte mit ihren heftigen Rufen: Aufs Sofa! Aufs Sofa!, gegen die Frau Rahmer jedesmal heftig protestieren mußte: Nein! Nein! Auf Olga sollte und sollte man nicht hören. – Sie ist nicht dumm, behauptete Luisa steif und fest, glaub mir! Achtet mal drauf! – Auf allen Familienfotos, die Herr Rahmer später aus einer uralten Blech-

Keksschachtel herauskramte, stand oder saß Olga am Rand der Gruppe. Fotos von einzelnen Personen gab es nicht, von Paaren nur am Tag der Hochzeit – auch der Silbernen, gegebenenfalls der Goldenen Hochzeit. Seht ihr's nun, flüsterte Luisa. Es stimmte, daß Olgas Gesicht, dem man, als sie ein kleines Kind war, eigentlich nichts Besonderes ansehen konnte, mit den Jahren immer schwammiger, daß ihr Körper immer unförmiger wurde, bis sie war, wie wir sie nun sahen, mit dümmlichem Gesichtsausdruck, herabhängender Unterlippe, lange Zeit teilnahmslos vor sich hindösend und an unerwarteten Stellen des Gesprächs aufgeregt, sogar vorlaut. Wohin soll Olga gehen, wenn sie hier weg muß, fragte Ellen sich, und die Frage wurde ihr beantwortet, ohne daß sie sie aussprechen mußte: In ein Heim komme sie, sagte Olga vergnügt, die Fürsorgerin habe ihr schon einen Platz besorgt. Das wird schön! rief Olga, und beide Rahmers, Bruder und Schwägerin, konnten nur die Achseln zucken. Ihr Sohn und ihre Tochter, die auf der Fotofolge so eilig heranwuchsen, wollten ihr Elternhaus nicht, nicht geschenkt; die saßen fest in ihren Stadtwohnungen, die mochten nicht mal hier Ferien machen, die fuhren nach Bulgarien oder bauten sich einen Bungalow an einem See. Frau Rahmers einzige Sorge war, ob der Kaufpreis die Hypothek decken würde, die auf dem Haus lag, aber darüber hatte Jan den alten Rahmer schon beruhigt, der nun am liebsten ausführlich aus seiner Bürgermeisterzeit erzählen wollte, von der noch der Schreibtisch zeugte, der unter das zweite niedrige Fenster gerückt war, und das altertümliche Telefon, ein verschnörkelter Holzkasten mit Kurbel, das von hier aus direkt in das nächste Heimatmuseum wandern würde. Herr Rahmer war einstmals ein gewichtiger Mann in der Gemeinde gewesen, dafür gab es Beweise, die er mit genauen

14

Daten verknüpfen wollte, nach denen er in seinem alten Kopf herumsuchen mußte, da aber schnellte Olga ihren Kopf heraus, den sie sonst schläfrig wie eine Schildkröte in ihrem faltigen Hals eingezogen hielt, und stieß, unfehlbar richtig, das gesuchte Datum hervor. Tja – das könne sie, sagte Herr Rahmer, und Frau Rahmer setzte hinzu: Das sei aber auch das einzige, was sie könne. Und rumtreiben. Na, na, sagte Herr Rahmer. Das seien doch alte Geschichten. Antonis schlug vor, sie sollten zur Sache kommen. Endlich blüht die Aloe, endlich trägt der Palmbaum Früchte...

Sie besichtigten das Haus, an dessen Urzustand wir uns nur mühsam erinnern können, nur, wenn wir in Gedanken neben Herrn Rahmer noch einmal durch die paar Stuben gehen, die zugige, nach allen Seiten hin offene Küche – kein Wunder, wenn Frau Rahmer hier Rheuma gekriegt hatte! Mit ihren Krücken humpelte sie die ganze Zeit nebenher, sie sei zu nichts mehr imstande, das würden wir nun doch selber sehen –, die leeren Ställe, in denen altes Stroh lag, ein paar Hühner kratzten darin herum, schließlich der Hof, die riesige Wiese mit den Obstbäumen. Na, sagte Jan leise zu Ellen: Das ist es, wie? Ellen nickte. Gleich bei diesem ersten Gang, sagte Jan später wieder und wieder, habe er vor sich gesehen, was daraus zu machen war. Nicht die Arbeit in ihrem ganzen Umfang, die auf sie zukam, das nicht. Aber die Umrisse eben, eine Art Vision, die, während sie sich allmählich verwirklichte, die Erinnerung an das alte Haus in uns verdrängte. Das Haus, wie es dann wurde, wird in uns weiterleben, jeder Winkel, jede Abmessung, jeder Lichteinfall zu jeder Jahreszeit ist für immer in uns aufbewahrt. Nicht nur das Sommerlicht, aber das am stärksten.

Ob sie es sich denn auch gut überlegt hätten, fragte Ellen Frau Rahmer; schließlich wollten sie ihr doch nicht ihr

Haus wegnehmen. Da gebe es nichts mehr zu überlegen, hatte Frau Rahmer erwidert. Ihre Hüfte werde auch nicht mehr besser, und wer solle am Ende das Ganze bewirtschaften.

Was denkst du, fragte Jan nun Jenny. — Da fragst du noch? Frag Mutter. — Die ist dafür. — Tatsache? Ich auch. — Luisa umklammerte kurz und heftig Ellens Oberarm. Antonis, der Vermittler, hatte die Entscheidung Herrn Rahmer, dem Besitzer, mitzuteilen. Es freue ihn, sagen zu können, die Sache sei perfekt. Herr Rahmer und Jan tauschten mitten in der Rahmerschen Küche einen langen festen Händedruck. Nächste Woche käme der Schätzer, danach könnten sie den Kaufvertrag abschließen.

Endlich schwindet Furcht und Weh... Ellen hatte eine kurze unwirkliche Erscheinung von einem zukünftigen Leben in diesem Haus, die aber, anders als Visionen sonst, an die Wirklichkeit nicht heranreichte. In die Wohnstube zurückgekehrt, hatten sie einen Klaren zu sich nehmen müssen, Olga hob ihr Glas: Prösterchen! und ließ sich nachschenken. Dann konnte man gehen — nicht ohne daß Jan Herrn Rahmer fragen mußte, ob der alte Herr mit Bart, dessen großformatiges Foto unter Glas über der Tür hing, vielleicht sein Vater sei. Aber nein doch! hatten alle drei Rahmers zugleich ausgerufen. Das sei ihr Bruder Johannes, der zur Zeit der Neuapostolischen Gemeinde vorstehe, der sie alle angehörten und von der sie so viel Gutes hätten. Jenny fragte mit ihrer undurchdringlichen Miene, was sie denn Gutes von der Neuapostolischen Gemeinde hätten, da bekam sie den Bescheid, nun, viele Brüder seien zum Beispiel Handwerker. Oh, sagte Jan. Ob Herr Rahmer ihm wohl Adressen von seinen Handwerkerbrüdern geben würde. Freilich, sagte Herr Rahmer. Dat geit kloar.

So, sagte Jan, wieder auf der Dorfstraße, jetzt stehn wir

unter dem Schutz der Neuapostolischen Gemeinde. –
Endlich wird der Schmerz zunichte... Es sei so schön, so
unglaublich schön, sagte Luisa, mit diesem Jubel in der
Stimme, sie würden Nachbarn werden, sie freue sich so.
Bleib ruhig, Kleine, sagte Antonis, ließ sich nichts anmerken und fing an, mit Jan über Rohr, Holz und Maurer zu
sprechen, und wenn man die vielen Stunden, die sie seit-
dem über Rohr, Holz, alte Möbel, Maurer, Zimmerleute
und Ofensetzer gesprochen haben, hätte zählen wollen,
dann hätte man an jenem Ostersonntag damit anfangen
müssen, aber daran hat keiner gedacht. Wie sollten wir
auch. Der Wind, dieser ewige Wind von der Küste her,
blies die tiefhängenden Wolken landeinwärts, es regnete,
dann schien plötzlich die Sonne aus einem Himmelsloch,
Luisa rief: Seht ihr das!, sie und Jenny faßten sich an und
hüpften wie Kinder die Dorfstraße entlang, Antonis sagte:
Da haben die Leute was zu gucken!, aber wieviel Leute
konnten das schon sein in den fünf Häusern, die Kopf und
Hals des »Katers« bildeten. Elf Leute, genau gerechnet,
Frau Käthlin und Frau Holter lebten noch, seit ihrem Tod
hat die Einwohnerzahl sich vergrößert.

Wir alle, jeder von uns, haben uns immer an jede Einzelheit dieses Tages erinnert. Wie wir über die Hügel zurückliefen, als flögen wir, plötzlich in übermütiger Stimmung.
Wie wir wieder zu dem Haus von Antonis und Luisa kamen, welches der Inbegriff aller Bauernhäuser war und
bleiben würde. Wie des Antonis kleine flinke Großmutter
ihnen einen Salat zubereitet hatte und sie raten ließ, was
das sei, bis herauskam, es war der erste zarte Löwenzahn,
mit Zitrone und Knoblauch gewürzt, auf griechische Art,
und wie der Großmutter Äuglein funkelten, daß diesen
Deutschen ihr Salat schmeckte, daß sie sogar Knoblauch
aßen, so daß sie glaubte, sie müßten sie verstehen, wenn

sie mit ihnen griechisch sprach. Wir verstanden sie auch, bis zu einem gewissen Grad, wenn wir den Bewegungen ihrer feinen, verarbeiteten Hände folgten und in ihre wasserhellen, fältchenumgebenen Augen sahen. Wir sagten: Ja, Großmutter, ja. Ellen aß ihr erstes Stück einer griechischen Pita, mit Quark gefüllt, die Luisa backen konnte wie niemand sonst und die von dieser Stunde an zu ihren Lieblingsspeisen gehören würde. Immer würde Luisa ihr die Rand- und Eckstücke zuschieben, nie vergaß sie, was jemand liebte oder sich wünschte. Dies war der Anfang von etwas, wir fühlten es stark, wir wußten nicht, wovon, und wir merkten, daß wir auf neue Anfänge nicht mehr gehofft hatten. Endlich wird der Schmerz zunichte... Jenny und Luisa würden ihre Köpfe zusammenstecken, einen blonden glatthaarigen und einen dunklen krausen, sie würden herumalbern wie Kinder, Antonis würde Wein nachschenken und sie zu essen nötigen, auf griechische Art, Ellen und Jan hätten zum erstenmal ihre Plätze auf der Bank unter der Küchenklappe, in allem, was wir taten, steckte die Fähigkeit zu dutzendfacher Wiederholung, so einfach war es. Endlich sieht man Freudental... Kerzen brannten. Die Katze war schon wieder tragend. Die blühenden Geranienstöcke an den Fenstern waren auf dem besten Weg, Geranienbäume zu werden. Ellen sagte, ich sag euch mal die Strophe eines Gedichts, das Ganze kenn ich nicht, hört mal zu: Endlich blüht die Aloe / Endlich trägt der Palmbaum Früchte / Endlich schwindet Furcht und Weh / Endlich wird der Schmerz zunichte / Endlich sieht man Freudental / Endlich, endlich kommt einmal.

Ein kleines Schweigen, Luisa lief aus dem Zimmer, Antonis hob sein Glas und sagte zum ersten von hundert Malen: Willkommen in Winsdorf Ausbau. Wieder und wieder, über die Jahre hin. Die Beleuchtung wird wechseln, wir werden älter werden, die Mühle der Wiederholungen war in Gang gesetzt. Ellen wußte auf einmal den Dichter des Gedichts, die erste Zeile fiel ihr ein: Endlich bleibt nicht ewig aus. Dann kam sie auf den Titel: Trost-Aria.

3

Alles mögliche geschah, das schöne Unbedeutende, das man leicht vergißt. Daß im nächsten Frühjahr – auf dem Land braucht alles Zeit – Jan und Jenny sich für ein paar Tage bei den Rahmers einquartierten, kurz ehe die auszogen. Daß sie in Rahmers Ehebetten schliefen und nachts durch die Holzwand aus der Nebenkammer Olgas »sämtliche« Geräusche hörten, so drückte Jenny sich aus. Und an jedem Morgen, den der liebe Gott werden ließ, starr und steif und stumm aus ihren Betten Olga mit den Blicken folgten, wie die, einen vollen Nachttopf am ausgestreckten Arm vor sich her tragend, laut murmelnd und schimpfend ihr Zimmer durchquerte. Daß sie schon zum Frühstück nach Landessitte fettes Bauchfleisch vorgesetzt bekamen, mittags dann den mecklenburgischen Kartoffel-Apfelbrei mit ausgelassenem Speck. Daß sie mit Fritz Schependonk, dem Nachbarn, Bekanntschaft schlossen, der sie beide für ein heimliches Paar hielt und Jan unter Männern anvertraute, ihm stünden die Sinne auch noch mal nach einer blonden Achtzehnjährigen; ob er, Jan, glaube, daß er sich Hoffnung machen könne. Vaters Gesicht! sagte Jenny. Zu blöd, daß er nicht schwindeln kann. Daß sie schließlich, nach Hause zurückgekehrt, alle ihre Kleider sofort in die Badewanne warfen, um das Dutzend Flöhe zu ertränken, das in ihnen steckte.

Legenden aus der Pionierzeit, später wieder und wieder aufgetischt an den Grillfeuern, wie bei den alten Germanen, sagte Jenny. Jan sagte, als sie, im Sommer, von der richtigen Seite her auf ihr Dorf zufuhren, in der Natur gebe es keine richtigen oder falschen Seiten. Auch keine genauen Wiederholungen, daher auch keine Langeweile. Nie würden sie des Anblicks vom Sandberg aus auf das Dorf müde werden, nie der sanft geschwungenen, leicht erhöhten Horizontlinie, die sie von ihrer Haustür aus vor Augen hatten, nie des Panoramas der flachwelligen Landschaft vom ansteigenden Ostufer des Teichs. Oder der Himmel, sagte Ellen, die sich bei dem Argwohn ertappt hatte, es werde doch einmal etwas wie Langeweile für sie geben, etwas wie Überdruß, Reizlosigkeit, und die ihren Landaufenthalt insgeheim auch als ein Mittel dagegen ansah, wie alles Neue ein Mittel gegen den Überdruß am Alten ist. Dann war sie überrascht, daß sie anfangs immer gegen Abend von einer grundlosen Melancholie überfallen wurde, bis sie begriff, daß die vollkommene Stille, die hier herrschte, die sonst unwillkürlich andauernd angespannten Abwehrkräfte ihres Nervensystems abschaltete.

Mit dem Haus war es dasselbe. Als gebe es ein Gesetz, daß man es soundso oft – aber *wie* oft, das weiß natürlich niemand – beim Näherkommen daliegen sehen müsse, ehe man es für immer erkannt und behalten hat. Zuerst taucht das graubraune, silbrig schimmernde Rohrdach auf, wie ein gut sitzendes, sorgsam gestutztes Igelfell, das sich glattlegt unter den Herbstregen und sich aufsträubt in der Sommerhitze. Dann, durch die alten, üppig tragenden Apfelbäume des Vorgartens durchscheinend, in das rote Ziegelmauerwerk eingepaßt, die weiße Fensterreihe, vier links, eines rechts von der blaugrünen Tür, die Jan später schwarzgrün streichen würde. Zuletzt, direkt unterm

Dach, die dunklen Balken, die jedes Jahr mit Altöl getränkt werden mußten. Und wir, aus weit auseinanderliegenden Landstrichen zusammengekommen, sehr verschiedene Muster in uns tragend dafür, wie ein Haus sein soll – wie können wir alle beim Anblick eines mecklenburgischen Bauernhauses das gleiche Gefühl haben, lange nicht mehr gekannt: das Gefühl, nach Hause zu kommen?

Das feine Knistern, wenn beim Öffnen der Tür die Spinnweben zerreißen. Die modrige, abgestandene Luft des alten Fachwerkhauses, die einem im winterkalten Flur entgegenschlägt. Das Aufstoßen der Fenster, die sich nach außen öffnen und mit Haken befestigt werden. Das Lüften der Matratzen und Kissen, das Aufstellen der Bücher auf dem alten schadhaften Sekretär im »kleinen Zimmer«. Das Auswischen der Stuben, immer noch gegen diesen inneren Widerstand. War es nicht falsch, sogar lächerlich, ihre Zeit derartig zu verschwenden. Sollte man nicht, anstatt den Ofen abzuwischen, die Sätze notieren, die einem im Kopf herumgingen. Andererseits: Wieso sollten die Sätze wichtiger sein als ein sauberer Ofen. Und hatte sie nicht, dachte Ellen, in den letzten ein, zwei Jahrzehnten einen großen Teil ihrer Zeit falsch angewendet. Der Widerstand verging sofort, wenn sie vor die Tür trat. Die Sonne stand senkrecht über dem Dach. Sie wartete, ob sich das Gefühl von Unwirklichkeit wieder einstellen werde. Sie brauchte nur den rotflammenden Quittenstrauch jenseits der Straße anzusehen, eine wilde Unmöglichkeit vor dem nüchternen Getreidefeld. Oder hochzublicken in die von Blüten über und über besetzte Krone eines der Apfelbäume, die ein Bauer vor fünfzig Jahren gepflanzt hatte, damit seine Kinder und Enkel sie abernten sollten, und deren Äpfel nun wir im Herbst zur Mosterei bringen würden. Pfeile von Unwirklichkeit in den wirklichsten Vorgängen, die sie trafen und ihr unmerkliche Wunden ritzten, aus denen der Stoff ihr entströmte, den man anscheinend braucht, um die eigene Anwesenheit auf irgendeinem Punkt dieser Erde ganz ernst, bitterernst zu nehmen. O ja, sie wußten schon, was sie von den Bauernfamilien unterschied, die so lange hier gelebt hatten und deren Fotos Jan in der Stube aufhängte, über ihren eigenen Familienfotos. Als sei er gewillt, sich selbst in eine weit zurückreichende Geschlechterreihe einzuordnen, nur weil er jetzt dieses Haus bewohnte.

Ellen brachte jenen Laut hervor, der Jan so mißfiel, wenn er ihn zu hören kriegte, und den sie vergebens in eine Art Lachen umzuwandeln suchte. Sie wußte, es war nicht ungefährlich, sich diesem Unwirklichkeitsgefühl zu überlassen, aber sie brauchte es mehr als alles andere. Es ging ihr bis auf die Knochen, drang durch Mark und Bein. Es war sinnlos, daß Jan sie danach befragte, aber er mußte es immer wieder tun, und sie mußte ihm immer wieder ausweichen. So waren die Regeln, vor vielen Jahren eingesetzt, von wem, weiß man nicht. Ellen zitierte Jan einen Satz aus einem Buch, das sie eben zufällig aufgeschlagen hatte: Sicher, früher oder später werden Mann und Frau wie Verwandte, aber das kommt ganz von selbst, wenn die Leidenschaft sich gelegt hat. Jan schwieg. Irgendwann an diesem Tag würde er Ellen ins Haar fassen, ihren Kopf nach hinten ziehen. So? Hat die Leidenschaft sich gelegt?

Jetzt sagte er, sie sollten zum Teich runtergehen, den sie, auf einen Vorschlag von Irene, im Lauf des Sommers »Weiher« benennen würden; nachsehen, ob die Schwäne und die Taucherpärchen wieder da wären. Die Schwäne hatten fünf Junge, die sie sorgfältig vor den Blicken der Menschen verbargen. In stolzem Zug, je eines der Eltern an Anfang und Ende, die fünf Jungen in genau gleichem

Abstand hintereinander aufgereiht, verschwand die Familie eilig hinter der wildüberwucherten Insel in der Teichmitte, auf der außer dem Schwanenpaar unzählige andere Wasservögel brüteten. Jan würde sich ein Fernglas kaufen, um sich einen Überblick über die Vogelarten zu verschaffen. Lange beobachtete er einen Haubentaucher, fasziniert durch dessen Fähigkeit, regelmäßig viel später und ganz woanders wieder aufzutauchen, als er es erwartet hätte. Achtzig Prozent der Landschaft sind Himmel, sagte Ellen. Das konnte ihr recht sein. Zwar zog Jan seit seiner Kindheit die Berge vor, aber nun schien es, daß er ohne sie auskam.

Am Abend, als Ellen in der großen Stille, die früher wohl eines der Elemente der Erde gewesen ist und sich jetzt aufs Land zurückgezogen hat, in ihrem dunkelbraunen Holzbett lag, konnte sie spüren, wie die angespannte, durch Zermürbung entstehende Stadtmüdigkeit, die dem Schlaf nicht günstig ist, in die schwere, gesunde Landmüdigkeit überging. Vor dem Einschlafen dachte sie noch, wie lange sie jenen Stich in ihrem Innern nicht mehr gespürt hatte, mit dem ihr Körper ihr anzeigte, wenn sie bis auf den Grund erschüttert war. Hatte die Leidenschaft sich gelegt? Sie wußte es nicht.

Gegen Morgen hatte sie einen ausgesucht gräßlichen Traum. Wieder einmal fand ein Kongreß statt, in einem jener geräumigen, unübersichtlichen Traumgebäude mit einer Unzahl von Räumen und Gängen. Eine gemischte Menschenmenge, auch Ausländer darunter, Ellen sah weiße fremde Gewänder, Turbane. Im Mittelsaal, dem eigentlichen Tagungsort, den sie beklommen wiedererkannte, Redner, Geschäftigkeit, Ovationen. Es blieb ihr unbewußt, aus welchem Anlaß sie begann, sich zurückzuziehen, durch all die immer öder werdenden Säle, Kabinette, Zimmerfluchten und Gänge zum Rand des Gebäudes hin in unwirtliche, menschenleere Räumlichkeiten. Ein Rückzug auf sich selbst, verstand sie undeutlich. So geriet sie sehenden Auges – zuletzt ging es sogar eine Art Rutschbahn hinunter – endlich in eine ausweglose Lage: In einer engen Zementkammer stand sie an die Wand gedrückt, dicht vor ihr lief eine Art Schaufelrad, das diese Kammer wohl mit der Oberwelt verband, auf das sie aber nicht gelangen konnte, ohne zerquetscht zu werden. Durch winzige, grüne Papierschnipsel, die sie von einem Buntpapierblatt abriß und in die Schaufeln klemmte, signalisierte sie ihre Lage nach oben. Grün ist die Hoffnung, dachte sie im Traum. Nach einer langen Zeit hielt man das Schaufelrad an. Jans Stimme, künstlich ruhig gehalten, worüber sie lächeln mußte, gab ihr die Anweisung, sich ganz dünn zu machen, dünn wie ein Blatt Papier, um sich durch einen winzigen Spalt nach oben durchzuzwängen. Fast unsichtbar werden: Das war der Preis für Überleben. Sie hatte keine Wahl.

Früh wunderte sich Jan über ihren Bärenschlaf. Gegen fünf, sagte er, hätten die gelben Landwirtschaftsflugzeuge das Haus in höchstens fünfzig Meter Höhe überflogen, mehrmals, um auf den umliegenden riesigen Feldern der KAP Dünger zu streuen. Hoffentlich haben wir nichts davon abgekriegt, sagte er. Oder die Bienen auf dem Lupinenfeld, wie letztes Jahr. Der Lärm von Ellens Schaufelrad war erklärt. Jan, der ihre Abendgedanken und ihren Morgentraum nicht kannte, war verstimmt, als sie, für sich selbst überraschend, sagte: Ich glaube, wir müßten anders leben. Ganz anders.

## 4

Jetzt müssen wir von der Hitze reden. Die hatte erst angefangen, wir wußten noch nicht, daß es Die Hitze war. Ein
schöner Sommer wird das, sagten die Leute. Ein warmer
Sommer. Ein Hitzesommer. Die Zeitungen fingen an, ihn
vorsichtig zu tadeln. Er hielt sich nicht an die Produktions-
pläne der Landwirtschaft. Wochen und Wochen fiel kein
Tropfen Regen, und das in dieser meernahen Gegend. Die
Natur schien gegen sich selbst zu arbeiten. Jeden Morgen
stieß Ellen die Hintertür auf, trat auf den Grashof: Da war
er, der sich gleich bleibende Sommer. Da stand die Sonne
hinter dem lichten Kirschgehölz und sang. Sang wie hundert Stare, die als kreischende dunkle Wolke aufstoben,
wenn Ellen in die Hände klatschte. Nun berührte der un-
tere Rand der Sonne den Kirschbaum, die letzte Gelegenheit für heute, sie als Scheibe, Kugel, Gestirn zu sehen.
Minuten später schon werden wir die Augen gegen sie ab-
schirmen müssen. Neu war es Ellen, ein Wort wie »lustvoll« in den Tag hinein zu denken. Sich darin zu üben,
zuerst die Augen, dann die anderen Sinne zu öffnen. Vor
dem dichten Vorhang der Stille die Morgengeräusche des
Dorfes einzeln zu unterscheiden. Die brandige Trocken-
heit, die von leichter Bitterkeit durchsetzte Frische der
Luft zu riechen. Die Wärme auf der Haut zu spüren. Auf
die sanfte Gegenströmung von innen her zu warten, die so
lange unterdrückt gewesen war und die keinem Zwang
gehorchte.

Bis von jenseits der Dorfstraße, aus ihrem mit flammen-
dem Mohn über und über besetzten Vorgarten, Tante
Wilma herüberwinkte. Ellen rief einen Gruß, den Tante
Wilma beantwortete, obwohl sie ihn nicht hatte hören
können. Tante Wilma, weit über siebzig, mit ihrer schlan-

ken, immer noch straffen Figur, dem ordentlich aufgesteckten Haar, das von einem feinen Netz gehalten wird, dem schönen faltenreichen ovalen Gesicht, den wasserhellen Augen. Tante Wilma, die voll Ehrfurcht von der Hitze sprach. Passen Sie Achtung, hatte sie vor zwei Wochen gesagt, jetzt geht sie bei und verschlingt unseren Tümpel, und dann konnten sie zusehen, wie der Rand des trüben Wassers zwischen Schependonks und ihrem Gehöft sich Tag für Tag um mehrere Handbreit zurückzog, bis Schependonks Jungenten den Teich aufgeben mußten, bis auch der Storch, der sonst jeden Mittag im Tiefflug vom Hauptdorf herüberkam und ihn in seinem lächerlich gravitätischen Stechschritt nach Fröschen absuchte, von seinen Bemühungen abließ. Bis der Tümpel sich in ein Schlammloch verkroch, sich binnen weniger Tage mit einem hellgrünen Grasflaum überzog und nun trocken stand. So hatte Tante Wilma ihn noch niemals gesehen, das sagte sie jedem, und sie war die Älteste hier. Mal eins zusehn, was sie sich nun noch vornehmen tut. Jetzt sprach sie von der Hitze wie von einer gleichgestellten Persönlichkeit, deren unvorhersehbaren Beschlüsse man zu respektieren hat, ja sogar, das verwunderte Ellen, herbeiwünscht. Es war kaum zu glauben: mit ihren siebenundsiebzig Jahren war Tante Wilma immer noch neugierig. Jan hatte viel übrig für Tante Wilma. So zerstreut und unaufmerksam er sonst sein kann, so schlecht er oft zuhört – von Tante Wilma konnte er sich stundenlang die verwickelten Verwandtschaftsbeziehungen zwischen ihr und dem guten Dutzend anderer Schependonks in den umliegenden Dörfern auseinandersetzen lassen. Wie die einzelnen mit ihren Familien, wie wiederum diese Familien untereinander zusammenhingen, was sie voneinander wußten oder nicht wissen wollten, was ihnen über Jahrhunderte hin am wichtigsten geblieben war – das fand seine Teilnahme. Wie die Leute leben. Als hätte er sich nie für etwas anderes interessiert.

Die Bank vor dem Haus, deren Farbe längst abblätterte und von der man annehmen mußte, sie werde jeden Tag zusammenbrechen, konnte er nicht durch eine neue ersetzen, weil sie auf sämtlichen Familienfotos der Rahmers vorkam, genau wie der Steinplattenweg von der Vorgartenpforte zur Haustür, dessen quadratische Platten »sich aufwarfen« und in deren Ritzen Gras wuchs, die also auch hätten neu verlegt werden müssen. Aber auf diesem Weg, neben dieser Bank, vor dieser Haustür hatte immer die ganze Rahmer-Sippe Aufstellung genommen, um sich fotografieren zu lassen, in den Blütezeiten der Familie bis zu dreißig Personen. Tante Wilma kannte einen jeden von ihnen, in- und auswendig kannte sie alle, und sie benannte sie Jan, indem sie mit dem Zeigefinger von einem zum anderen wanderte, mit Namen, Verwandtschaftsgrad und Haupteigenschaft: anständig; arbeitsam; nichtsnutzig; fleißig; ein bißchen tülütütü; geizig. Der eine hatte das Seine zusammengehalten und vermehrt. Der andre hatte zwei linke Hände und eine faule Frau gehabt. Jene hatte in ihrer Jugend für schön gegolten, auch für hochfahrend. Und diese hier hatte, als sie auf Wunsch der Eltern den Rahmersohn hatte heiraten müssen, »schon alles hinter sich gehabt«. Was aber Tante Wilma ganz und gar nicht zu mißbilligen schien, im Gegenteil, und das steigerte Jans Vergnügen an ihr.

Wußte Tante Wilma, daß die Büdnerstelle des Bauern Rahmer »unter Hitler« zum Erbhof erklärt worden war? Ja, gewiß doch, wo werd ich das nicht wissen. Da müßt es direkt noch eine Urkunde drüber geben. Freilich. Die hatte Herr Rahmer mit den anderen Papieren, die zum Haus gehörten, ordnungsgemäß an Jan übergeben. Ein Foto lag dabei, das wir das »Erbhofbild« nannten. Dieses Foto hatte man dem Antrag auf das Erbhofrecht an den Kreisbauernführer beifügen müssen, es war wohl, sagte Tante Wilma, wegen der arischen Abstammung oder wie sie das nannten. Es gab doch dann, sagte Tante Wilma, Steuervergünstigungen, wenn man Erbhofbauer war, un all son Schiet. Das Foto bezeugte, daß bei den Rahmers von »nordischem Blut« keine Rede sein konnte. Kleine, gedrungene Gestalten mit rundem Schädel, die, das muß gesagt werden, perplex und etwas dümmlich in die Kamera starrten. Vater, Mutter, Tochter, Sohn – dieser ein Pimpf in Jungvolk-Uniform, Hosenbeinlänge bis zum Knie. Seltener, als man denken würde, findet man die so genannten »nordischen Langschädel« im Mecklenburgischen. Daß seine Urbevölkerung slawisch war, bezeugte ja auch der Name unseres Dorfes, dessen Stamm, so belehrte uns ein kundiger Mensch, in den slawischen Sprachen soviel wie »kehren, blasen« bedeutete. »Im Wind liegen« – das schien uns passend für dieses Dorf.

Auch die zweite Urkunde, die Jan unter einem Berg Abfallpapier in der ehemaligen Scheune gefunden hatte, hob er auf. Sie war auf dem grauen, holzhaltigen Papier der Nachkriegsjahre gedruckt und von einer schlichten Grafik umrahmt: links ein säender, rechts ein pflügender Bauer, die über einen Acker schreiten, einer rot aufgehenden Sonne entgegen. »Auf Grund der Verordnung über die Bodenreform vom 5. September wird dem Bauern H. Rahmer 3,8 ha rechtskräftig zum persönlichen Eigentum übergeben.« Gestempelt vom Präsidenten des Landes Mecklenburg, unterschrieben vom Landrat. Den früheren Verlauf aller Grenzen zwischen den Ländereien der einzelnen Bauern kannte Tante Wilma noch auf den Meter genau. Die Jungen wissen nichts davon und wollen nichts davon wissen. Auch Platt wollen sie nicht mehr sprechen. So hat alles seine Vor- und seine Nachteile, über die man hin und her reden kann, beim Frühstück vorm Haus, im Schattenstreifen, den um diese Zeit das Rohrdach noch wirft, während sie das schwarze Roggenbrot essen, das man nur hier bäckt. Das die Leute »Ziegenbrot« nennen, weil sie es ans Vieh verfüttern, und das die Verkäuferin im Konsum ihnen extra frisch von hinten holt: Sie wollen es ja wohl selber essen, nicht?

Auch über Olga muß noch einmal gesprochen werden. Die hat Tante Wilma nun wirklich ganz genau gekannt, von klein auf. Die war nämlich gar nicht so blöd. Die war nämlich immer von allen die döllste. Die hat, fast noch als Kind, jeden, aber auch jeden Tanzboden unsicher gemacht, im Umkreis von zehn Kilometern. Die hat immer gewußt, wo die Musik spielte. Die konnte ihre Schwägerin einschließen und tun und machen, was sie wollte: Sonnabendabend trabte meine Olga zum Vergnügen, wie ein Pferd zur Futterkrippe. Da saß sie auf dem Platz neben der Tür, ließ sich von den Bauernburschen rumschwenken, und juchzte – wer's nicht selber gehört hat, glaubt es nicht. Und danach, das kam wie das Amen in der Kirche, hat sie sich von jedem, der wollte, in den Graben ziehen lassen. Aber nie, das sag ich Ihnen, nie hat die einen verraten, obwohl sie sie alle gekannt hat, mit Namen und Adresse. Ja, sagte Tante Wilma. Die hat ihrs gehabt.

Die rote japanische Quitte jenseits der Straße paßte in unsere nüchterne Gegend wie der rotglühende Irrsinn in eine unauffällige Familie. Wie der gefiederte Essigstrauch, den sie im Vorgarten mitten auf den Rasen gesetzt hatten, zu Forsythie, Holunder und Lupinen. Fremdes Gewächs, wie wir.

Von rechts Frau Warkentin auf dem Fahrrad. Genau hinhören, in welchem Ton sie ihren Gruß erwiderte. Sie war launisch, sie konnte grußlos vorbeifahren, ohne daß man dafür einen Grund erfuhr. Heute war sie freundlich und mitteilsam. Ja, ins Dorf, rief sie, im Vorbeifahren, Sonntagseinkauf. Damit sie vor der gröbsten Hitze zurück wäre. Man käme ja reineweg um. – Das können Sie laut sagen, rief Jan, wird wieder hübsch warm.

Ellen hörte sie reden. Sie sah den Hund Lux mit hängender Zunge und steil aufgerichtetem Schwanz von Schependonks herübergehechelt kommen, sah ihn über die geschlossene Zaunpforte setzen und die Wurststücke im Flug schnappen, die Jan ihm zuwarf. Guter Hund. Ja! Sitz! Ist ja gut. Ellen sah Jan selbstvergessen lächeln, wie der Hund sich genußvoll den Hals von ihm tätscheln ließ. – Warum sie nicht antwortete. – Was er denn gefragt habe. – Er habe sie gefragt, woran sie schon wieder denke. – Sie denke schon wieder an gar nichts. Übrigens habe sie Abstand genommen.

Endlich, sagte Jan. Aber wovon? – Von dir, sagte Ellen. Auch von dir. Damit ich dich besser sehen kann.

Ein spöttischer Augenblick.

Denke sie manchmal, er sei ihr zu nahe? – Manchmal schon. Manchmal könne es schon lästig sein, immer ganz genau gesehen zu werden. Niemals ein Rad schlagen dürfen. Für keines der kleinen Kunststückchen bestaunt zu werden, und sei es wenigstens zum Schein. Manchmal, mein Lieber, würde ich ein bißchen Illumination diesem genauen Licht schon vorziehen, daß du's weißt.

Das sagte Ellen, und Jan erwiderte, wie immer: Ja, meine Liebe: Dafür ist es nun zu spät.

Es muß doch möglich sein, dachte Ellen, zu schreiben, ohne etwas oder jemanden dabei zu verletzen.

## 5

Die Kuckucksoper, wißt ihr noch? Wir hatten doch diesen übertriebenen Kuckuck, oder sind alle Kuckuckspaare in unserer Gegend einen Sommer lang meschugge gewesen? Dieser Wahnsinnskuckuck, sagte Jenny, der macht sich über uns lustig. Sie lief mit ihrer Freundin Tussy die »Rote Flöte« entlang, wo der Wartburgfahrer sie endlich abgesetzt hatte, immer noch widerstrebend. Gerne, liebend gerne hätte er sie bis vor die Haustür gefahren. Zu liebenswürdig, aber das letzte Stück ginge sie immer zu Fuß, das sei so eine Angewohnheit von ihr, übrigens bedanke sie sich auch noch für das Frühstück. Tussy fand Jenny wieder einmal unverfroren, aber Jenny fragte ungerührt zurück, ob sie es wirklich gewollt hätte, daß der Wartburgfahrer ihre Adresse kannte. Dann fing der Kuckuck an, sie begannen zu zählen. Vierundzwanzig, fünfundzwanzig...

Dieses Gelb in diesem Grün macht mich irre. Diese Massen von Butterblumen, groß wie Teetassen, auf den kuhgrünen Wiesen. Einunddreißig, zweiunddreißig, zählte Tussy laut. So was müßte verboten werden, sagte Jenny. Oder sie müßten Warnschilder aufstellen, damit der Schock den harmlosen Reisenden nicht übermannt. Zähl weiter! sagte Tussy, um selbst fragen zu können, ob das eigentlich fair gewesen war, diesem Typ im Wartburg kühl zu erklären, sie, Jenny, heiße Ingelore und sei Kellnerin. Zweiundvierzig! rief Jenny. Fair? Sagtest du fair? O Mann, dich krieg ich auch nicht mehr groß. Ob es ihr wirklich entgangen sei, daß der Typ, den sie übrigens auf gehobenen wissenschaftlichen Mitarbeiter taxiere, sie beide auf die sanfte Tour habe ausquetschen wollen? Ganz sicher, um sich ihre Auskünfte zu notieren und sie demnächst in seiner Doktorarbeit über »Bewußtseinsstrukturen unserer Jugend« zu verwursten. Vierundfünfzig, fünfundfünfzig... Meinst du? sagte Tussy. Aber dann gleich du mit deinem ausschweifenden Sächsisch. Das *muß* der gemerkt haben! Sollte er ja, sagte Jenny. Sechzig! Dieses Biest gibt mir den Rest! Ihr gepflegtes Sächsisch sei ihre Art, jemandem auf feine Weise klar zu machen, daß er ihr aufs Gemüt gehe. Dieser Wartburgtyp sei aber einer von der hartgesottenen Sorte gewesen, dafür habe er ruhig das Frühstück bezahlen können. Und das nächste Mal habe sie, Tussy, ebenfalls auf Sächsisch zu behaupten, sie heiße Bianca und sei Bardame. Siebenundsechzig, achtundsechzig... Bardame? glaubt mir doch keiner, sagte Tussy. Dann solle sie gefälligst an sich arbeiten und nicht immer ihre Freundin für sich reden lassen und höchstens an den heikelsten Stellen einen Lachkrampf kriegen. Oder bist du vielleicht kein lernfähiges System.

Aye, aye, Sir.

Bleib stehen! rief Jenny beschwörend, und Tussy stand. Eine blaugrün schillernde Libelle wollte sich auf ihrem orangefarbenen Pullover niederlassen. Jenny sah ihr dabei zu. Wie wird mir denn! sagte sie und nahm sich fest vor, in dieser Sekunde zum letztenmal in ihrem Leben an ihren Physiklehrer zu denken, der in ihren Augen ein Ferkel war und den sie ihre Meinung unverhohlen hatte spüren lassen. Schön ist es ja nicht, wenn ein Mensch einen haßt, aber wenn es gar nicht anders geht... Auch Sie wird das Leben Mores lehren, denken Sie an meine Worte! O nein, Herr Kranz. Den Gefallen tu ich Ihnen nicht. Jenny würde auch nicht auf die Idee kommen, unter Individuen wie diesem zu leiden. In Tages- und Nachtgesprächen hatte sie das mit Tussy durchgenommen: Es gebe Dinge, auch Leute, die müsse man kaltblütig unter Verlust verbuchen. Dreiundsiebzig, sagte Tussy. Mensch, der schafft uns.

Ob Bella käme? Ob es sicherer wäre, sie noch einmal anzurufen? Neunundvierzig, fünfzig... Auch Luisa zählte die Kuckucksrufe. Wenn Ellen sie hörte. Ihnen glauben könnte. Was glauben? Daß sie direkt mit dem Zählwerk ihrer Lebensjahre gekoppelt waren? Luisa saß, wie jeden Morgen, in ihrem Zimmer vor dem Spiegel zwischen den Fenstern, der ihr auch heute wieder wie ein drittes, nach innen gerichtetes Fenster erschien, von dem ein Sog ausging, dem sie standhalten mußte. So hatte sie Grund, jeden Morgen so lange vor diesem Spiegel zu sitzen. Vielleicht hätte sie ihn doch nicht aus ihrem Mädchenzimmer hierher mitbringen dürfen. Weil doch im Haus ihrer Eltern über allem und jedem ein Fluch lag – Eltern! ein Schauderwort! –, oder jedenfalls eine Fremdheit, die sich auch in der anderen Umgebung nicht verlor und ihren geliebten Spiegel zum Fremdling in ihrem Zimmer machte. Zum Fremdherrscher, in den alle anderen Gegenstände sich bedingungslos hineinwarfen und sie, Luisa, verräterisch im Stich ließen: ihr Biedermeierbett mit dem bronzefarbenen Überwurf, die schmalen, schiefen Bücherregale, der runde Tisch mit dem grünen Glas voll langstieliger Rosen, die vier mattgolden schimmernden Holzstühle mit ihren gebogenen Lehnen, auch der zweite größere Spiegel an der Wand gegenüber und sogar der feste Eckschrank mit dem Jägerporzellan. Jetzt, wo sie Beistand brauchte, wo ihr Widerstand gegen die Übermacht der Dinge auch von draußen her untergraben wurde, da der Wald, der ein paar hundert Meter hinter dem Haus begann, seit ein paar Tagen näherrückte. Sie spürte das im Rücken, ohne ihn, den Wald, durch die Mauern durch sehen zu können. Oder doch? Hatte sie da eben eine grüne Wand im Spiegel gesehen? Das wäre nicht gut. Der Wald, der im Frühjahr noch fern und fest dagestanden hatte, mußte sich in einem Moment, den sie verpaßt hatte, auf den Weg gemacht haben, so daß seine Dunkelheit in ihr wuchs und sie es angebracht fand, ihn allein nicht mehr zu betreten. Mit Bella, ja. Mit Bella und Jonas – das ginge. Ob sie kämen? Das Beste wäre, auf alle Fälle Kuchen zu backen. Sie mußte sich nur schnell fertig machen. Antonis sah herein. Wo sie denn bleibe. Aber sie konnte ihm ja nicht antworten. Er wußte es, aber er probierte immer wieder, sie zum Reden zu bringen. Meine Frau spricht nicht mehr mit mir, hatte sie ihn am Telefon zu Ellen sagen hören. Dabei hatte sie es ihm aufgeschrieben, was die Frau in Wimmersdorf ihr geraten hatte: drei Tage zu schweigen. Nicht aufgeschrieben hatte sie ihm, wie sehr dieser Rat ihrem eigenen inständigen Wunsch entgegengekommen war. Aber diesmal würde sie es aushalten, daß Antonis dieses Schweigen als gegen sich gerichtet empfand. Der Kuckuck, immer noch. Luisa hatte aufgehört zu zählen.

Die geläufige Bewegung des Haaraufsteckens. Nun die Augen. Die Pinselchen, Wimpernbürstchen, Farbtäfelchen auf dem alten Nähtisch vor dem Spiegel. Auf die Lider heute dunkles Grün. Mit schwarzem Stift der Augenbraue einen kräftigeren, selbstsicheren Bogen geben. Tusche auf die Wimpern, trocknen lassen, das Tuschen der Sicherheit halber wiederholen. Nun gab der Spiegel ihr das Bild einer anderen zurück. So konnte sie zur Not unter die Leute. So hätte sie sich sogar den Blicken aller dieser Männer in den Städten aussetzen können. Zwar zog sie sie auf sich, die Männerblicke, mit ihrem geschminkten Gesicht, da mochte Ellen recht haben, aber es war ja nicht sie, Luisa, die sie mit ihren zügellosen Blicken auszogen, zurichteten. Eine namenlose andere, und sie, Luisa, ging ungesehen und unerkannt ganz unscheinbar unter Schutz und Schild, in Maske und Kostüm dieser aufgetakelten anderen mit. Ja, es kam ihr manchmal sterbenstraurig vor, daß sie nicht sich selbst, nur dieses fremde Abbild von sich verteidigen durfte, aber sie gab sich nicht das Recht, sterbenstraurig zu sein. Worauf sie wirklich achten mußte, war, daß Maske und Hülle ihr nicht an irgendeiner Stelle ihres warmen, hungrigen, ungeschützten Körpers ins Fleisch wuchsen. Und daß sie nie, nie in einer schwachen Stunde einer Menschenseele ihr Geheimnis verriet.

Vierundsiebzig, fünfundsiebzig... Das war doch nicht zu glauben. Ellen rechnete. Konnte es einen Menschen geben, der einhundertdreiundzwanzig Jahre alt werden wollte? Ich gewiß nicht, dachte sie entschieden, und am wenigsten, wenn solche unfruchtbaren Zeiten sich aneinanderreihen. Wie jetzt. Deren Ende nicht absehbar ist. Wenn man auch, das lernte sie hier, seine Zeit auf vielerlei Weise verbringen kann, ohne daß man sie für vergeudet halten mußte. Man kann dreimal am Tag das Geschirr abwaschen und es in den Küchenschrank räumen, den Jan schadhaft und abgeblättert als Werkzeugschrank in der Scheune vorgefunden, den er ausgebessert, weiß gestrichen, mit Papier ausgelegt hatte. Wie merkwürdig, daß solche Arbeiten ihnen hier sinnvoll erschienen und ausführlich beredet wurden. Was war mit ihr, war sie denn ganz und gar benebelt, daß sie hier alles gutheißen mußte. Daß ihr alles hier wirklicher vorkam als in der Stadt.

Auftritt Littelmary. Mary in langem blauen Nachthemd und in Jans riesigen Filzpantoffeln, schweigend die Küche durchschlurfend, den Gruß nicht erwidernd. Ellen hielt sich zurück. Es mochte nicht gut für ein Kind sein, wenn man es jedesmal in den Arm nehmen oder wenigstens irgendwie berühren mußte, sobald man es erblickte. Der Kuckuck, sagte Littelmary, anklagend, ehe sie durch die

Hoftür verschwand. Der mußte mich natürlich aufwecken. Sekunden später tauchte sie vor dem Küchenfenster wieder auf, um gründlich die rote, sonnenbeschienene Rückwand des Hauses zu mustern. Schließlich öffnete sie ihren Mund zu der Frage: Und wo sind die Schmetterlinge? Ellen war erschüttert. Sollte es menschenmöglich sein, daß dieses Kind vom letzten Jahr her die Vielzahl kleiner blauer Schmetterlinge in seinem Gedächtnis aufbewahrt hatte, die eines Tages, alle gleichzeitig ausgeschlüpft, wie eine wundersame blaue Wolke an dieser roten Hauswand auf und ab geflattert waren? – Was denn für Schmetterlinge, Enkeltochter. – Na, die blauen. – Du, dieses Jahr sind sie nicht gekommen. – Warum? – Weitläufige vergebliche Erklärungsversuche durch das Küchenfenster.

Der Maurer Uwe Potteck, der hinten am ehemaligen Schweinestall arbeitete, kam über den Hof und fragte mit der künstlichen Stimme, die Erwachsene annehmen, wenn sie mit Kindern sprechen, wie das kleine Fräulein denn heiße. Das kann nicht gut gehn, dachte Ellen, aber Littelmary musterte den jungen Mann nur kühl und ließ sich dann dazu herab, ihren Namen zu nennen, weil sie wohl zu dem Schluß gekommen war, der Maurer wisse wirklich nicht, wie sie heiße. Mary, wiederholte Uwe Potteck. Das sei aber mal ein schöner Name. Mary musterte ihn immer noch, und dann fragte sie: Warum?

Eigentlich hatte sie anderes im Kopf. Eigentlich wollte sie ihre roten Zauberstiefel holen. Ellen schlug sich an die Stirn. Wie hatte sie vergessen können, daß Littelmary ohne die roten Zauberstiefel keinen Schritt in die gefährliche Wiesenwildnis tun konnte, wo die Gräser ihr bis zur Hüfte reichten, oder auf die von Fahrrinnen zerfurchte Dorfstraße. Daß Littelmary ein Stadt- und Hochhauskind war, das Beton, Schlamm, kurzgeschorene Rasenflächen und sorgfältig auskalkulierte Klettergerüste kannte, nicht aber Tümpel, Maulwurfshügel und echte Pferde. Zum Glück fand Ellen die roten Gummistiefel in einer Ecke der alten Waschküche, zum Glück paßten sie Littelmary noch, knapp. Keine Macht der Welt würde sie dazu bringen, diese Stiefel heute wieder auszuziehen, und wenn sie in ihrem eigenen Schweiß wie in einer Pfütze stehen sollte. Und ich, dachte Ellen, werde mich hüten, sie dazu aufzufordern, wie ich es früher, bei unseren Kindern, vielleicht getan hätte, weil ich dachte, was vernünftig ist, muß doch auch richtig sein. So verändert sich der Mensch – wenn auch in anderer Weise und in eine andere Richtung, als wir es uns einst gedacht haben.

Nun also Eierkuchen mit Apfelmus, Littelmarys Lieblingsgericht. Hunderteins, hundertzwei... Ob dieser Kukkuck vielleicht nicht ganz normal ist? fragte Littelmary. Dann beschäftigte sie sich lange mit dem Wort »Honigbrot«, während Ellen einen Pudding kochte, ihn in die fischförmige Porzellanform füllte, anfing, Brot zu schneiden – Tätigkeiten, die sie insgeheim oft entmutigten, die aber geeignet waren, die eigentliche Entmutigung, die sich in ihr ausbreitete, zu mildern und zu beschönigen. Irgendwann würde sich doch die Unlust an dem geschriebenen Wort wieder auflösen müssen. Wenn auch nicht Unbefangenheit, die für immer verscherzt war, wenigstens Erkenntnisfreude würde sich wieder einstellen, hoffte sie. Selbst dann, wenn sie sich gegen uns, gegen mich selber richten muß. Anscheinend haben die Götter vor die Selbstbezichtigung eine Zone des Verstummens gelegt, des Schweigens. Schon wieder diese pathetischen Ausflüchte. Zu Hilfe kam ihnen, daß das Leben auf dem Lande aus sich heraus eine Fülle hatte – oder vortäuschte? –, die beinahe jeden Zustand erträglicher machte. Gefährlich, eigentlich.

Littelmary wollte jetzt malen und brauchte Papier und Filzstifte. Littelmary würde eine Prinzessin und eine Blumenwiese malen und Ellen das Bild dann schenken. Freust du dich dann? – Dann freu ich mich sehr, sagte Ellen. Der Kuckuck war bei einhundertfünfzig.

Die brennend gelben Fackeln des Ginsters am Weg. Die Rote Flöte, sagte Jenny, sei früher einmal eine wichtige Handelsstraße gewesen. Salz und Eisenerz. Jetzt könnte auf diesem unwegsamen Sandweg nicht mal mehr ein Auto fahren. Dann standen sie an der Kreuzung. Sahen, die Vormittagssonne im Rücken, den Kater unten liegen. Siehst du ihn, Tussy? Siehst du, wie er atmet? Sich dehnt und räkelt? Tussy sah ihn.

Einhundertvierundfünfzig,      einhundertfünfundfünfzig, zählte Luisa, während sie ihrem braunen Schaf Tula Brot hinhielt, ohne mit ihm zu sprechen wie sonst. Das Schweigegebot der Frau aus Wimmersdorf galt doch sicher auch für Gespräche mit Tieren. Heute war der zweite Tag. Wie schön, daß sie noch einen ganzen Schweigetag vor sich hatte, an dem sie immer tiefer in sich hinabsinken würde. Dieser Kuckuck muß krank sein, dachte sie, und der Gedanke machte ihr nicht mehr die gleiche Angst, wie er es früher getan hätte. Früher? Vorgestern. Luisa hatte ihr eigenes Verhältnis zur Zeit.

Einhunderteinundsiebzig, einhundertzweiundsiebzig, aber nun wurde es wirklich zu bunt. Ellen nahm gerade Wurst und Butter für das Handwerkerfrühstück aus dem Kühlschrank, da brach der Kuckucksruf plötzlich ab. Jetzt standen Jenny und Tussy an der Gartenpforte, jetzt sah Jenny ihre Mutter durch die offene Haustür in der Küche hantieren, jetzt würde sie sich gleich umdrehen. Was ist passiert? fragte Ellen sich. Der Kuckuck! Gott sei Dank, er hat aufgehört. Dann drehte sie sich um, sah draußen an der Gartenpforte die beiden Gestalten. Jenny! Jenny und Tussy. Spürte ihr Herz losklopfen. Rief: He! Ihr da! Hörte Jenny rufen: Zwei arme Wanderburschen bitten um Quartier. Erwiderte glücklich: Da kann ja jeder kommen, und hörte Jenny sagen: Jeder kommt aber nicht, Frau Mutter. Dann stieg schon Littelmary an Jenny hoch. Hast du den Kuckuck gehört? – Hab ich. – Einhundertdreiundsiebzigmal? – Einhundertzweiundsiebzig, sagte Jenny. – Ist das nun mehr oder weniger.

Jetzt dürfte der Sommer nicht mehr aufhören.

## 6

Es mußte so aussehen – und für manche sah es so aus, so daß sie anfingen, Erkundigungen einzuziehen –, als hätten wir uns nach einem ausgeklügelten Plan über die Landschaft verstreut. Aber damals spielte der Zufall noch eine glückliche, nicht immer nur eine unheilvolle Rolle. Anscheinend besaß er gewisse Freiheiten, die er zu nutzen wußte. Urlaubstermine, die zufällig zusammenfielen. Begegnungen, bei denen die Rede zufällig auf Frau Dobbertins unbesetzte Ferienwohnung kam. Anrufe mit der alarmierten Frage, ob das ehemalige Knechtshaus neben Antonis und Luisa tatsächlich noch leer stünde. Ja, ja! rief Luisa ins Telefon, natürlich, kommt! Die Briefe, die sie schrieb: Kommt! Ihr unersättlicher Drang nach Menschen, vollen Häusern, dicht besetzten Tischen. Komm doch, komm. Es ist unglaublich schön hier, du wirst sehen.

Die Aufregung in ihrer Stimme, als sie Ellen anrief: Steffi kommt auch. Du, stell dir das vor, Steffi kommt, mit David und Josef! Die wohnen im Knechtshaus, stell dir das mal vor! Ich habe schon alle Fenster aufgerissen. – Ihre Schweigezeit war vorbei.

Es kann auch sein, daß der Trieb, der uns zusammenführte, stärker war als die Gegenkraft der Zufälle. Dabei waren wir nicht alle verloren wie Steffi, nicht im gleichen Sinn verloren wie sie. Ich war stolz auf mich, schrieb sie an Ellen, daß ich das Ungeheuerliche für mich behalten konnte. Aber man *kann* eigentlich gar nicht darüber reden, solange man es für möglich hält, denn dann herrscht die große Sprachlosigkeit, und alles geht einen nichts mehr an – oder ganz anders als sonst.

Sterben? dachte Ellen. Aber doch nicht Steffi. Aber das paßt doch gar nicht zu ihr. Aber doch nicht gerade jetzt. An ihrer Wut erkannte sie, daß sie Steffi aufgab. Vergeblich arbeitete sie gegen die Bilder an, die in ihr aufstiegen. Sie wollte diese Bilder nicht kennen, kannte sie aber. Kannte auch die Verfassung der Überlebenden schon. Diesmal wollte sie nichts versäumen. Die Lebenszeit, die Steffi blieb, nahm sie sich vor, wollte sie nicht vergeuden. Ganz dringend will ich dich leben sehen, schrieb sie ihr.

Leben um jeden Preis, schrieb Steffi zurück, aus der Klinik, das wollen wir doch alle nicht! Ich lebe, solange ich an Veränderungen glaube. Wer weiß, wie ich später antworten werde, wenn's mir tatsächlich ans Leben geht. Vielleicht möchte ich dann nur überleben, irgendwie, unter allen Umständen. Wenn du stürbest, ich würde sehr um dich trauern.

Ellen schrieb: Wenn du mir das merkwürdige, zeitgemäße Kompliment machst, daß du um mich trauern würdest, kann ich dir nur antworten: Auch ich würde sehr um dich trauern. Der Krebs darf dich nicht unterkriegen. Kannst du schlafen? Das ist doch wichtig. Hier lernst du es. Nachts, wenn wir von Luisa kommend über die Hügel gehn, ein ungeheurer Sternenhimmel. Gestern eine lang über den ganzen Himmel hin schießende Sternschnuppe, ich wünschte mir etwas, da war sie schon erloschen. Und der Große Wagen stand genau über uns, auf dem Kopf. Er gab uns kleinen Figuren auf dem Feld eine eigene Bedeutung.

Steffi schrieb: Gestern habe ich den ganzen Tag deine Augen gesehen. Ich habe Scheu vor großen Worten. Ich denke, daß wir uns jetzt zum erstenmal wirklich begegnen, weil ähnliche Erfahrungen uns erschüttern. Todeserfahrungen. Der wüste Winter, schreibst du. Ich könnte dich vielleicht damit trösten, daß es Schlimmeres gibt als den gesellschaftlichen Krebs.

Ellen schrieb: Es ist doch fast ein Wunder, daß einem immer wieder Kräfte zuwachsen, etwas wie eine Auferstehung zustande kommt. Diesmal hab ich's bei mir nicht hoffen können. Und du bist, im Laufe deiner Auferstehung, schön geworden, glaub es nur.

Was sie dachte, nicht schrieb: Schön und zerbrechlich.

Ein Wort gibt das andere. Wie dicht der Zusammenhalt zwischen Wörtern werden kann, so daß sich Wortketten bilden, die uns mehrfach, vielfach umschlingen, eine unauflösliche Einkreisung, eine Wort-Verfilzung, die sich, anstatt sie nur zu bezeichnen, allmählich an die Stelle der wirklichen Verhältnisse schiebt. Sind wir verpflichtet, überhaupt berechtigt, weiter daran mitzuarbeiten? Solche Fragen paßten merkwürdigerweise in diese Landschaft. Sie gab ihnen Raum, auch Schärfe, sie selbst aber fragte nicht, und sie antwortete nicht. Die Beschämung, die uns manchmal ankam, wenn wir uns kleinlich anstellten, hatte nichts mit ihr zu tun, so wenig wie unser Zweifel, der später allerdings verging, ob wir uns von den Folgen würden freihalten können, die das Landleben als Modeerscheinung mit sich bringt.

Einmal im Leben konnten wir teilnehmen am Ursprung der Legenden. Schon im zweiten Jahr versammelten wir uns, die Legenden des ersten zu erzählen. Wie Erna Schependonk uns ihr Leben erzählte. Wie Irene und Clemens ihr Haus bekamen. Wie der Misthaufen hinterm Stall in ein Rasenstück verwandelt wurde. Der erste Sommer gab dem zweiten Tiefe, und so würde es weitergehen.

Erna Schependonk war eine andere, bevor sie uns ihr Leben erzählt hatte, eine andere danach. Es war ihr ein dringendes Bedürfnis gewesen, Ellen, die ja nun ihre Nachbarin wurde, wissen zu lassen, daß sie ein Schicksal hatte. Sie kam am Pfingstsonnabend, als Jan und Ellen in ihrem Vorgarten die Primelrabatten freilegten. Sie nannte ihren Namen. Ellen solle mal mit ihr kommen. Gleich? Am besten gleich. Was du heute kannst besorgen, das verschiebe nicht auf morgen. In Ernas Wohnstube wurde Ellen in den Sessel am Fenster gesetzt. Sie konnte sehen, wie Erna im Schlafzimmer nebenan eine abgewetzte Handtasche vom Kleiderschrank holte. Sie habe nämlich auch schon in der Zeitung gestanden. Ellen bekam drei sorgfältig zusammengelegte, an den Rändern angegilbte Zeitungsausschnitte in die Hand. »Ergreifendes Wiedersehen.« Die Bezirkspresse hatte davon berichtet, wie Erna vor wenigen Jahren zum erstenmal in ihrem Leben mit ihrer polnischen Schwester zusammengekommen war. Das war hier, hier in diesem Haus, in der gleichen Stube, in der sie jetzt saßen. Von »Wiedersehen« kann ja keine Rede sein, wenn man sich früher noch nie gesehen hat, nicht? Das war doch gerade ihr großer Kummer gewesen, daß sie die eigene Schwester nicht gekannt hatte und daß sie sich nicht damit abfinden konnte, immer und ewig ohne Anhang durch die Welt zu tigern. Ihre Mutter nämlich, eine polnische Landarbeiterin, die sich in den dreißiger Jahren auf deutschen Gütern verdingen mußte, hatte ihr wie ein Losungswort eingegeben: Du hast eine Schwester in Polen! Es war das einzige, was sie, Erna, aus ihrer frühen Kindheit behalten hatte. Denn ihre Mutter war von ihr weggeholt und in ein Konzentrationslager gebracht worden – warum, das hat ihr noch keiner sagen können. Ihr Vater aber, ein deutscher Polizist, war im Krieg gegen Polen gefallen. Sie selbst war zeitweise in Kinderheimen, zeitweise in deutschen Familien aufgezogen worden, bis heute wußte sie nicht, was schlimmer war. Vor drei Jahren erst hatte das Rote Kreuz ihr die Adresse ihrer Schwerster übermittelt. Und dann habe sie die Schwester, die noch im gleichen Sommer gekommen sei, nicht mal vom Bahnhof der Bezirksstadt abholen können; das Dorf habe gerade Seuchensperre gehabt. Aber vom Kreis sei einer dagewesen, mit einem Auto und einem großen Blumenstrauß, und an der Dorfgrenze habe sie gewartet, stundenlang, und eine Menge Menschen noch. Ja, auf einmal haben sie sie alle gekannt, und gestaunt haben sie nicht schlecht, daß auch sie, die Erna, eine Verwandtschaft habe, die hätten doch alle gedacht, die Einheimischen, sie habe der Esel im Galopp verloren. Bloß traurig sei es dann gewesen, daß sie mit ihrer Schwester nie unter vier Augen habe reden können, weil die ja bloß polnisch verstand, und sie nur deutsch. Der Schwager habe so recht und schlecht übersetzt.

Erna Schependonks Stimme war zu laut für die Stube, sie selbst war zu dick für den Sessel. Sie wies Ellen darauf hin, daß auf einem kleinen Regal Bücher standen. Ja, sie lese auch manchmal. Sie holte eine Sammeltasse und eine Vase aus Rauchglas aus der Vitrine, dies beides habe sie als

Anerkennung für gute Arbeit bekommen. Sie sagte, früher hab ich immer nur Kühe und Schweine um mich gehabt, jetzt arbeite ich mit Doktoren und Professoren zusammen. Erna fuhr jeden Tag mit dem Bus zur Bezirksstadt, sie war Reinemachfrau im Krankenhaus. Die lassen da nichts auf mich kommen, sagte sie. Sie bot Ellen frische Eier an. Es sei doch gut, wenn man sich kenne, wo man jetzt so dicht beieinander wohne. Wenn mal was ist, sagte sie, wo ich helfen kann, helf ich.

Ganz zuletzt kramte Erna Schependonk aus der brüchigen Handtasche, deren Schnappverschluß fast nicht mehr zuhielt, einen Brief hervor. Eine ehemalige Mitgefangene ihrer Mutter schrieb ihr aus dem Westen, wie die Mutter gestorben war. Und jetzt, sagte Erna, jetzt lesen Sie mal den Schluß. Was steht da? Erna wußte es auswendig. Da steht: Fahren Sie nach Polen. Fragen Sie die Verwandten Ihrer Mutter, warum es mit ihr alles so gekommen ist. Mehr will ich dazu nicht sagen. – Ja, sagte Erna Schependonk, sehr erregt. In Polen sei sie inzwischen gewesen. Bei Krakow. Alle habe sie kennengelernt, auch den Onkel und die Großmutter. Gut habe man sie aufgenommen. Aber als sie nach ihrer Mutter gefragt habe: Schweigen. Eh du wegfährst, habe ihr der Onkel versprochen, sollst du alles erfahren. Und dann? Kein Sterbenswörtchen. Nichts.

Jetzt weinte Erna. Man will doch wissen, was und wie, sagte sie. Wo es doch um die eigene Mutter geht. – Ob sie mal an die Frau in Westdeutschland für sie schreiben solle, fragte Ellen. – Nein, sagte Erna, hat doch alles keinen Zweck. Ja, so ist das, sagte sie, wieder mit ihrer lauten Stimme. Alles Gute ist nicht beisammen.

Was war es – Hochmut? Unkenntnis? –, das uns verwehrte, hinter Menschen wie Erna Schependonk oder Frau Käthlin ein Geheimnis zu vermuten. Die Zeit, sagten wir uns, hat Leuten, die gar nicht dafür gemacht scheinen, Geheimnisse auferlegt. Das Foto von Frau Käthlins Mann Walter hing noch über den Ehebetten, als Irene und Clemens das Haus übernahmen. Ein deutscher Frontsoldat in der Uniform des Zweiten Weltkriegs. Aber solche Geschichten, sagten wir uns, wenn wir abends beisammen saßen, vor dem Haus, mit Blick auf den Westhimmel, die Sonnenuntergänge, wenn wir Wein tranken – solche Geschichten muß man von Anfang an erzählen, und auch damit ist noch wenig getan. Man muß dazu erzählen, wie man selber sie erzählt bekam: Wann, unter welchen Umständen, von wem. Ich, sagte Irene, habe durch Frau Dobbertin von Frau Käthlins Schicksal gehört. Ja, hat sie zu mir gesagt, die Alma Käthlin, die hat auch ihr Päckchen zu tragen gehabt. Uns fiel ein, daß die alten Frauen der Gegend einmal alle zusammen jung gewesen waren. Irgendwie hatten wir alle davon gewußt, daß Frau Käthlin einst einen Toten geheiratet hatte. Eigentlich ausgesprochen hat es erst ihre Schwester, in ihrer Eigenschaft als Erbin.

Mit Frau Käthlins Tod hat der Sommer überhaupt angefangen. Das würden sie nicht vergessen, sagten Jan und Ellen: Wie sie vom Hauptdorf herübergefahren kamen – auf dem alten, zerfahrenen Sommerweg, an Asphalt war noch nicht zu denken gewesen – und wie ihnen lauter tiefschwarz gekleidete Gestalten entgegengekommen seien, unter ihnen Tante Wilma, strengen Gesichts, hoch aufgerichtet auf ihrem Fahrrad. Wie sie Fritz Schependonk antrafen, im dicken dunklen Rock, schweißüberströmt, wie er sich einen riesigen Grabkranz quer über die Schulter schwang, weil er ihn auf seinem Motorrädchen nicht festmachen konnte. Aber wer denn um Himmels willen gestorben sei. Na, die Alma Käthlin doch! Wie sie es gar nicht glauben wollten. Frau Käthlin, die immer freundlich, immer hilfsbereit, niemals neugierig und immer zurückhaltend gewesen war, »in sich gezogen«, sagte Tante Wilma dazu. Frau Käthlin in ihrem Märchengarten vor dem Haus. Die uns alle mit Samenkapseln von ihrem Riesenmohn und ihren vielfarbigen Malven bedachte. Frau Käthlin auf ihrem Rohrdach, noch vier, fünf Wochen vor ihrem Tod, der Gedanke, daß das Sterben sie davon entbinden könnte, ihr Dach instand zu setzen, wäre ihr nicht gekommen. Die es jedermann verschwiegen hatte, daß man ihr bei der Operation vor drei Jahren eine Brust abgenommen hatte: solch ein Verschweigen war ihr zuzutrauen. Insgeheim prüften wir uns, ob wir es uns auch zutrauen würden. Frau Käthlin war verschlossen gewesen.

Fritz Schependonk führte die Abordnung von Frau Käthlins Erben an. Nicht in seinen Arbeitssachen, obwohl es Vormittag war, sondern in Weste und gestreiftem Hemd steuerte er an der Spitze des kleinen Zuges ihr Haus an, führte Schwester und Schwager von Frau Käthlin in Ellens Küche und ließ sich dann schweigsam mit seinem Bier am Küchentisch nieder. Die Schwester von Frau Käthlin trank in kleinen vornehmen Schlucken den Apfelsaft, den Ellen ihr hinstellte. Hätte doch aber wirklich nicht nötig getan. Herr Voß, der Schwager, ein kleines verschrumpeltes Männchen, steckte sich umständlich, weil sein dick verbundener linker Daumen ihn behinderte, ein Zigarillo an. Sind wir jetzt in einem italienischen Film, oder was? will Ellen gedacht haben. Es erschien Littelmary, herbeigeführt von ihrem untrüglichen Spürsinn für abenteuerliche Begebenheiten, und ließ sich auf Ellens Schoß nieder, während gerade Frau Voß haarsträubende Einzelheiten aus den letzten Lebenstagen ihrer Schwester preisgab, die sie selbst genüßlich »unerquicklich« nannte. Ob sie nicht rausgehen wollte, spielen, flüsterte Ellen Littelmary zu, da konnte die natürlich nur den Kopf schütteln. Sie hatte zu tun, alle Fragen zu speichern, die sie später eine nach der anderen vorbringen würde: Was ist ein Tropf? Wieso kann eine Krankenschwester vergessen, der Toten die Augen zuzudrücken?

Tja, sagte Herr Voß, so ist das eben mal. Ellen ergriff die Gelegenheit, sich nach seinem Daumen zu erkundigen und mußte erfahren, daß unter dem Verband gar kein Daumen mehr war. Das komme davon, sagte Frau Voß, wenn einer zwei linke Hände habe, und Fritz Schependonk versetzte zwischen zwei Schlucken: Ungeschicktes Fleisch muß weg. Und dann ging Frau Voß bei und erzählte alles, von Anfang an, wie es sich gehört, und das brauchte seine Zeit, denn sie griff weit zurück, in ihre und ihrer Schwester gemeinsame Kindheit in jenem Haus gegenüber, in dem Alma ja dann ihr ganzes Leben hatte verbringen sollen, ihre Schwester wüßte nicht, daß die je auch nur eine Nacht woanders geschlafen hätte. Und immer dieselbe Arbeit in Haus und Garten, bei der sie schon als Kind ihrer Mutter immer gerne geholfen habe, aber besonders beim Einwekken. Ob Ellen schon einmal in die Speisekammer von Frau Käthlin geguckt habe? Hunderte von Gläsern! Von Birnen über Kirschen, grüne Bohnen, Fleisch, bis hin zu einem guten Dutzend Gläsern Leberwurst – alles, was sie sich denken können. Wer das je hat essen sollen. Einweckfimmel nennt man das. Mein Mann aber, der mußte ja gleich ein Glas Leberwurst aufmachen. Frau Voß sprach wie über einen Abwesenden, und so verhielt sich ihr Mann auch, abwesend. Natürlich mit einem rostigen Schraubenzieher. Klar, daß der Rand absplitterte und ihm ein Splitter genau in den linken Daumen fuhr. Hätte ja alles noch angehn können, wenn die Leberwurst nicht uralt und verdorben gewesen wäre. Da hilft nur eins, hatte der Doktor gesagt: schneiden. Und dann noch ein Stückchen, und dann noch ein Stückchen. Und nun war der Daumen weg.

Pause. Ein tiefer Atemzug von Littelmary. Und endlich das Geschäftliche, vorgetragen von Herrn Voß: das schmeichelhafte Angebot an Ellen und Jan, für Frau Käthlins Haus einen Käufer zu suchen. Das kann was werden, sagte Ellen und dachte an Irene und Clemens. Rief, als die drei gegangen waren, bei Frau Dobbertin an. Da waren wir gerade im Garten, sagte Irene an dieser Stelle. Ich hatte das Gefühl: Das wird was. Sofort!

Littelmary aber trabte zu Jenny, die unter dem Kirschbaum auf der Wiese lag und besprach mit ihr Frau Käthlins Leben. Stell dir vor: Die Frau Käthlin, die jetzt tot ist, hatte sich in einen Soldaten verliebt, der anno dunnemals hier beim Manöver war. Was ist ein Manöver. Die üben? Was denn? Ach so, schießen. Dann sind sie nämlich nach Polen eingerückt. Findste das viel, wenn Frau Käthlin ihren Verlobten vierzehn Tage lang jeden Abend gesehen hat? Ich find's auch sehr wenig. Aber die Frau hat gesagt, der Soldat »fiel«. Ist der hingefallen, oder was. – Wenn im Krieg einer »falle«, sei er tot. – Erschossen, meinst du? – Wahrscheinlich erschossen. – Aber wieso hat Frau Käthlin gedacht, daß sie in Hoffnung ist, wenn der Soldat tot war? – Sie hat gedacht, sie ist schwanger. – Ach so, schwanger. Aber warum sagt die Frau dann »in Hoffnung«. – Weil sie denkt, das hört sich besser an. – Wieso nun wieder das. – Weiß ich doch auch nicht, Littelmary. – Also findste das *auch* komisch, oder findste das nicht komisch. – Ich? sagte Jenny. Ich finde das Ganze unheimlich komisch. – Ich nämlich auch, sagte Littelmary. Meistens finden wir beide genau dasselbe komisch, nicht? – So ist es, Littelmary. Aber was war nun mit Frau Käthlins Hochzeit. – Also das, sagte Littelmary, ist überhaupt das allerkomischste. Frau Käthlin hat nämlich einen Stahlhelm und eine Efeugirlande geheiratet. – Mach keine Sachen! – Ehrlich! Bei der Hochzeit hat auf dem Stuhl neben ihr ein Stahlhelm gelegen, und um den hatten sie eine Efeugirlande rumgewickelt. – Ich verstehe, sagte Jenny. Und was ist mit dem Kind, das sie erwartet hat? – Aber das ist es ja eben! Vier Wochen später hat sie gemerkt, daß sie gar nicht in Hoffnung war! War die irgendwie ein bißchen blöd, oder was! – Blöd wohl nicht, Littelmary. – Aber ziemlich komisch, wie? – Das ja. Komisch ja.

Der Alma Käthlin langes Leben an der Seite ihrer Eltern, die dahinsiechen, von ihr gepflegt, beweint, begraben werden. Ihre langen Nächte in immer dem gleichen Bett, über sich am Kopfende das gilbende Foto des toten Soldaten. Darüber Schweigen. Das alles fand noch einmal in unseren Köpfen statt.

7

Innen und außen. Außenwelt und Innenwelt, dachte Irene. Sie stand da, gebückt, seit Stunden in der prallen Sonne, an der äußersten Grenze ihres Grundstücks, und rupfte Brennesseln mit ihren bloßen Händen. Jetzt sah sie, durch ihre gegrätschten Beine, die anderen kommen, auf den Köpfen gehend, die Beine nach oben. Die hatten sich, wie fast jeden Abend, zum Sonnenuntergang beim Neandertaler getroffen, wie man sich in der Stadt vor dem Kino trifft. Schependonks Hund Lux war bei ihnen, umkreiste sie. Er hörte auf Jan. Jan war der einzige, der ihn daran hindern konnte, jeden Dorfhund unterwegs zu verbellen, so daß ein anwachsendes, langanhaltendes Hundegebell den kleinen Trupp begleitet hätte. Durch die neuen Nachbarn hatte sich das Leben des Hundes grundlegend verändert.

Nicht nur, daß er zu fressen bekam, was er vorher nie gerochen hatte. Wichtiger noch war ihm der Umgang, in den er einbezogen wurde – Tafelrunden im Freien, bei denen er seine Fähigkeit, ein Stück Wurst im Flug zu schnappen, zur Kunst entwickeln konnte. Vor allem anderen aber schien ihn die Anerkennung zu verwandeln, die seine Persönlichkeit erfuhr; die strikte Achtung seiner Würde als Hund und die ungeheuchelte Anteilnahme an seinen Verletzungen und Kümmernissen trieben Eigenschaften aus ihm heraus, die vorher verborgen gewesen waren: eine erstaunliche Feinfühligkeit und, alle Vorurteile über die Hundenatur außer Kraft setzend, sogar das Vermögen, seine Loyalität zwischen zwei Herrn zu teilen und seine Wachsamkeit auf das Grundstück von Jan und Ellen auszudehnen. Ungebeten hatte er angefangen, auch ihre Besucher zu verbellen. Mich natürlich nicht, dachte Irene, mich nicht und Clemens nicht, das wäre ja noch schöner. Wir gehören dazu, das riecht der Hund.

Jetzt kommen sie näher, sind so nahe, daß Irene nicht nur ihre Stimmen hören, sondern verstehen kann, was sie sagen, dabei traten sie – paradoxe Bewegung – aus dem Innenraum, in dem sie über sie verfügen konnte, hinaus in die Außenwelt, in der sie nicht mehr unter ihrem Einfluß standen. Jetzt begannen sie, sie zu beeinflussen, sie konnte die Wellen spüren, die von ihnen zu ihr herüberkamen, ein Kraftfeld, gegen das sie sich wappnen mußte. Sie muß anfangen, sich vorzubereiten. Ein Lächeln zu proben – ihr Lächeln, das auf der Grenze von Innen und Außen, auf ihren Lippen, zersplitterte. Daß sie über diese Grenzzone keine Macht hatte. Über ihr Inneres konnte sie verfügen, die Außenwelt konnte sie wenigstens scheinbar unter Kontrolle halten. Nur über das Grenzgebiet, über ihre Haut, ihre Augen, ihren Mund, ihre Hände übte sie keine

Macht aus, und ihr kam ein Gedanke, woran das liegen könnte, eigentlich war es ganz einfach, beinahe eine chemische Reaktion des Grenzgebiets, auf dem die unterschiedlichen Temperaturen von Innenwelt und Außenwelt zusammenstießen – eine heftige, verändernde, verformende Reaktion. Irene wußte nicht, ob diese Einsicht ihr in Zukunft wirklich helfen würde.

Da standen die anderen schon am Zaun, da spürte sie ihre gebündelten Blicke zwischen ihren Schulterblättern, richtete sich aber erst auf, als sie angerufen wurde. – Irene! – Ja? konnte sie unschuldig fragen. Ach, ihr? Die Maske aufsetzen. Das Clownslächeln. – Schon zurück? – Was sie mache? – Heiter, heiter! – Sie ziehe Brennesseln. Anders komme man denen ja nicht bei. Handschuhe? Glatt vergessen. Das bißchen Brennen mache ihr nichts.

Nun schwiegen sie wieder. Sie dachten sich ihr Teil, das war überdeutlich, aber das schwere, schmerzhafte Pochen ihrer Finger, die schon begannen, anzuschwellen, die Haut sprengen wollten – das fühlte nur sie. Das konnte kein noch so erschrockener Blick von Luisa, kein fragender, nachdenklicher von Ellen ihr nehmen. So gehörte ihr nichts sonst, nicht einmal Clemens, der jetzt, nachdem er kummervoll die Schultern gezuckt hatte, hinüberging, über die zu grauem Staub zermahlene Straße, wo die anderen alle vor dem Haus saßen, ihr Abendzeremoniell begannen, kühlen Wein aus den langstieligen Gläsern tranken und nach ihr riefen.

Der Stuhl für sie war frei gehalten, Irene rückte ihn an einen anderen Platz, in den Blätterschatten des Apfelbaums. Sie hörte Luisa nach Clemens' Flöte fragen, sie spürte den bekannten Stich, ohne Grund, wie immer. Weißt du noch, hörte sie Luisa sagen, wie du voriges Jahr an unserem Brunnen gesessen und auf der Querflöte gespielt hast, und wie die Schafe zu hüpfen anfingen? Das war schön! – Naja, hörte sie Clemens verlegen erwidern. Immer diese bukolischen Szenen. – Er *steht* nicht dazu, dachte Irene, und sie bat Michael, ihren Sohn, Clemens' Flöte herüberzuholen, gegen dessen Einspruch. Littelmary knurrte enttäuscht, wenn Michael sich aus ihrem Blickfeld entfernte. Ach jechen, hörte Irene sich sagen – sie spürte es selbst, eine Spur zu laut –, der erste Liebesschmerz. Littelmary war vier und Michael sechzehn. Er drehte sich noch einmal zu ihr um: Ich komm ja wieder! – Jetzt hat er mich angelacht wie ein Sonnenstrahl, sagte Littelmary zu Jenny. – Weiber! stöhnte Jenny. Dann spielte Clemens Flöte, aber nicht lange, und Irene mußte zuerst ihn, dann Luisa ansehen, in deren Blick sie jenes verdächtige »schön!« lesen konnte. Clemens wiederum warnte sie mit Blicken, da verfiel sie schnell, schnellstens in ihre so oft geübte Harmlosigkeit, lächelnd, soweit man beim Singen lächeln kann, lächelnd sang sie mit Auf einem Baum ein Kuckuck saß, und: Als wir jüngst in Regensburg waren, auch Dort nieden in jenem Holze, alles, was Littelmary sich wünschte, bis die, den Kopf in Jennys Schoß, einschlief, und die Erwachsenen eines ihrer endlosen Gespräche über die Häuser, über die Ausbaupläne, über Handwerker, über Kalk, Zement und Ziegelsteine beginnen konnten, über Rohrdächer, über die verschiedenen Farben für Außen- und Innenanstriche. Der rote Streifen am westlichen Horizont hielt sich wieder mal unglaublich lange, zuletzt als haarschmaler Strich, auf dem die Seelen der armen Sünder in die Hölle befördert wurden. Der Mond, eine leicht eingedrückte rötliche Scheibe, zeigte sich im Geäst der durchsichtigen Weide an Schependonks Teich. Irene spürte in ihren geschwollenen Händen das Blut klopfen.

Dies alles, sie alle, konnte man ja ganz anders sehen. Die

Genugtuung, die Irene empfand, wenn sie auf die Kehrseite der Wörter kam, konnte sich mit keiner anderen Freude messen, wieder war sie das schlimme Kind, und dies war es, was ihr wirklich zukam und wobei sie sich schmerzlich wohlfühlte, während alles andere Getue und Verstellung war, und wenn es bei ihr so war, dachte sie, wie sollte es anders sein bei den anderen?

Luisa zum Beispiel *konnte* gar nicht so selbstlos sein, wie sie tat, unmöglich konnte sie wirklich diese Freude haben an der Freude der anderen, selbst wenn sie davon ausgeschlossen war. Das gab es nicht. Sie mußte dahinter kommen, wo Luisas Schmerzpunkt lag, den sie mit ihrer Hingabe an die Schicksale anderer schonen wollte. Sie mußte herausfinden, was die beiden, Luisa und Antonis, das ungleiche Paar, aneinanderband. Es konnte ja nur eine Schwäche sein. Zwei Schwachstellen, die zufällig zusammenpaßten und die sie auf diese Weise vor den Augen und dem Zugriff der anderen verbergen konnten, und es würde ihnen ja nicht schaden, wenn sie diesen Punkt fände und berührte. Mit Blicken. Mit Worten. Es würde ihr dann viel leichter fallen, mit Luisa durch die Stadt zu gehen, wo sich die Augen aller Männer an Luisa festsaugten und sie, sie selbst, wieder in diesen gefürchteten Zustand des Nichtvorhandenseins verfallen mußte. Wieder in diese Angst, daß auch ihr Körper wie alles sich als Täuschung erweisen, daß er sich auflösen und an seiner Statt eine Leerstelle erscheinen würde, ein Vakuum, ein Nichts. Nur daß sie immer Klassenbeste gewesen war, die ganze Schulzeit über, immer führend in so weit auseinanderliegenden Fächern wie Literatur und Physik, auch Chemie, jeder ihrer Lehrer war überzeugt gewesen, daß sie sein Fach studieren würde, und auch später, eigentlich in jeder Etappe ihrer Ausbildung und ihrer Berufstätigkeit war sie als hervorstechend leistungsstark gelobt worden, sie wußte auch noch, von wem, sie hätte es wiederholen mögen, nur half es ihr nicht. Auch der Schmerz in den Händen half ihr nichts. Was ihr half, wenn auch nur ganz wenig, war der Schrecken, der auf Clemens' Gesicht erschien, als er spät abends ihre Hände sah, feuerrot, zerkratzt und angeschwollen, die Finger brennende Ballons, die nun Mitleid bei Clemens hervorriefen, und war Mitleid nicht die Aschenputtel-Schwester der Liebe? Gleich folgte, das hatte sie vorausgesehen, die Gegenregung des Selbstmitleids bei Clemens, was habe ich dir getan, warum tust du mir das an. Dies war die Sekunde, auf die es ankam: Schmerz erzeugen. Wahrgenommen werden. Da sein. Lächeln, wenn Clemens etwas sagte. Denn es stand ihr besser, dachte Irene, zu lächeln als zu weinen, und nie weinte sie, wie sie es von anderen Frauen wußte, mit Vorsatz und Berechnung, auch wenn es Clemens so vorkommen mochte, besonders in letzter Zeit, wo die lächelnde Grimasse so häufig, und ohne Anlaß, zu einer Jammermiene zusammenbrach, die dann, auf die kleinste Frage hin, zum Beispiel: Was habe ich denn nun schon wieder falsch gemacht! einfach losheulte. Das Schlimme war, sie fühlte sich weinend wohler als lächelnd, und dies konnte doch nicht normal sein. Das Allerschlimmste aber war, daß Clemens nichts falsch machte, oder fast nichts, daß er einfach niemandem weh tun konnte, und daß eben alle auf ihn flogen, sogar das Kuckucksweibchen, wenn er mit seiner Kuckucksflöte hinters Haus trat und es lockte, irritiert flog es ihn an, antwortend. Kuckuck, Kuckuck, das machte ihn glücklich, und wieso bloß war sie nicht imstande, ihn glücklich sein zu lassen, auf die Art, die ihm gemäß war. Weil all sein Glück von mir kommen soll, das konnte sie ihm nie sagen, aber wenn sie in den Brennesseln stand und rupfte, dann konnte sie es wenigstens denken, und es war, bei allem irren Schmerz in den Händen, doch eine unsägliche Linderung: Von mir mir mir, und nicht von diesem dämlichen Kuckuck oder von dieser Landschaft hier, die du dir mit verklärter Miene besiehst, nicht von diesem alten Fachwerkhaus, einer Bruchbude, genau besehen, in das sie nun Jahre ihres Lebens würde stecken müssen, nicht von diesen Freundesrunden, in denen sie zusammenhockten und die Lieder ihrer Generation sangen, die Irene nicht hören wollte, wie sie auch die Geschichten nicht hören wollte, von Hoffnungen und Enttäuschungen, an denen sie nicht teilgehabt hatte und die sie kindisch und unverständlich fand, besonders wenn sich die Gesichter der Älteren bei den gleichen Stichwörtern auf die gleiche Weise veränderten. Sie sagte nicht: verschont mich!, sie sagte ihnen nicht ins Gesicht, daß ihr Rückzug ins Landleben eine neue Illusion war, sie hatte begriffen, es gab Dinge, an die sie nicht rühren durfte, sonst verschloß Clemens sich vor ihr. Also vergriff sie sich an sich selber, holte die Nagelschere, schnippelte in ihrem Haar herum, verdarb ihm das Bild von sich, das sie ihm schuldig war, schuldig blieb. Wie sie ihm die Ruhe schuldig blieb, das einzige, was er sich von ihr wünschte, ihn dafür mit Fragen quälte, ja: quälte, und wie sollte sie es ihm und sich selbst erklären, daß es kein anderes Mittel auf dieser Welt gab, sich selbst die Tortur zu mildern, als eben dies: Clemens in ihre Qual hineinzuziehen; erst abzulassen mit ihren tiefer und tiefer, in abgelegenste Bereiche bohrenden Fragen, wenn er den Kopf zwischen die Hände preßte und sagte, er werde noch verrückt. Und jetzt konnte Irene sich zugeben, ohne Schuldgefühl, ohne Reue, daß sie ihn verrückt, daß sie ihn fertigmachen mußte, wenn es ihr nicht gelang, ihn dazu zu bringen, daß er sie liebte. Daß er nur sie liebte.

Und weil sie ernstlich fürchten mußte, darüber werde auch sie verrückt werden, so wie die Mutter es ihr in ihrer Kindheit oft angedroht hatte, und das Wissen darum, daß eine einsame Mutter mit dem Mädchen, das ein Junge hatte werden sollen, nicht zurechtkam, half ihr gar nichts gegen die Botschaft anderer Zellen, die tief, unangreifbar in ihrem Körper versteckt saßen: daß dieses Kind im tiefsten Unrecht war, das es überhaupt geben konnte, im Unrecht, auf der Welt zu sein. Wer sollte sie glauben lehren, daß es echte Teilnahme war, wenn Clemens sich nun über sie beugte, sie fragte, warum sie weinte. – Ich? mußte sie zurückfragen. Aber ich wein doch nicht. – Weinte sie denn?

## 8

Zum Haus von Antonis und Luisa führten drei Wege. Vermutlich führen sie heute noch dorthin, aber wir gehen sie nicht mehr, und so ist es gut möglich, daß die Wege, da sie nicht mehr begangen werden, verschwunden sind. Die weiteste Verbindung waren die regulären Straßen, schotterbestückt im günstigsten Fall, zumeist aber Sandwege, zerfahren, grundlos bei Regen. Am kürzesten war der Pfad von Bremers Haus über die Wiese, am Moorwald vorbei, hart am Rand des Schwingrasens, den Tante Wilma, wie sie erzählte, an ihrem Hochzeitstag übermütig betreten hatte und in den sie fast versunken wäre, auf Nimmerwiedersehen, hätte nicht ihr frischgebackener Bräutigam sie gerettet. Aber die Brautschuhe blieben im Moor stecken, und lange haben alle sich gefragt, was das wohl zu bedeuten hätte. Ja, der Moorwald ist tückisch.

Jan und Ellen gingen mit Jenny den dritten Weg, am letzten Haus des »Katers« vorbei, über die hügeligen Wiesen zum Neandertaler hoch, von dem aus sie sich den Rundblick über das Land nie versagen konnten, zu jeder Jahreszeit, bei jedem Licht, bei jedem Wetter, ein immer wechselndes Bild, dessen sie niemals überdrüssig werden konnten: das Dorf, das sich mit drei Armen in die Landschaft streckte. Der Weiher. Dahinter die weiße Kuppel und die schwarzen Flügel der Windmühle, gen Süden die großen fensterblitzenden Ställe des Hauptdorfs und linkerhand der Wald, der den Horizont begrenzte. Im Fernglas sahen sie über dem Vogelsee den Bussard kreisen und am Waldrand die drei Rehe stehen, die um diese Zeit immer dort standen. Es scheint, sagte Ellen, als seien wir die erste Generation, die eine Art von schlechtem Gewissen empfindet angesichts der Schönheit der Natur. Jan sagte, er lasse sich seine Freuden durch schlechtes Gewissen nicht trüben. Übrigens seien sie dieses Jahr ganz von Gerste eingekreist.

Vom Rand der Wiese aus, die in späteren Jahren verdarb, als das Vieh einer unsinnigen Theorie wegen in den Ställen bleiben mußte, folgten sie schnurstraks der Hochspannungsleitung, quer durch das noch niedrige Getreide. Die riesige Kastanie war ihr Anhaltspunkt, bis das Rohrdach von Antonis' und Luisas Haus auftauchte. Dann hörten sie auch die wilde griechische Musik, machten das Fenster mit dem Kassettenrecorder aus, die Haustür, die immer offen war, wenn nicht Regen und Westwind es verboten. Und dann sahen sie auch Luisa in der Haustür stehen, mit der Hand die Augen gegen die Sonne abschirmend. Ihr seid direkt aus der Sonne gekommen, sagte sie. Das war unglaublich schön.

In früheren Zeiten müssen die Häuser ihren Platz in der

Landschaft ganz von selbst gefunden haben. Wie sie es nur gemacht haben, fragten wir uns, die Natur mit ihren Wohnungen zu verschönern, anstatt sie, wie wir meistens, zu verunstalten. Die Vorfahren der Bauern, von denen Antonis und Luisa, in höchster Not und letzter Verzweiflung aus einem Neubauviertel einer brandneuen Stadt geflüchtet, dieses Haus gekauft hatten – in desolatem Zustand, allerdings, und für ein Nichts! –, hatten es sich doch gewiß nicht leisten können, sentimental zu sein, Gefühligkeit hätte doch gewiß nicht die Wahl des Platzes für ihr Anwesen beeinflußt. Stallungen und Scheune lagen einfach günstig zu ihren Wiesen und Feldern, der Tümpel neben dem Haus erlaubte Entenaufzucht, der nahe Waldrand gab Schutz gegen Nord- und Ostwinde. Aber ihr praktischer Sinn scheint ihren Blick für Schönheit nicht getrübt zu haben. In einer leichten Bodenwelle, trotzdem weithin sichtbar, die lange Fensterfront der Mittags- und Abendsonne zugekehrt, liegt es da, das Haus. Einladend, das ist das Wort. Die Erleichterung und Freude, wenn wir uns ihm näherten, verlangten keine Erklärung. Wenn draußen keiner zu sehen war, blickte man durch die Geranien auf den Fensterbrettern in die Wohnstube. Da saß Luisa an dem alten rissigen Tisch und nähte oder schrieb, oder wenigstens lag Tilli, der mächtige schwarzweiße Kater, schlafend im Schaukelstuhl. Und wenn nun er die Seele des Hauses war? Seele, Seele, ein fremder Klang. Euer Haus hat eine Seele, Luisa. Luisa, erschrocken: Ich weiß. Red nicht drüber. Oft hab ich Angst, wir verstehen sie nicht. Sie ist so verletzlich.

Links neben der Haustür sind die Gummistiefel und Holzpantoffeln aufgereiht, rechts die braunen lasierten Tongefäße und die rauhen, bauchigen, dünnhalsigen Tonflaschen, in denen die Landarbeiter ihr Trinkwasser mit aufs Feld nahmen. Auf einem runden Marmortischchen standen die angeschlagenen Gipsbüsten von Goethe und Schiller, niemandem ist je eingefallen, zu fragen, woher sie kamen, was sie hier suchten.

In den alten zerbröckelnden Korbstühlen saßen sie schon und tranken Rotwein, wir hatten keine Zeit mehr zu versäumen. Antonis goß ihnen ein, bis der rote Wein über den Glasrand auf den verwitterten Brettertisch floß. Sie hoben die Gläser. Luisa sagte: Die Zeit vor Johanni ist am schönsten.

Zuerst war es Zufall, wißt ihr es noch, daß immer ein Fest daraus wurde, wenn wir uns trafen. Dieser Abend eröffnete die Reihe der ländlichen Feste, bunte Ballons, an denen das spinnwebleichte Netz des Sommers hing. Wir Stadtmenschen, wir strikten Arbeitsmenschen hatten ja keine Ahnung gehabt, was Feste sind, ein Versäumnis, das wir aufholen mußten. Später, das ist schon wahr, gerieten wir in den Sog eines Wirbels, eine Art Festessucht kam auf: Tages- und Nachtfeste, Feste zu dritt und Feste zu zwanzig, Feste unter freiem Himmel, Feste in Wohnstuben, Küchenfeste, Scheunenfeste. Feste mit den verschiedensten Speisen. Wein war immer da, manchmal dazu nur Brot und Käse, manchmal gegrilltes Fleisch, Fischsuppe, Pizza, sogar große Braten. Die Kuchen nicht zu vergessen, die Frauen begannen, in Kuchen zu wetteifern. Es gab Feste mit Musik und Tanz, Feste, bei denen gesungen, Feste, bei denen geschwiegen, und Feste, bei denen geredet wurde. Feste zum Streiten und Feste zum Versöhnen. Spiel-Feste. Wir lehrten uns, den Rausch zu lieben. Mag sein, es müßte heißen: Wir lernten es von Luisa.

Luisa dachte, jeder müsse es sehen: das Ekzem auf ihren Armen, das sie so lange gequält hatte, zog sich zurück. Nun, nach den drei Schweigetagen, konnte sie Ellen erzählen, was die Frau in Wimmersdorf mit ihr gemacht hatte.

Fast gar nichts, weißt du. Nichts Unnatürliches. Zuerst hat sie mir ihren Garten gezeigt – der ist so schön, du kannst es dir nicht vorstellen. Alle Kräuter, und alle Blumen. Und dann in der Küche die getrockneten Kräuterbündel an der Decke aufgehängt. Der Duft. Und alles so reinlich, dabei ganz einfach. Ruhig hat sie mich angehört. Sie hat gute Augen. Man denkt, aber jetzt lach nicht, daß sie alles von einem weiß. Dann hat sie mit einem Schäufelchen ein bißchen Asche aus ihrem Herd genommen, weiße saubere Asche, und damit hat sie die kranken Stellen an meinem Körper bestrichen. Dazu hat sie mehrmals einen Spruch gesagt, der steht in Sütterlinschrift in einem alten Oktavheft. Was glaubst du, wie leicht ihre Hände sind. Ich ekelte mich nicht, und ich glaubte, ich müßte mich vielleicht nie mehr ekeln. Nach drei Tagen werde es sich zurückziehn. Und ob es mir nicht guttun würde, die drei Tage mal zu schweigen. Da wußte ich auf einmal: Das war es, was ich brauchte, und es war so schön und leicht.

Jetzt würde Antonis sagen, nächstens werde seine Frau wochenlang nicht mit ihm sprechen, bloß weil eine alte Hexe es ihr befohlen habe. Er sagte es. Bei uns in Griechenland, sagte er, kriegte die aber Schwierigkeiten. Wo die Menschen sich so fürchten vor dem bösen Blick. Luisa erschrak für die Frau aus Wimmersdorf, die niemals in ihrem Leben nach Griechenland kommen würde, auf ihrer inneren Bühne lief, unabänderlich, das grausame Schicksal der Hexe ab, sie fühlte Antonis' Blick auf sich, während der den anderen Rede und Antwort stand: Das wisse er noch, die Sache mit dem bösen Blick? – Er wisse alles. – Aber du warst zwölf Jahre, als ihr aus Griechenland weg mußtet. – Na und? Ist ein Zwölfjähriger nicht ein fertiger Mensch? – Im Süden vielleicht.

Fix und fertig, dachte Luisa. Sehr genau hörte sie den

gereizten Ton aus Antonis' Stimme, wenn er jetzt von Griechenland sprach. Die Junta war gestürzt, das so lange niedergehaltene Heimweh zerfleischte ihn, er wartete auf seinen Paß. Wenn er nur fahren könnte, sagte in Luisa eine zitternde Stimme. Wenn er nur wiederkommt. Jemand, hörte sie Ellen, habe ihr gesagt, heutzutage finde man in jedem Dorf die Probleme der ganzen Welt.

Schließt die Augen. Versetzt euch in einen der nächsten Abende. Auf dem Tisch liegt Antonis' griechischer Paß mit seinem Einreisevisum für Griechenland, jeder von uns nimmt ihn in die Hand, jeder betrachtet gründlich den Stempel. Die Großmutter bringt eine große, mit Spinat gefüllte Pita heraus, in ihrem schwarzen Kleid – sie trägt schwarz, seit ihr Vater starb –, mit ihrem schnellen mädchenhaften Gang. Sie kann nicht lesen und schreiben, sie besieht sich das Paßfoto, vergleicht es mit Antonis' Gesicht. Gut! sagt sie, wir wissen nicht, meint sie das Aussehen ihres Enkels oder die Ähnlichkeit der Fotografie. Nicos, der Freund von Antonis, wirft den Paß auf den Tisch und sagt etwas auf Griechisch zu Antonis, in vollem Ernst, wie uns scheint. Als wir fragen, was er gesagt hat, lacht Antonis. Es sei ungehörig, habe Nicos gesagt, daß er, der Jüngere, vor dem älteren Nicos nach Griechenland fahre. Alle lachen wir ein bißchen, aber wir wissen genau, an diesem Abend kann Nicos keine Scherze machen, noch weniger als sonst.

Dies wurde ein Fest mit Rotwein und Retsina, mit griechischem Huhn und grünem Salat, mit Musik und Tanz, mit Streit und Versöhnung.

Ellen hatte sich so gesetzt, daß sie den Mond im Auge behielt, einen fast fertigen Vollmond, der schon den ganzen Nachmittag über am Himmel stand und sich allmählich aus dem Blau, das verblich, mit Leuchtkraft auffüllte. Ihre Stimmung war zwiespältig, kein Wort, das sie kannte, paßte auf sie. Ein Abend wie dieser konnte, selbst mit den gleichen Menschen, in einer Großstadtwohnung niemals der gleiche Abend sein. Man gibt sich anders unter freiem Himmel, dachte Ellen, die Stimme klingt anders, wenn man weiß, daß im Umkreis von einem Kilometer außer uns keine Menschen sind. Die ganze Zeit über, auch später, als sie ins Haus gegangen waren, weil es kühl wurde, vergaß sie den Mond draußen nicht, seine Unverwandtheit und seine ironische Distanz. Abwesend aß sie das mit Zitrone gewürzte Huhn und die kleinen Gerstennudeln dazu, strich sich die stark duftende Knoblauchpaste auf das mecklenburgische Vollkornbrot. Ist dir was? fragte Jan sie leise, eine in Jahrzehnten Hunderte von Malen wiederholte Frage, und sie erwiderte, Hunderte von Malen: Was soll sein? Nichts. Und Jan verzog, wie immer, das Gesicht, er litt nicht, daß sie auf Abstand ging, und sei es für Stunden. Jan fühlte sich wohl, das war zu wenig gesagt, aber warum die eigenen Gefühle hochtreiben, warum sich so wichtig nehmen. Jan sah, wie die Großmutter die Männer am Tisch bediente. Sie lud alle nach Griechenland ein. In ihrem eigenen Haus werde sie ihnen das feinste Essen kochen, das sie je gegessen hätten. Weißt du, wie das Haus aussieht? sagte Luisa leise zu Jan. Eine Ruine. Sie glaubt es nicht. Jan sah die Großmutter zu ihrer Ruine nach Hause kommen. Man wußte nicht, was man ihr wünschen sollte. Jan konnte sich selbst vergessen. Er nahm Antonis das Versprechen ab, ein Fäßchen Retsina mit zurückzubringen, und erörterte ausführlich mit Gabriele, wie sie ihre Beziehungen zu den Hafenbehörden verschiedener Länder ausnützen könnte, den Transport zu sichern. Mit der letzten Flasche Retsina wurde der Plan begossen. Jan aß genußvoll die blauen Oliven und den bleichen Tintenfisch dazu und schwieg, während die anderen gleichzeitig anfingen, laut zu reden. Er sah, daß auch Ellen Lust gehabt hätte, betrunken zu sein, zu lachen und zu singen, und daß es ihr nicht gelang. Der Aufpasser in ihr schrumpfte auf die Größe einer Nuß, blieb aber wach und scharf. Sie haßte ihn. Sie legte ihre Hand Jan an die Schläfe, der rieb seinen Kopf an der Hand. Man zog um ins Haus.

In der Küche, als sie das Geschirr zusammenstellten, fragte Luisa Ellen, ob sie das gehört habe, von der Frau im Tschad. Sie müsse immer an sie denken. Ob man sie wirklich töten werde. Gabriele war gerade zu Verhandlungen über Schiffsladungen in Stockholm gewesen und hatte die Nachricht nicht verfolgt; der Tschad verlangte ein hohes Lösegeld für die Herausgabe einer gefangengesetzten französischen Soziologin. Wahrscheinlich spielten die westlichen Sender die Angelegenheit absichtlich hoch, sagte Gabriele. Auch Ellen glaubte, daß es sich um eine nicht ganz ernst gemeinte Drohung handele. Meint ihr das wirklich? sagte Luisa ungläubig, forschte in ihren Gesichtern mit ihren erschrockenen dunklen Augen. Hast du sie im Fernsehen gesehen? Was sie für ein schönes starkes Gesicht hat, und was für kräftiges Haar. Meint ihr, sie steht es durch? – Du Kind, dachte Ellen zärtlich und suchte in sich die Spuren jener Zeit, in der auch sie eine jede solche Meldung als persönlichen Schrecken erfahren hatte. Alle diese Drohungen und Täuschungen, Verwirrspiele und Hinterhältigkeiten, die sie nun zu durchschauen glaubte und nicht mehr so leicht an sich heranließ, die aber doch damit enden konnten, daß jemand auf den elektrischen Stuhl oder in ein Lager kam oder daß, in diesem Fall, eine Frau mit einer Kugel im Genick in die Wüste geworfen wurde. Du hast recht, Luisa, sagte sie. Man muß Angst um sie haben.

Die griechische Musik hatte den ganzen Abend über

nicht aufgehört, Luisa begann in der Küche zu tanzen, die Arme seitlich erhoben, mit den Fingern schnipsend, den Kopf leicht geneigt, als erspüre sie während des Tanzes die Figuren, die sie von alters her zu kennen schien, sie wußte die Füße zu setzen, anmutig bewegte sie die Hände, wie es sich gehörte, der Rhythmus lag ihr im Blut. Sie winkte Antonis heran, ließ ihn sich um sie drehen, er suchte ihren Blick, fand ihn, suchte ein Versprechen, fand es nicht. Richtig! rief die Großmutter und klatschte im Rhythmus, Antonis zog sie in den Kreis, auf einmal hatte sie ihr schwarzes Kopftuch um, den einen Zipfel kokett im Mund, auf einmal war um sie der Dorfplatz, auf dem Antonis' Großvater um sie warb, ein junger Mann, da gab es, von Generation zu Generation, nur diesen Tanz. Wie schmal ihre Fußgelenke waren, wie geschmeidig und zäh ihr Körper war unter den vielen Röcken. Man traute ihr die Monate bei den Partisanen in den Bergen zu, die lange, zermürbende Flucht zur albanischen Grenze hin, mit Antonis, der fast noch ein Kind war. Wie in einem Zeitraffer sahen wir ihr junges, straffes Mädchengesicht zu dem kleinen pergamentenen Altersgesicht schrumpfen und fragten uns, wie sie die klaren jungen Augen hatte behalten können, deren Blick stolz geblieben war, nichts zurückgenommen, nichts aufgegeben hatte. Augen, die nur noch die Sehnsucht kannten, ein bestimmtes Haus in einem bestimmten Dorf noch einmal zu erblicken und sich dort für immer zu schließen.

Luisas Blick traf Ellens Augen, sie hatten beide an das gleiche gedacht. Luisas Arme und Hände waren frei von der Flechte, die allen Tinkturen und Salben, sogar dem heilsamen Meerwasser widerstanden hatte. Vor welcher Berührung mochte Luisa sich durch Ekel haben schützen müssen? Ellen fühlte, wie der Zwang, über alles ein Urteil zu haben, von ihr abfiel. Nicht jeder Widerwillen hinterließ körperliche Zeichen. Ob es vorzuziehen wäre, fragte sie sich, daß die Seele die Unzumutbarkeiten, denen sie ausgesetzt wurde, nur mit sich selber abmachte. Wie viele Dinge es gab, über die sie niemals sprach und nach denen sie nie jemand fragte. Das ficht mich nicht an, dachte sie, in diesen deutlichen Worten. Sie mußte über sich selber lachen.

Als sie ins Zimmer kamen, hatte der Streit schon begonnen. Auf dem Tisch lag eine Zeitschrift, aufgeschlagen bei einem Gedicht, das Ellen und Jan mit Bewunderung gelesen hatten. Antonis sagte, das würde er gerne ins Griechische übersetzen, aber er verstünde es nicht. Was zum Beispiel diese Zeile bedeuten solle: »... Geh ich vom Sein des Hundes in das Sein der Katze...« Aber das sei doch ganz klar! rief Luisa von der Tür her. So? sagte Antonis, in dem gereizten Ton, den er annahm, wenn er sich angegriffen glaubte. Wenn ihr alles klar sei, solle sie es ihm doch bitte erklären. Luisa schwieg. Gabriele wollte vermitteln. Auch ihr falle es schwer, Gedichte zu lesen. Geschichten – das ja. Allerdings nur, wenn sie Hand und Fuß hätten. Nicos dagegen – der lese ja überhaupt bloß seine griechische Zeitung, noch abends im Bett. Ellen, die es immer vermied, mit Nichtliteraten über Literatur zu streiten, aus einer Art von schwer erklärbarem Schamgefühl, Ellen meinte, sie verstehe schon, daß Nicos abends müde sei; daß er sowieso wenig Zeit habe zu lesen, und dann noch komplizierte deutsche Texte. Und warum müsse denn jeder Mensch Bücher lesen. Vielleicht würde Nicos auch dann nicht lesen, sagte sie, ohne Vorwurf, sogar ohne Bedauern, wenn er mehr Zeit hätte und Deutsch seine Muttersprache wäre. Ihr Beschwichtigungsversuch wurde nicht angenommen. Jawohl! rief Nicos, der viel getrunken hatte und rot im

Gesicht war: Das sei vollkommen richtig. Er sehe nicht ein, wozu er lesen müsse, daß jemand sich von einem Hund in eine Katze verwandelt!

Vom *Sein* des Hundes, rief Jan aufgebracht. Ob er nicht wenigstens sachlich bleiben könne!

Aber bitte sehr! schrie Nicos zurück. Ich möchte bloß wissen, was an diesen Haustieren sachlich sein soll!

Da war es wieder. Ellen erkannte den Ton, auf den Jan ansprang, ohne Ansehen der Person. Sie setzte unter dem Tisch ihren Fuß auf seinen Fuß. Sei still. Gabriele, die einzige, die sich nicht erregte, sagte, der normale Mensch habe nun mal andere Sorgen als ein Dichter, das sei schon immer so gewesen.

Was er denn gerade für Sorgen habe, fragte Ellen Nicos.

Ich? schrie der. Ach, Kleinigkeit! Ich muß bloß herausfinden, warum bei unseren letzten Schiffen die Vibration zugenommen hat, falls dich das interessiert. Und dann muß ich die Vibration eben beseitigen. Und das so billig wie möglich.

Klar, sagte Jan. Das sei ja sein Beruf. Und wenn er es geschafft habe, könne er einen Artikel für die Werftzeitung schreiben. Kein Mensch erwarte, daß er sich über Hunde und Katzen äußern solle.

Eure verdammte Überheblichkeit! rief Nicos. Ihr habt ja keine Ahnung vom Leben.

Da hat er recht und unrecht, dachte Ellen, ihr Gespräch kam dem Bezirk in ihr nahe, der immer noch schmerzte und für eine Weile nicht berührt werden sollte; einen verwundeten Soldaten, hatte ihr jemand gesagt, schicke man doch auch nicht wieder in die Schlacht. Keine Ahnung vom Leben, mag sein. Oder zuviel Ahnung von einer Art Leben, von der die unzähligen normalen Leben abgedrängt worden waren und auf die die Gedichte weiter

Kurs halten mußten, ungeachtet des Irrsinns, von dem die Person sich bedroht sieht, deren verschiedene Bestandteile auf unterschiedliche Ziele hin auseinandergerissen werden. Und wenn sie hier saß, verkrochen in diese Bauernstube, weil sie den Preis nicht zahlen wollte, nicht für die eine, aber auch nicht ganz und gar für die andere Richtung? Es würde sich wohl zeigen. Wenn nur die Beunruhigung blieb.

Jedenfalls hütete sie sich, Nicos spüren zu lassen, daß sie seinen Alltag nicht für »Leben« halten konnte und daß sie seinem gereizten Ton anmerkte: Auch er selbst hielt ihn nicht dafür. Seine Anklage traf sie, als sei sie schuld an der Existenzweise, mit der er sich nicht abfinden konnte. Ihr war, als sei dieser Abend nur ein Ausschnitt aus einem langdauernden Gespräch, nicht immer bei Kerzenschein, nicht immer an diesem Tisch, aber immer mit den gleichen Worten geführt, und immer mit den gleichen Stimmen. Hundertmal hatte sie Jan schon zu Nicos sagen hören: Na und? Ob er so wenig Phantasie habe, daß er sich außer seiner begrenzten Daseinsform keine andere je vorstellen, sich in keiner anderen wiederfinden könne? Hundertmal hatte sie selbst gesagt, sie spüre es scharf, wie unvollständig das Leben eines jeden von uns sei, wie es der Erfahrungen entbehre, die der andere habe. Nur sehe sie keinen Ausweg aus dem Dilemma. Wenn man sich nicht, wie frühere Dichter, ins Aus fallen lassen wolle, um der Dauerreibung zu entgehen. – Das, rief Irene, würde heute heißen, gegen elektrisch geladene Drahtzäune zu rennen. – Clemens sagte: Ronny! Ellen: So ist es, und Jan verwahrte sich gegen die übermäßige Zuspitzung der Alternativen: Das führe zu nichts. Luisa, die niemals Abstand gewinnen konnte, blickte atemlos von einem zum anderen, jemand rief ihr zu – wer war es doch? –, sie solle sich beruhigen.

Niemand würde sich ja hier, vor ihren Augen, in eine Leiche verwandeln.

Nicos sagte: So. Jetzt erzähl *ich* euch mal eine Geschichte. – Laß, Nicos! sagte Antonis, aber Nicos hatte schon begonnen. Etwas aus der Partisanenzeit, sagte er. Ein Cousin von ihm, heute Offizier bei unserer Handelsflotte, habe an seinem Hals eine Narbe, und er erzähle nie, woher. Ich sag's euch jetzt. Als schwacher, ewig greinender Säugling war der Cousin mit bei ihrem Partisanentrupp und gefährdete sie alle, sechzig Männer, Frauen und Kinder, als sie sich der Grenze näherten, die von den regulären griechischen Truppen scharf bewacht war. Er konnte einfach nicht still sein, sie wußten nicht, was sie mit ihm machen sollten. Da beschlossen sie in der Leitung, ihn zu töten. Sein Vater, Nicos' Onkel, der die Einheit führte, sollte den Beschluß ausführen. Mehrere Männer hielten die Mutter zurück. Der Vater hat das Messer dem Säugling an die Kehle gesetzt, hat auch eingeschnitten, töten konnte er ihn nicht. Sie beschlossen, den Säugling leben zu lassen. Mucksmäuschenstill hat er sich verhalten, während sie über die Grenzpässe stiegen. – Schweigen.

Ob er sich wünsche, daß einer das beschreibe.

Nein, sagte Nicos. Es sei unmöglich. Er wisse das.

Luisa sagte, fast weinend, es stehe ihr ja nicht an, eine Meinung zu äußern, aber sie wolle doch sagen, wie froh sie sei, daß sie das Kind nicht geopfert hätten. Nie, nie hätten doch die Erwachsenen ihres Lebens wieder froh werden können. Einen Menschen töten, damit sechzig am Leben bleiben – die Rechnung gehe doch einfach nicht auf.

Jenny, auf der Ofenbank, betrachtete die anderen, die Älteren, die ihr unheimlich waren, undurchdringlich und unbekannt. Sah ihre großangelegten und ihre kleinlichen

Manöver, sich vor sich selber und vor den anderen zu verbergen. Sich in den Posen der Bescheid- und Besserwisser, der Erfahrenen, der Eltern, Lehrer, Richter festzulegen, ihren weichen Kern zu umpanzern. Zum erstenmal dachte Jenny nicht, ihr werde das nie passieren. Wurde sie alt? Was redete Gabriele gerade? Vom Aufsatzschreiben? Was sollte das hier? Natürlich fordert man zwölfjährige Schulkinder auf, über eine Heldentat einen Aufsatz zu schreiben. Jenny erinnerte sich gut. Sie hatte sich einfach eine Person und eine Heldentat ausgedacht, weder Zeit- noch Gefühlsaufwand damit getrieben. Das Mädchen aus Gabrieles Haus war zu Nicos gekommen, hatte ihm Heldentaten abgefragt, die sie dann aber alle ablehnen mußte. Sie kannte ihre Lehrerin. Weder Angst noch Vorsicht, noch Unsicherheit durften in ihrer Heldenbeschreibung vorkommen, und sie hatten schließlich so lange an einer wahren Geschichte herumgebastelt, bis sie den Ansprüchen der Lehrerin entsprach. Aber nicht deshalb erzählte Gabriele diesen Vorfall; ihr war, während sie nach Heldentaten der Gegenwart suchte, die der Lehrerin natürlich am liebsten gewesen wären, aufgefallen, daß es eigentlich keine Gelegenheit mehr zum Handeln gab. Die Pläne für ein Schiff zeichnen – nun gut. Produkte ins Ausland verkaufen, die Devisen brachten – auch nicht schlecht. Aber Taten? Taten seien das doch wohl nicht. Nein, sagte Antonis, aus irgendeinem Grund befriedigt, da sei es schon eher eine Tat, ein Buch zu schreiben, und merkwürdigerweise widersprach ihm niemand. Ellen, der es unwahrscheinlich vorkam, daß sie je wieder ein Wort schreiben würde, es sei denn – aber daran war nicht zu denken, nicht heute abend–, auf irgendeine Weise würde sich doch wieder jenes Ferment in ihr sammeln, für das sie keinen Namen wußte, das aber unerläßlich war, um auch nur eine einzige Zeile aufs Papier zu bringen – Ellen wollte nichts mehr hören. Wozu waren sie schließlich hierher gekommen, doch gewiß nicht, um sich wieder in den alten Netzen zu verfangen und am Ende wieder in derselben Falle zu sitzen. Ganz unerwartet, wie das zu sein pflegt – nie stellen sich wesentliche Einsichten ein, wenn man sie erwartet –, konnte sie diese von ihr bisher gemiedenen Vergleiche – Netz, Falle – annehmen. Konnte die Ahnung zulassen, daß dahinter, darunter noch ganz andere Bilder auftauchen würden. Daß sie nur gesund werden könnte – gesund werden!, auch so ein Wort, das sich plötzlich einstellte; war sie denn krank? – wenn sie die Abhängigkeit, in die sie geraten war – wodurch? wovon?; es würde sich zeigen –, von innen her auflösen konnte. Zeit, Zeit. Hatte sie die denn?

Aus winzigen Tassen tranken sie den starken süßen türkischen Kaffee. Es wurde Mitternacht. Luisa brachte den Korb mit den kleinen Katzen, die sie in einer Mauerhöhle hinter dem Knechtskaten gefunden hatte, bewacht von Lucie, der schwarzweißen Mutterkatze. Die Frauen nahmen sie auf den Schoß, ließen sie Milch aus der flachen Hand lecken, verglichen sie miteinander, ihre Fellchen zeigten alle Abstufungen zwischen kohlschwarz mit weißem Lätzchen und schneeweiß mit schwarzen Pfoten. Drei davon werde er umbringen, verkündete Antonis, und Luisa fuhr zusammen, als könnte er seine Drohung ernst meinen. Irene glaubte zu verstehen, woher die Anziehungskraft kam, die Luisa auf Männer ausübte: Sie gab ihnen die Macht, sie zu erschrecken und sie dann zu trösten, nachdem sie die Gewalt, mit der sie geprahlt hatten, gar nicht hatten anwenden müssen. Merkten sie überhaupt, daß Luisa nicht in Gefahr war, sich jemandem ganz auszuliefern? Daß immer ein ungreifbarer Rest bleiben würde, der sich jedem Zugriff entzog? Reizte die Männer gerade das bis aufs Blut? War sie nicht zu beneiden? Sie lebte in jedem einzigen Augenblick, in einem Bereich, in dem die Blicke der Männer, gierig auf Erfolg und Besitz, sie nur scheinbar erreichten, in dem ihre Forderungen und Befehle nur eine Schein-Wirkung auf sie hatten. Wenn Antonis, dem eine Vorahnung davon manchmal das Gesicht überschattete, wirklich beginnen würde, daran zu leiden, sagte sich Irene, dann würde sein Zusammenleben mit Luisa anfangen. Dann würde sich zeigen, ob er es aushielt, mit der Gefahr zu leben, sie zu verlieren. So wie sie es aushalten mußte, neben Clemens zu gehen, seinen Schattenriß gegen den letzten Himmelsstreifen zu sehen, der nicht dunkel werden wollte, ihn unbeschwert mit Jan und Ellen reden zu hören und nicht zu wissen, was in der letzten Zelle seines Gehirns vorging. Er sagte, schon als Kind habe er sich mit den Sternen befaßt, alles, was er sich sein Leben lang gewünscht habe, werde sich jetzt erfüllen. Er blieb stehen, zeigte den anderen die Sternbilder. Als eine Sternschnuppe in großem Bogen fiel, sagte Irene zu Clemens: Ich weiß, was du dir gewünscht hast. Soll ich's sagen? – Laß doch, Ronny. – Du hast dir gewünscht, daß du hier lange allein sein könntest, stimmt's? – Warum sagst du das. – Es stimmt doch. Oder stimmt es nicht. – Es stimmt nicht, und das weißt du auch.

Alles lag offen, so mußte es sein. Niemand schien Lust darauf zu haben, die Schmerzpunkte der anderen mutwillig anzurühren. Ellen spürte wieder die Schwermut auf sich zukommen, die sie hier in den ersten Wochen abends überfiel. Dieser rote Mond. Diese undurchdringliche Stille. Paß auf, sagte Jan. Der Schwingrasen. Ellen setzte den Fuß auf den Rand des Schwingrasens, begann zu wippen, zuerst zaghaft, dann immer stärker. Hör auf! sagte Jan. Ellen tat noch einen Schritt, zog den anderen Fuß nach. Er trug. Der Rasen trug. Jetzt wippte sie mit dem ganzen Körper. Die Erde schwang, ein nie gekanntes Gefühl. – Hör auf! rief Jan. – Er trägt. Du, er trägt! rief Ellen. – Mach keinen Unsinn! Komm zurück. – Die Erde schwang, nur wenn sie Angst bekäme, würde die dünne elastische Haut reißen. – Wem hast du was beweisen wollen, sagte Jan böse beim Weitergehen. Ellen schwieg. Irene berührte ihre Hand. Sie hätte Lust, auch auf den Schwingrasen zu gehen, flüsterte sie.

Von fern hörten sie ein fremdartiges Gebell. Das müsse der Bock sein, sagte Jan, der sich in dieser Gegend aufhalte und den sie oft am Waldrand hatten stehen sehen. Der Laut war ihnen unheimlich. Sie waren froh, im Dorf zu sein, wo vereinzelt noch die letzten Fernsehprogramme aus den Stubenfenstern flimmerten, den Umriß des Transformatorenhäuschens vor sich auftauchen zu sehen und den Umriß des Pferdes, das schlafend, mit gesenktem Kopf, auf der Wiese stand. Im Bett fiel Ellen der Titel von Dantes berühmtem Buch nicht ein, an das sie schon seit Tagen denken mußte, hieß es »Höllenfahrt«? Wohl nicht. Morgen als erstes würde sie Jan danach fragen. Dafür fand sie einen der Namen für das Ferment, das zum Schreiben nötig war, »Selbstvertrauen«. Es war ihr ganz und gar genommen worden.

9

Zwei Welten, das sagt man so. Aber wenn es buchstäblich zutrifft? Wenn wir lange das Gefühl nicht loswerden konnten, wir würden in ein fernes, fremdes Land eindringen, uns von ihm umschließen lassen, daß man am Ende nicht wußte, wer wen einnahm, wer wen eroberte. Aber was war es denn wirklich, und woher diese Gefühle. Die Natur, das schon, die wir zu lange kaum wahrgenommen hatten und die uns in unerwarteter Weise zu schaffen machte. Die Landschaft, gewiß, die uns ergriff. Da waren sie wieder, diese angreiferischen und besitzergreifenden Wörter, die nicht paßten und ohne die unsere Rede stockte. Das Wetter, das wir nicht mehr ernstgenommen hatten und von dem wir nun abhingen. Die Jahreszeiten, fast vergessen, die uns überraschten. Das Wachstum der Pflanzen. Das ungläubige Staunen, wenn sich Blüten öffneten, deren Samen wir selbst in die Erde gelegt hatten. Gab es das also doch, wonach wir instinktiv gesucht hatten, als die falschen Wahlmöglichkeiten uns in die Zwickmühle trieben: eine dritte Sache? Zwischen Schwarz und Weiß. Recht und Unrecht. Freund und Feind – einfach leben?

Auch die Zeit lief anders. Allmählich erst, wenn wir lange genug geblieben waren, erfuhren wir das neue Zeitmaß am eigenen Leib, nicht ohne ihm Widerstand entgegenzusetzen, denn die Befürchtung, etwas Wichtiges, das Wichtigste zu versäumen, an Tagen, an denen niemand auf uns einstürzt, nichts geschieht, nur die Färbung des Himmels sich ändert und die Stille zum Abend hin zunimmt – diese Angst ist uns tief eingeprägt.

Luisa und Antonis fuhren mit Jan und Ellen »die kleinen Städte« besichtigen, mit einer Vorfreude, mit einem Stolz, als hätten sie diese Städtchen selbst erfunden oder sonst hervorgebracht. Sie trafen auf einen jener seltenen Wolkentage, die zu Beginn des Sommers noch vorkamen. Schnell ziehende, weißgraue, getürmte, schön geformte Wolken, an den Rändern von der Sonne durchleuchtet, vor großen Flächen von tiefem Blau. Man konnte sich streiten, und wir stritten uns, ob die Dörfer und kleinen Städte, die wir ja alle inzwischen in mancherlei Beleuchtung kennen, eher unter einem solchen Himmel zur Geltung kommen oder unter der metallisch blauen, ungetrübten Himmelskuppel der nächsten Monate.

Dörfer, die für wirtschaftlich unergiebig galten, waren in malerischer, vernachlässigter Schönheit liegengeblieben, die anderen, zu ökonomischen Zentren aufgestiegen, waren mit häßlichen neuen Zweckbauten durchsetzt, mit Zentralschulen und Landkaufhäusern bestückt, an die neuen Straßennetze angeschlossen. Antonis hatte eine andere Topographie im Kopf. Aus diesem Haus da hab ich meinen Eichenschrank, sagte er, oder: Hier in der Scheune steht noch eine herrliche Schatulle, die Leute kommen bloß nicht dazu, ihr Werkzeug auszuräumen. Und hier hat mir mal eine alte Frau eine Petroleumlampe geschenkt, bloß, weil ich ihr gefiel. – Ach Antonis! sagte Luisa jedesmal. – Was willst du! Soll das alles zugrunde gehen? – In einem ganz anderen, tieferen Sinn als für uns mußten diese kleinen norddeutschen Landstädte für Antonis Fremde bedeuten, erst jetzt, da wir selbst etwas wie Heimatverlust erfuhren, begannen wir seine inständigen Bemühungen zu verstehen, sich ein Zuhause herzurichten, und sei es dadurch, daß er sich mit alten Gegenständen umgab. Was immer ihn binden, seine Existenz befestigen konnte – er griff es auf. Schwer verständlich schien uns dagegen der Eifer, mit dem die Dorfleute sich der überlieferten Sachen entledigten, sowie die Gelegenheit sich bot, sich neu auszustaffieren, zum Beispiel in den Dörfern, die erst in den fünfziger Jahren an das Stromnetz angeschlossen wurden, ein Lichtfest zu veranstalten und ihre Petroleumlampen zu zerschlagen. Oder wie oft mußte Antonis sich anhören, wenn er in den Dörfern nach Geschirr, altem Gerät fragte, das hätten sie alles vor ein, zwei Jahren vernichtet. Wie alles Neue diesen Landstrich angeblich um Jahrzehnte später als anderswo berührte, so war der neue Schönheitsbegriff auf den Dörfern erst vor kurzem eingetroffen, hatte allerdings sehr schnell Fuß gefaßt und sich breitgemacht; da die karge Schönheit der alten Gegenstände an Armut gebunden war, gingen sie gleich über Bord, als Schrankwände, Frisiertoiletten und Eßservice ihren Einzug hielten und Platz brauchten, und nun kaufte der Staatliche Kunsthandel die Restbestände auf, um sie gegen harte Währung an den Westen zu verscheuern. Der unwiederbringliche Verlust dieser Dinge, die uns noch vor Jahresfrist nichts bedeutet hatten, ging uns auf einmal nahe bis zur Empörung.

Die »kleinen Städte« liegen, in Abständen von zwölf, fünfzehn Kilometern, aufgereiht an der Fernverkehrsstraße 104, die in gutem Zustand gehalten ist, da sie weiter nach Lübeck führt. Wie fremde, verirrte und zu groß geratene Fische bewegen sich die westdeutschen Straßenkreuzer unnatürlich langsam und vorsichtig durch die engen Straßen. Jan stellte das Auto in Gadebusch auf den kleinen Platz vor der Kirche, dann gingen sie auf dem alten, sich neigenden Pflasterweg um die Kirche herum, besahen das schöne Portal, das gewaltige Rundfenster, das für alle Zeiten gefügte Mauerwerk. Der Blick über das ineinandergeschachtelte Dächerwerk der Altstadt, auf die brüchigen Fachwerkhäuschen, die man Stück für Stück, auch in ganzen Büscheln, an ihren skurrilen Fernsehantennen aus dem Erdreich hätte ziehen können, versetzte ihnen zum erstenmal den Zeit-Schock. Luisa reagierte mit Schrecken darauf, mit heftigen und hastigen Wünschen, eigentlich Beschwörungen: Es soll nicht... Dies alles sollte nicht vorüber, für immer verloren sein. Ellen hatte das Gefühl, als

Akteur eines in normalem Tempo ablaufenden Films in eine Rückblende geraten zu sein, die aus undurchschaubaren Gründen in Zeitlupe lief, während ihr das Drehbuch zugeteilt hatte, sich immer weiter zu schnell zu bewegen, so daß sie, wenn auch nur für Sekunden, den leichten Schwindel der Asynchronität spürte und, wie spielerisch, nach Jans Arm griff. Stand nicht da unten, irgendwo in dem Gassengewirr, ein Kind, das sie genau zu kennen meinte, und sah zu ihr herauf? Auch Jan war es zumute, als könnte er ein Abbild dieses mittelalterlichen Stadtplans in sich selber finden, als liefen ganze Schwärme seiner Wünsche und Gedanken immer noch diese anachronistischen Wege.

In den Schaufenstern der Hauptstraße verstaubten Pullover und Unterwäsche der vorvorigen Saison, junge Frauen kauften Tischdecken und Kissenplatten zum Aussticken, das Bild der jungen Frauen dieses Städtchens drängte sich auf, die abends alle vor dem Fernseher saßen und an der gleichen Kissenplatte stickten, nach der gleichen Vorlage, mit den gleichen Farben. Allerhand Kästchen, mysteriöses Gerät und Holzschnitzwerk zur Verschönerung des Heims wurden angeboten, auch handgemalte, holz- oder goldgerahmte Landschaften. Aber die rohen Schinken im Fleischerladen waren echt, sie kauften jeder einen, der würde sie und ihre Gäste fast den ganzen Sommer über ernähren. Riesige Fleischpakete, zur Jugendweihe bestellt, ließen sich die Einheimischen über die Ladentische reichen. Was aber hatte der nagelneue, leider auch noch blau gekachelte Springbrunnen vor dem schönen alten Rathaus zu suchen. Es fand sich ein redseliger Mann auf einer Bank, der ihnen auf Platt erzählte, genau an der Stelle des Springbrunnens habe ein mächtiger Baum gestanden, den hätten sie wegen des neuen Brunnens herausgerissen, angeblich, ohne die Einwohner zu fragen. – Was war das nur, daß sie einen Baum betrauerten, den sie nie gesehen hatten.

Jetzt zeig ich euch was, sagte Antonis. Er orientierte sich, klinkte eine alte Haustür auf: Sie standen in einem halbdunklen, mit Fliesen ausgelegten Flur, der zur Hofseite hin ein Fenster hatte und geräumig genug war, eine Menge alter Möbel aufzunehmen, deren Gediegenheit sie überraschte. Drei reich geschnitzte Schränke und drei massive Truhen aus unterschiedlichem Holz, alle im besten Zustand, warteten laut Antonis auf den Tag, an dem ihr Besitzer, ein alter Herr, sterben und diese und viele andere in seiner Wohnung gehortete Schätze seinem Sohn hinterlassen würde, der in Hamburg lebte. Nicht für Geld und gute Worte rückte der Besitzer ein einziges Stück heraus. Sie sahen, wie Antonis litt beim Anblick der Herrlichkeiten, die für ihn unerreichbar blieben. Ach, Antonis.

An der Kirche bot eine Frau mit grasgrünem Kopftuch Blumenzwiebeln an, sie kauften Lilienknollen, die sie in ihren Vorgarten setzten und die wirklich ein paar Jahre lang geblüht haben. Aber der Vormittag bescherte ihnen noch eine Szene. Am Parkplatz erwartete sie neben ihrem Auto ein kleiner, in Loden gekleideter Mann, der, als sie sich näherten, sofort anfing, sie wüst zu beschimpfen, weil sie mit ihrem Wagen angeblich zuviel Platz in der Parklücke einnahmen und der Kleine dadurch keinen Parkplatz gefunden hatte. Solchen Leuten, schrie er, müsse man das Autofahren verbieten. Jan faßte sich nur an den Kopf, stieg ein und fuhr rückwärts aus der Parklücke, alles unter den nicht versiegenden Beschimpfungen des Männchens. Luisa und Antonis lachten hinter seinem Rücken, offensichtlich waren sie Zeugen eines krankhaften Ausbruchs, aber genau das war es, was Ellen nicht mehr vertrug. Sie fühlte genußvoll die Wut in sich hochsteigen, sie trat dicht, ganz dicht an das Männchen heran, mühsam beherrscht sagte sie ihm, sehr deutlich und leise, er solle bitte augenblicklich den Mund halten, sonst geschehe ein Unglück. Tatsächlich klappte dem Mann der Mund zu, verblüfft starrte er sie an, Ellen kannte die Wirkung ihrer Methode, und doch war sie jedesmal wieder, auch bei Polizisten und Eisenbahnern, erstaunt, wie unfehlbar sie eintrat. Förmlich teilte sie jetzt dem Männchen im Lodenmantel mit, wenn er noch einmal ausfallend werde, so werde sie ihn verklagen. Die Antwort war Schweigen. Ihr Abgang war gut, Jan hielt mit offener Wagentür neben ihr, sie konnte in aller Ruhe einsteigen, die Tür zuschlagen und den Mann seinem hilflosen Zorn überlassen. Sie fuhren, Luisa sah Ellen betreten an, Antonis lobte sie, auch ein wenig verwundert, Jan schwieg. Er kannte den wirklichen Grund für solche Ausfälle, wußte, daß sie sich eigentlich nicht gegen diese kleinen Männer in Lodenmantel richteten und daß Ellen sich danach nicht zum besten fühlte. Aber es war ihr irgendwann, vor kurzem erst, klargeworden, daß sie sich nicht eine einzige Gängelung oder Beschimpfung mehr gefallen lassen konnte, die rechthaberischen kleinen Männer nahmen historische Dimensionen an, sie mußte ihnen entgegentreten und ihnen den Mund verbieten, basta. Schluß mit der Nachgiebigkeit. Schluß mit der Leisetreterei. Ersatzbefriedigung.

Auf einmal bekam sie einen Lachkrampf, lachte, schrie vor Lachen, konnte nicht mehr aufhören, alles ein wenig zu lange, ein wenig zu schrill, aber war es nicht wirklich zum Totlachen, wie sie sich da mitten auf dem Parkplatz vor dem Lütten aufgebaut und auf ihn heruntergeblickt hatte... Später fragten sie sich, ob Preußen so hoch in den Norden vorgedrungen sei, da zitierte Luisa ihnen den Spruch, der sage und schreibe auf einem Obelisk in der Bezirksstadt stand:

> Ziel erkannt,
> Kraft gespannt,
> Pflicht getan
> Als German.

Wieder das schütternde Lachen, so fuhren sie in Rehna ein. Die gleichen angestaubten Pullover, Unterröcke und Kissenplatten, der gleiche Krimskrams, aber dazwischen ein Fischgeschäft mit einer schwarzen Anzeigetafel, auf der stand mit Kreide geschrieben: »Leb. Krebse«, und als sie aufgeregt hineingingen, handelte es sich wahr und wahrhaftig um lebende Krebse, und der freundliche Verkäufer, der sich von ihrer Begeisterung anstecken ließ, erbot sich, ihnen den ganzen Rest, zwei Kilo, aus dem Wasser zu fischen, den sie dann auf komplizierte Weise in wassergefüllten Plastebeuteln transportieren mußten. Nun war also klar, und die Aussicht verschönte den Rest des Tages, daß sie am Abend zusammenbleiben, Krebse essen und Weißwein trinken würden.

Erinnert ihr euch der Inschrift an der Rehnaer Klosterkirche? Die Klostergänge – deren einen man durch den Gitterzaun hindurch sehen kann – hätten einst den Mönchen und Nonnen auf ihrem Weg vom Zellentrakt zum Gottesdienst in der Kirche zur Sammlung gedient. Langsam folgten sie, außerhalb des Zauns, dem Weg der frühen Mönche. Die verzehrende Sehnsucht nach Konzentration auf eine Mitte hin und die unbändige Lust, sich in die exzentrische Bahn zu werfen, alle Energien zu verschleudern und zu zerstreuen – beides, so redeten sie, sei in uns angelegt. Keiner von uns konnte sich vorstellen, wie die Schleuderwirkung der Zeit, deren Symptome sie alle an sich erfuhren – als Atemlosigkeit, als Angst vor Zurückbleiben, vor Langeweile und Leere –, gebremst werden könnte, ohne daß es dabei auf die eine oder andere Weise zu einer Katastrophe käme. Luisa erhoffte sich doch immer noch etwas von der Einsicht einzelner Gruppen, vielleicht sogar der Herrschenden, Kind, das sie war. Die anderen, wir alle hatten uns an diesen Zustand zwischen Hoffnung und Hoffnungslosigkeit gewöhnt. Daß es in diesem Zeit-Gelände, das man früher, und, falls es ein Später gab, sicher auch später für unbewohnbar gehalten hätte und halten würde, doch bewohnbare Flecken gab, in denen Genuß, auch Lebensfreude sich erzeugen ließen; und daß, makaber oder nicht, auch die Lust an dieser Zerreißprobe den zeitgenössischen Lebensgenuß mit ausmachte. Oder wollte einer von ihnen mit einem Mönch, einer Nonne tauschen?

Du, sei nicht traurig! sagte Luisa zu Ellen und brachte sie zum Lachen, nahm sie am Arm und zog sie durch einen engen Durchgang zwischen zwei schiefen Fachwerkhäuschen auf die nächste der drei oder vier Straßen, die den Ort ausmachen, da standen sie dann vor einer Reihe jener für den Norden bezeichnenden Häuser, deren Fachwerk sich in den Jahrhunderten gesenkt und verschoben hat, so daß man an Fenstern und Türen nicht einen rechten Winkel mehr findet, deren Ziegel aber jenes provozierende brennende Rot behalten, das ihre Erbauer ihnen zugedacht haben durch den Anstrich mit einer Farbe, in der Ochsenblut und gemahlene Ziegel eine Rolle gespielt haben sollen. Ellen war süchtig nach diesem Rot, Luisa auch. Sie standen vor den Häusern und blickten stumm zu den Fenstern hinauf, aus denen alte Männer und Frauen stumm und neugierig zu ihnen herunterblickten. Das tiefste, grellste Himmelsblau war genau der richtige Hintergrund für dieses Rot, das zeigte sich jetzt. Am späten Vormittag hatten sie eine beinahe wolkenlose Zeit. Zauber Zauber fidibus, dreimal schwarzer Kater. Für alle Fälle.

Sie gingen zur Wassermühle am Ende des Orts, deren urtümliches, längst außer Kraft gesetztes Räderwerk noch in den träge vorbeiziehenden schmalen Fluß hineinragt. Ein Fuhrwerk kam vorbei, auf dem saß zusammengesunken ein Mann mit weißem zotteligen Haar und hochrotem Gesicht. Man wußte nicht: Schlief er, war er tot? In jedem Fall würden die Pferde Kutscher und Wagen nach Hause bringen. Antonis fragte Leute nach alten Möbeln. Man wies ihn zu einem Haus, über dessen Toreinfahrt ein gespenstischer weiß geschnitzter Pferdekopf angebracht war. O du Falada, da du hangest... Eine nicht mehr junge, vernachlässigte Frau trat ihnen in den Weg. Ja, ihre Mutter war gerade gestorben, aber sie blieb abweisend und war nicht bereit, irgend etwas aus dem Nachlaß wildfremden Leuten zu zeigen. Zuerst müßten ihre Kinder sich raussuchen, was sie haben wollten. Im Durchgang zum Hof stand doch tatsächlich wieder eine der begehrten Schatullen, vollgestopft mit Werkzeug und Kram, verwittert und verdorben. Antonis konnte sich nicht von ihr losreißen. In einem Jahr ist die fertig! sagte er zu der Frau, die zuckte die Achseln. Als sie wieder auf die Straße traten, schnupperte Antonis in den Wind: Aus dieser Stadt ließe sich was rausholen! – Ach, Antonis! sagte Luisa.

Luisa neigte dazu, in allem was ihr begegnete, einen geheimen Sinn zu sehen, es gab Tage wie diesen, an denen alles und jedes etwas bedeutete. Daß in Schönberg, als sie neben der Kirche das Auto abgestellt hatten, gerade eine Szene ablief, die aus einem alten Bilderbuch ausgeschnitten schien – wie gebannt merkte sie sich jede Einzelheit. Zuerst nur die Blaskapelle, die neben dem Kirchenportal Aufstellung nahm und kirchliche Weisen blies, alles ältere Männer in Bratenröcken und Zylindern. Ihr gegenüber als beinah neuzeitliches Detail der Fotograf mit seinem mächtigen Apparat auf dem dreibeinigen Stativ, der sich auf die Kirchentür konzentrierte. Aus der trat nun ganz richtig, hinter dem Pfarrer, das Brautpaar heraus, schwarzer Anzug er, weißer Schleier sie. Dazu die Linden um den kleinen Katzenkopfpflasterplatz, und – genug! dachte Luisa, übergenug! – schließlich noch die Hochzeitskutsche, die in diesem Augenblick vorfuhr und in die das übrigens blutjunge Brautpaar einstieg, nachdem es sich von Pfarrer, Kapellmeister und Fotograf gemessen verabschiedet hatte, während die Hochzeitsgäste sich in lockerem Zug zum Haus der Braut bewegten, das nur wenige Minuten entfernt sein konnte, und die zusammengelaufenen Zuschauer – Kinder, alte Leute, wir – sich schnell zerstreuten. Schön! sagte Luisa, und in Ellen löste sich endlich die Erinnerung an den Traum der letzten Nacht und stieg in ihr auf. Wie so viele Träume der letzten Zeit spielte auch dieser in einem Haus, das ihrem Bauernhaus ähnlich war, wenn auch in einer ins Häßliche, Minderwertige verzerrten Weise. Von einer Ecke ihrer Küche aus sahen sie und Jan durchs Fenster einen Mann draußen stehen, an der Hintertür. Ohne eine Geste, ohne ein Wort forderte er, eingelassen zu werden, und sie ließen ihn ein. Er war ein Mann mit einem Auftrag, er handelte, wie er zu handeln hatte, er war glatt, stumm, unangreifbar. Er wartete. Da kam auch schon der andere angehetzt, der, den der erste erwartete, verwildert, braungebrannt, auf der Flucht. Er rüttelte an der Haustür, ruhig ging der erste ihm öffnen. Ellen, die gelähmt dabeistand, wußte: um ihn festzunehmen. Jetzt erst sah sie:

Der Flüchtige war von allen Seiten von Häschern umgeben. Auf einmal, buchstäblich in der letzten Sekunde, hatte er eine Sense in der Hand und schwang sie, als mähe er Gras, im Kreis um sich, so daß niemand sich ihm nähern konnte. Ein Hoffnungsfunke blitzte in Ellen auf. Sie und Jan sahen vom Küchenfesnter aus, wie er sich wehrte. Sie wußten: Lange konnten seine Kräfte für diese wilde Verteidigung nicht reichen. Die anderen brauchten nur abzuwarten. Sie brauchten ihn sich nur totwirtschaften zu lassen. Inständig wünschte Ellen ihm unbegrenzte Kräfte. Im Erwachen hörte sie eine Stimme: Unsere Enkel fechten's besser aus. Der Abgrund von Trauer, in den sie wieder stürzte.

Unbegrenzte Kräfte bedeuten unendliches Leiden für die Verfolgten. Vielleicht ist es nicht so schlecht, wenn irgendwann die Kräfte nachlassen. Wenn sie gerade noch ausreichen, sich irgendwo zu verkriechen, in dieses Eckchen hier, als sei das freigehalten worden für diesen unvorhersehbaren Fall. So laufen die Gedanken, wenn man sie einfach laufen läßt, wenn man müde wird und nicht aufpaßt. Wohin fuhren sie denn? Zum alten Schulzenhof, den man Stück für Stück an seinem ursprünglichen Standort abgebaut und hierher gebracht hatte, wo man ihn, Stück für Stück, als Museum wieder aufstellte. Vor dem Eingang verkaufte eine Frau mit fußligem Haar die Eintrittskarten, während ihr Hund, einer der landesüblichen weißen Spitze, den Bauch mit einem warmen Schal umwickelt, trübe blinzelnd in dem Sessel lag, den eigentlich die Kartenverkäuferin einnehmen sollte. Als Jan ihn ansprach, fuhr er hoch und stieß ein böses gesundes Bellen aus, das wir in den Dörfern, durch die wir mit Rädern fuhren, fürchten gelernt haben. Ach, sagte die Frau ergeben, der ist ja wohl gar nicht krank. Der verstellt sich ja wohl bloß.

Lange gingen sie dann in dem alten Hallenhaus umher, studierten an der Tafel mit den elektrischen Lämpchen seinen Plan, betrachteten die kurzen klobigen Betten und all das andere naive, etwas plumpe, für die Ewigkeit gemachte Gerät, das handgewebte Leinen, die Dreschflegel und die Flachsbrechen. Aus den Trachtenbildern blickten die Benutzer dieser Gegenstände sie ernsthaft an, und etwas wie Verlegenheit, eine schwer benennbare Art von schlechtem Gewissen überkam sie, so als würden wir es uns zu leicht machen mit unseren schnell veraltenden Waren und Konsumgütern, mit unserem ganzen flüchtigen und oberflächlichen, keiner Verantwortung verpflichteten, daher wenig dauerhaften Leben. Lange buchstabierte Ellen an einem kunstvoll bestickten Wandbehang, der die biblische Geschichte in rührende Reime brachte und, wo immer es anging, Worte durch Bilder ersetzte: Da krähte vor Morgengrauen der Hahn dreimal, und es war ein prächtiger mecklenburgischer Hahn, gestickt in fünf Farben, der sich da brüstete und seinen Schnabel aufriß. Wahrlich, ich sage euch. Werdet ihr mich verraten haben. Verrat als Grundvergehen, in das Zentrum der Moral versetzt – ein damals neuer Vorgang? Eine Frage, die die Menschen auf den Bildern in den Bauernkostümen überhaupt nicht verstanden hätten.

Die Halbwüchsigen, die kichernd hinter ihrer Lehrerin durch die Räume streiften, sich überlegen und verächtlich über die unbeholfenen Zeugnisse früher Arbeit äußerten, verstünden die Frage schon wieder nicht mehr, aus anderen Gründen: Verrat scheint ihnen das tägliche Brot der Geschichte. – Luisa, die ganz anderen Gedankenketten nachhing, flüsterte Ellen noch einen Spruch ins Ohr, den sie in ihrem Gedächtnis aufbewahrte:

Gustav Adolf, Christ und Held,
rettete bei Breitenfeld
Glaubensfreiheit für die Welt.

Heute nacht habe ich im Traum, dachte Ellen, den Mann
mit der Sense verraten. Geschlagen ziehen wir nach Haus.
Die Trauer ist berechtigt. Was aber, wenn da nur noch die
Treueforderung ist, und der Hang, ihr zu gehorchen, aber
niemand mehr und nichts, den oder das man verraten
kann? Wenn alles in der falschen Weise zusammenpaßt
und in der richtigen Weise auseinanderfällt?

Es hörte noch nicht auf. Das Stimmenkarussell im Kopf
ging weiter. Man müßte mal, sagte Ellen zu Jan, eine Hei-
lige Johanna schreiben; aber die Johanna dürfte nicht
standhaft bleiben, sondern müßte widerrufen. – Eine Johanna also, die sie am Leben lassen? – Eben nicht. Sie wi-
derruft: Dann wird sie erst recht verbrannt. Sie ist ja in
jedem Fall eine Verräterin. Im zweiten Fall an sich selbst.

10

Daß eine jede Erwiderung nur für kurze Zeit gilt. Daß die
Erzählung ihr Material tötet, indem sie sich von ihm
nährt. Luisa kannte nicht, sie ahnte das grausame Gesetz
der Kunst: daß man sie mit Teilen von sich selbst füttert.
Das konnte sie nicht wollen, nie würde sie es zulassen, daß
eines ihrer Talente sich zu einem Werk verdichtet, aber die
Anstrengung, es zu wollen, es zu tun, konnte sie ebensowenig lassen, in dem Widerspruch würde sie leben, also im
andauernden Bewußtsein ihrer Unzulänglichkeit. Ge-
nügte es etwa, den Blick zu haben, die Gabe, zu sehen.

Bedacht und beladen zu sein mit der Fähigkeit, sich einzu-
fühlen, beinahe überzugehen in einen anderen, das mußte
nicht ausdrücklich ein Mensch sein, es galt auch für Tiere.
Sie konnte ja nichts dafür, aber sie wußte, was in ihrer Katze
vorging, wenn sie sie ansah, das Gemütsleben des Hundes
Lux durchschaute sie bis in seine feinsten Verästelungen.
Überflüssig zu sagen, daß das innere Wachstum von Littelmary ihr so vertraut war, als hätte sie selbst es bewirkt. Und
daß sie keiner Anforderung, die irgend jemand an sie richtete, einen Widerstand entgegensetzen konnte, am wenigsten, wenn ein Kind sie in Anspruch nahm.          ·

In der Küche wurden die Krebse zubereitet. Sie lebten.
Jan tat sie in eine große Schüssel mit Wasser und fischte die
wenigen heraus, die sich tot stellten, die Feiglinge. Die anderen warf er in die Töpfe mit kochendem Wasser, seht
doch weg, wenn's euch schaudert, essen werdet ihr sie
nachher schon. Er sah zu, wie sie sich rot färbten, krebsrot.
Weißwein war unter der Wasserleitung kalt gestellt, frisches dunkles Brot wurde geschnitten, Käse auf einer Platte
angeordnet. Einen Propangasherd würden sie sich als
nächstes anschaffen müssen, damit diese Wirtschaft mit
den Elektrokochplatten aufhörte. Ein Glück, daß der große
Warmluftofen im vorderen Zimmer endlich fertig war, im
Winter würde er seine Qualitäten offenbaren und die
Zweifler überzeugen. Mit Antonis besprach er, während
die Krebse kochten, den günstigsten Verlauf der elektrischen Leitungen. Wärme, Wasser, Licht – auf einmal keine
Gegebenheiten, sondern lebendige widerspenstige Elemente, die man einfangen, sich zuleiten mußte, deren Vor-
handensein oder Fehlen man ausführlich beredete. Da gingen sie in ein primitives Leben zurück – aber was hieß
»zurück«, was »vorwärts« –, nur um dann eilig die Zivili-
sationsstufen nachzuholen.

Die Geschichte mit dem Bock ging ihm nach, er hatte ihn doch gesehen, er war doch keiner Sinnestäuschung erlegen, in der Senke unmittelbar neben dem ehemaligen Gasthaus an der Landstraße hatte er gelegen, er hatte sofort Antonis gerufen, der um das Haus herumstrich, in die blinden, vorhanglosen Fenster blickte: Du, Antonis, da liegt ein angeschossener Rehbock! Er könnte ihn genau beschreiben, er sah ihn vor sich: die klaffende Fleischwunde in der rechten Hinterkeule. Die Blutlache. Seinen Blick, den vor allem. Seine ganze Kindheit war in diesem Bild zusammengeströmt. Der Wald. Seine einsamen Pirschgänge. Das Wild, das er beobachtete, dessen Gewohnheiten er genau kannte, mit dem er vertraut war. Die Jagden, an denen er als Treiberjunge teilnehmen durfte. Der Blutgeruch an den aufgebrochenen Tieren. Der Geschmack frischer gebratener Wildleber. Er sah sich, den Jungen. Spürte ihn in sich. Seine Einsamkeit. Sein Glück. Seine Sehnsüchte.

Den Frauen hatte er zugerufen, sie sollten nicht aussteigen. Sie sollten im Auto bleiben. Natürlich würden sie die nächste Försterei anrufen müssen, irgend etwas mußte geschehen. Aber zuerst sollte Antonis den Bock sehen. Jan ging voran. Da war die Senke, das niedrige Gehölz. Da war die Kuhle im Gras, die der Körper des Bocks niedergedrückt hatte. Da die Blutlache. Der Bock war weg. Das ist unmöglich. So weit kann er sich nicht weggeschleppt haben. Und in diesem Tempo. Er wollte es nicht fassen. Er hatte den Bock beim Sterben gestört. Anstatt an einem Gnadenschuß würde er im Dickicht irgendwo mühsam an seiner Wunde verenden. Solche Jäger müßten bestraft werden, hatte er gesagt, er dachte es wieder, als er die Krebse aus dem kochenden Wasser hob, sie in der großen weißen Schüssel auf den Tisch brachte. Kerzen brannten.

Seht ihr das? sagte Luisa. Ist das nicht unglaublich schön? Ja, dachte Ellen, aber warum müssen wir es uns dauernd beteuern. – Schwärm nicht! sagte Jan zu Luisa. Hol den Wein. Luisa, die beiden Flaschen fest an den Hälsen haltend, schrie auf: Wenn ich sie jetzt fallen lasse! – Dann holst du eben neue, bloß die sind nicht gekühlt. – Wie ihr das sagt.

Der Phantombock würde sie nicht mehr verlassen. Immer wieder würden sie sich seinen Blick vorstellen müssen. Schweigend hatten sie sich ins Auto gesetzt, waren losgefahren. Jan wußte, Ellen dachte an jenen Sommertag vor ein paar Jahren, als sie, ebenso wie heute im Auto unterwegs, dicht hinter einem Dorfausgang einen Knall gehört hatten, den nur er sofort als Schuß erkannte, und gleich darauf das widerwärtige Geräusch, wie eine Kugel in Fleisch einschlägt, und dann erst das Reh sahen, das, ganz nah bei den letzten Dorfhäusern, arglos geäst hatte und nun, wie verwundert, in Zeitlupentempo zusammenbrach. Zuletzt erblickten sie den Jäger, keine zwanzig Meter von ihnen entfernt, kniend, das Gewehr im Anschlag, hinter dem Holzgatterzaun neben der Straße. Ellens Schreck, ihre Tränen, ihre Empörung. Dem Wild hier aufzulauern, nahe dem Dorf! – Was willst du. Daß du von dem Anblick der Tötung verschont bleibst? Wie damals hatte er auch heute scheinbar gelassen am Steuer gesessen, konnte sich nicht nach ihr umsehen, die nun ihrerseits ihre Hand auf Luisas Arm legte, der heftig zuckte. Wenn er Förster geworden wäre, sein innigster Wunsch als Junge. Im Bruchteil einer Sekunde lief ein anderes Leben vor ihm ab, ein unauffälliges, zurückgezogenes Leben, das ihm nicht schlecht gefallen hätte. Ein Leben mit einer anderen Frau, anderen Kindern, ein Leben um ein anderes Zentrum wachsend als um das Geheimnis der Dichtung. Die Natur

88

wäre an die Stelle der Bücher getreten, der Umgang mit Büchern wäre nicht als Beruf mißbraucht worden, sie hätten ihren Zauber bewahrt. Dafür wäre der Wald, als Ort der Berufsausübung, entzaubert worden.

Jan goß ein. Wie oft Ellen ihn so hatte stehen sehn, zuerst das Etikett präsentierend, die Vorzüge der Marke preisend, dann, die Flasche leicht drehend, sich über den Tisch beugend, daß sein Haar in den Lichtschein der Lampe kam, eingießend. Jetzt hoben sie die Gläser. Jetzt häuften sie sich Krebse auf die Teller, knackten die Schwänze ab, brachen sie auf, zogen das zartrosa Fleisch heraus, beträufelten es mit Zitrone. Dazu das dunkelbraune Roggenbrot, frische Butter. Der Wein schimmerte grünlich in den alten Gläsern, sie tranken schnell und durstig. Fast augenblicklich waren sie leicht berauscht. Ellen liebte diese ersten Minuten, wenn der Wein, den man auf fast nüchternen Magen trinkt, schnell seine Wirkung zeigt, die Freudefähigkeit erhöht, ohne die Sinne zu umnebeln oder das Denken zu täuschen. Noch einmal schien, das hatte man nicht erhoffen können, eine Landschaft sich um sie herum aufzubauen. Dazusein, ohne daß sie sie sah, mit ihren Abstufungen von Helligkeit und Dunkel im Mondlicht.

Sie aßen spät. Der Tag war lang gewesen, Antonis würde übermorgen abfahren, dies war sein letzter Tag, was er heute nicht abschloß, würde er nicht zu Ende bringen. Also hatten sie noch zu den Häusern fahren müssen. Die Truhe kaufen. Welche Truhe, Antonis. Ihr werdet sehen. Erbarm dich. Fallt mir jetzt nicht in den Rücken.

Als ob ich gerade diese Fahrt noch gebraucht hätte, um anzukommen, dachte Ellen. Das erste Haus, auf das sie zufuhren, das allein an einem Weg lag, inmitten von Feldern, allen Winden ausgesetzt, auf Gottes flacher Hand.

Ein kerniges Haus, das Dach intakt, keine Feuchtigkeit im Mauerwerk, aber ein guter Geist schien es nicht zu sein, der innen waltete. Obwohl die Frau sich freute, als sie zu ihr in die Küche traten, eine Freude, die sie nicht einlösen würden, denn waren sie etwa die herbeigesehnten Käufer? Seid stille! Antonis hatte immer Adressen an der Hand. Sie sind nicht von hier, fragte Jan die Frau. Nein, sagte sie, aus Westpreußen. Man hört es noch, ja? Sie band die schmuddlige Schürze ab, das knallgrüne Kopftuch behielt sie um. Welcher Art Frauen sollten diese Kopftücher stehen, die in den Dörfern sehr verbreitet waren. Alle Türen stieß Frau Weiß vor ihnen auf, wie kamen sie dazu, durch ihre Stuben zu laufen, alle unwirtlich und vernachlässigt, wie lange nicht bewohnt. Ellen wechselte mit Jan einen Blick: Wie die Leute leben! – Früher, sagte die Frau, hat es hier anders ausgesehen. Mit vier Kindern seien sie in den fünfziger Jahren auf den Hof gezogen, da waren die ehemaligen Besitzer in den Westen abgerückt. Wer aber sollte nun ihnen nachrücken? Uns beiden Alten wird es zuviel, sagte die Frau. Das große Haus. Scheune. Stallungen. Und den Riesengarten dazu. Den haben Sie noch nicht mal gesehen. Denken Sie nicht, hier hat es immer so ausgesehen. Bewahre. Als ich noch kein Rheuma hatte. Als die jüngere Tochter noch hier war. Da hätten Sie kommen sollen.

Bloß, daß wir da, dachte Ellen, keinen Grund gehabt hätten zu kommen. Jetzt waren die Krebse gegessen, auf vier kleinen Schalen lagen ihre leeren, merkwürdig verrenkten Panzer an den vier Ecken des Tisches aufgehäuft, die Kerzen brannten klar und stetig, dann flackerten sie auf. Littelmary stand im Nachthemd in der Tür. Bleibt ihr alle hier? Geht ihr auch wirklich nicht weg? Sagt ihr es mir, wenn ihr weggeht? Laßt ihr bei mir die kleine Lampe brennen, wirklich?

Was ist, Littelmary. Ja, wir sind hier. Wie immer. Niemand geht weg. Du bist nicht allein. Die Lampe brennt. Ja, du kannst noch trinken.

Also ihr seid die ganze Zeit hier?

Geh schlafen, Littelmary.

Sie ging, widerstrebend. Mit einer anderen Art von Widerstreben, als andere Kinder, die einfach noch keine Lust haben, schlafen zu gehen. Littelmary hatte Angst, allein zu bleiben. Ellen ging ihr nach. Erzähl mir noch was. Ellen erzählte ihr von dem alten Mann, den sie durchs Küchenfenster hatten herumhumpeln sehen, von den Ställen her. Was ein Kriegsinvalide ist? Daß der alte Weiß im Krieg ein Bein verloren hatte, sagte sie Littelmary nicht. Verwundet, weiß du. Wie er ihnen vorführte, daß er trotz seiner Behinderung auf das Scheunendach klettern konnte, ein hochgiebliges Rohrdach. Wie er sich dort festzurrte und die schadhaften Stellen ausflickte. Das Grundstück war besser in Schuß als das Haus. All die schweren Stalltüren wurden vor ihnen aufgemacht, in einer der Buchten stand eine herrschaftliche Kutsche, auch beinahe noch intakt, rief Herr Weiß, wenn man ein Pferd hätte, ich tät es anspannen und damit losfahren. Dann mußten sie hinter die Hecke treten, in den Apfelgarten, der allerdings ein unübertrefflicher Ort zum Arbeiten sein mußte – die Hecke hielte jeden Wind ab, zuverlässig, wurde ihnen versichert –, auch ein Ort, um auf dem Rasen zwischen den Bäumen zu liegen und in den Himmel zu blicken, sogar im Adamskostüm, wenn Sie wollen, durch diese Hecke kann keiner durchblicken, da können Sie sich überzeugen. Sie überzeugten sich. Schon wieder wurde ihnen ein anderes Leben angemessen. Wozu waren sie hier? Antonis verhandelte, als wolle er wirklich das Grundstück kaufen. Anders geht das nicht, hatte er ihnen erklärt. Du mußt selbst dran glauben, sonst zeigt dir keiner auch nur einen Stall von weitem. Sein Gehirn verglich selbsttätig die laufenden Angebote mit den Wünschen seiner Freunde, die da gespeichert waren.

War es den anderen auch so gegangen? Hatten auch sie gedacht, an diesen beiden alten Leuten prallt aber nun wirklich alles, was wir Literatur nennen, das geschriebene Wort, ein Leben lang ab. Waren sie ebenso erstaunt, fast bestürzt gewesen, als der alte Weiß sie in die wüste Wohnstube zurückgeführt hatte, vor das einzige blanke, gepflegte Möbelstück, den Bücherschrank? Wie er ihre leicht übertriebene Bewunderung für seinen Inhalt genoß. Ja, die Geschichte. Die habe ihn schon immer interessiert. Das findet man hier oft, sagte Luisa, unglaubliche Leute. Sie erinnerten sich, wie Herr Weiß ein kürzlich erschienenes Buch aus dem Fach gezogen hatte, über die Weimarer Republik, wie er es in der Hand gewogen und dazu gesagt hatte: Die Hälfte der Seiten raus, dann wär nur noch die Hälfte gelogen. Er war ein Verehrer Hindenburgs, er hütete ein Foto von ihm und suchte es für sie heraus. Sie wiegten die Köpfe, sagten wenig, mußten aber noch anhören, wie der Pickelhelm des Ersten Weltkriegs gefüttert war, damit er den Soldaten nicht drückte. An alles war eben gedacht, nur nicht daran, daß ein Bein durch eine feindliche Kugel derart unglücklich abgerissen werden kann, daß auch später, wenn der Fortschritt viel weiter gediehen ist, niemals eine Prothese an dem Stumpf befestigt werden konnte. Herr Weiß nannte den Namen des Schlachtfeldes im Osten, auf dem sein linkes Bein liegengeblieben und vermodert war. Merkwürdigerweise, sagte Ellen, später, beim Käse, haben wir uns, als wir zum Auto gingen, im gleichen Augenblick gegenseitig gefragt, auf welches Datum eigentlich unser sechsundzwanzigster

Hochzeitstag fällt. Wir vergessen es Jahr für Jahr, aber wieso haben wir gerade bei dem alten Weiß daran denken müssen. Sie gingen der Gedankenspur nach, die sie, zuerst, zu gewissen Jugendbildnissen der Väter führte, zu dem Foto mit der Pickelhaube über dem Milchgesicht, zu dem altmodischen Wort »Schlachtfeld« – ein wüstes Gelände, auf dem die Väter sich gebückt vorwärtsbewegten, mit Auf und Nieder und Sprung auf, marsch, marsch!, das Gewehr mit aufgepflanztem Bajonett an der rechten Hüfte im Anschlag. Und Jan hatte in sich einen schwachen Nachklang seines mit Angst und Abscheu vermischten Widerstands gegen alles Soldatische gespürt, gegen Männerbünde und rein männliches Beisammenhocken, Miteinandertrinken und Voreinanderauftrumpfen, und Ellen war eingefallen, daß sie beide sich in einem ihrer frühesten Gespräche darüber verständigt hatten. Das war nun lange her. Das war – da hatten sie beide angefangen zu rechnen, umständlich und fehlerhaft, und da war bei beiden im gleichen Moment die Frage nach ihrem Hochzeitstag aufgetaucht. Was sie nicht besonders wunderte, an solche Gleichzeitigkeiten hatten sie sich gewöhnt.

Tja, sagte Antonis, Hindenburg und Mecklenburg. Wer hätte das gedacht. Ein Wort wie »aussterben« lag in der Luft, es ließ sich aussprechen in ihrer ruhigen, warmen, lebensvollen Küche, es gab, falls die Deutschen wirklich einen Oberbegriff darstellten, eine Untergruppe von ihnen, die man mitsamt ihren Hindenburgs aussterben lassen mußte. So hatten sie das Gehöft verlassen, begleitet von der Hoffnung der beiden alten Leute, der sich, je weiter sie sich von ihnen entfernten, immer mehr Enttäuschung beimengen würde, bis sie am Ende, schweigend, denn sie sprachen kaum noch miteinander, in ihren Alltagstrott zurückfallen würden. Hätten wir wirklich dahin gehen sollen, hätten wir dieses Aufflackern von Hoffnung nicht vermeiden müssen. Das übliche Gerede.

Jan war es zuwider, wenn man sich jeden einfachen Genuß – ein gutes Essen, ein Zusammensein mit Freunden – durch an den Haaren herbeigezogene Skrupel verdarb. Da es bei den Skrupeln blieb. Da man sowieso keine ernsthaften Schlüsse aus ihnen zog. Da man doch auf nichts weiter aus war als auf Selbstrechtfertigung, die man sich letzten Endes aus einem mäßig schlechten Gewissen, aus möglichst unnachsichtigen Formulierungen herausfilterte. Eben das halte er für Selbstbetrug. Das Wort griff Ellen auf. Angeblich seien sie doch hier, um in Ruhe arbeiten zu können. In Ruhe! Sie sprach die Anführungszeichen mit. Wüßten sie aber nicht insgeheim, und nähmen es in Kauf, wollten es sogar in irgendeiner Schicht ihres Bewußtseins, daß gerade in diesem Haus, während sie es bewohnbar machten, also mehrere Sommer lang, keine ruhige Arbeit möglich sei? Sei es also in Wahrheit die Arbeit, vor der sie fliehen würden?

Antonis liebte es nicht, wenn Luisa derartige Erwachsenengespräche mit anhörte, wie würde er sie wiederfinden, wenn er sie, übermorgen schon, für Wochen verlassen würde, was für Gedanken würde man ihr in den Kopf gesetzt haben. So sehr er, andererseits, froh war, sie in Sicherheit zu wissen. Luisa dachte, jetzt hat sich unsere Küche in eine Gondel verwandelt, jetzt wird sie leichter, ganz leicht, jetzt hebt sie ab, schwebt. Jetzt, wenn wir aus dem Küchenfenster sehen würden, hätten wir die Baumwipfel schon unter uns. Senkrecht nach oben! Senkrecht nach oben! Da die Entfernung zu den ersten Sternen sehr weit sein soll, und da ich es nicht zu hoch treiben werde, wird niemand etwas merken. Dieses Schwebegefühl hatte sie heute, wenn auch nicht ganz so intensiv, schon einmal ge-

94

habt. Antonis wollte die Fragen, die er sich selbst kaum stellte, von ihr fernhalten. Nicht um sie, sondern um sich zu schützen. Was er nicht wußte. Was sie ihn nicht merken ließ. In der Schwebe, immer in der Schwebe. Nur Irene, die mit Clemens herübergekommen war, sich mit an den Tisch gesetzt, schnell ein paar Gläser Wein getrunken hatte, deren Augen glitzerten – Irene reizte es, dem Ballon die Luft abzulassen, ihm kleine Nadelstiche zu versetzen. Es sei doch ganz klar, sagte sie, entschuldigend lächelnd, daß diese alten Bauernhäuser überall im Land besetzt würden von den Ausweichlern der vorigen Generation, die vor sich selber flohen. Denen die Bewegung das Ziel ersetzen müsse, das sie verloren hätten. Das sie, die Nächstjüngeren, ja nie gehabt hätten. Zurück zur Natur – sei das nicht eine Losung *vor* einer Revolution. Was bedeute es denn aber, wenn diejenigen, die sich einst der Veränderung verschrieben hätten, nun schlicht aufs Land gingen? Kapitulation? Sie wolle nur andeuten, wie andere den Vorgang auslegen könnten. Sie urteile nicht. Sie wolle ja versuchen, diese undurchdringliche Generation zu verstehen, ihre frühere Begeisterung, ihre heutige Enttäuschung. Die alle Plätze besetzt halte. Ihnen alle Türen vor der Nase zuschlage. Alle Privilegien mit Beschlag belege, auch das, Widerstand zu leisten.

So konnte man es auch sehen, zweifellos. Die Unfähigkeit zu handeln als Schuld. Schuld, daß sie ihre Pläne, Entwürfe, da man sie ihnen mit mehr oder weniger Aufwand, mehr oder weniger plump abgeschmettert hatte, einen nach dem anderen zurückgezogen, beiseitegelegt hatten. Auf kleiner Flamme kochen, nannte man das wohl. Sich in eine Umgebung zurückziehn, die einem nicht mehr melden konnte, wieweit man sich durch Selbstaufgabe verfehlte.

Dies alles, sagte Jan, sei ein überflüssiges Lamento. Alles habe seine Zeit: an etwas glauben und sich dafür einsetzen; die Grenzen der eigenen Illusionen zu spüren bekommen; sich besinnen, sich neu orientieren und anderes versuchen.

Anderes, sagte Ellen. Was denn. Blumen züchten.

Jan sagte aufgebracht: Aber was willst du machen.

Eben, sagte Ellen.

Gestrandet, dachte Luisa traurig. Der Ballon hat aufgesetzt. Sie half Ellen beim Abwaschen, einer umständlichen Prozedur mit auf der Kochplatte gewärmtem Wasser und einer komplizierten Schüsselfolge, die Ellen genauestens dem Abwaschsystem nachgebildet hatte, das sie, Jahrzehnte war es her, nicht weit von hier in der Diele eines Bauernhauses erfunden hatte. Fluchtzeiten, kurz nach dem Ende des Krieges. Und diese eine Schüssel hier, sagte sie zu Luisa, die mit dem abgeschlagenen Rand, ist von damals. Wie lange ich daran nicht mehr gedacht habe.

Luisa sagte: Weißt du, warum ich vorhin so erschrocken bin wegen der Weinflaschen? Als Kind ist mir das mal passiert, ich sollte den Wein aus dem Keller holen, meine Hände waren vor Aufregung schweißnaß, beide Flaschen rutschten mir vor meinen Eltern und dem Besuch aus den Händen und zerschlugen auf dem Steinfußboden. Du kannst dir nicht vorstellen, wie schlimm das war.

Luisa, die nicht hassen konnte. Der die blanke Mordlust in den Augen stand, wenn sie von ihrem Stiefvater sprach, endlich von ihm sprechen konnte, dachte Ellen. Dem ehemaligen U-Boot-Offizier. Du weißt ja nicht, Ellen. Du hast ja keine Ahnung.

Vielleicht wußte sie wirklich nicht. Hatte keine Ahnung.

Als sie vor die Tür traten, saßen die anderen draußen im Dunkeln, Jenny und Tussy standen am Zaun, zurück von ihrer Radtour. Abends baden sei irre. Luisa nahm das Wort auf, das zu ihr nicht paßte. Wißt ihr noch? Sie nannte die Ankunft von Irene und Clemens im Jahr davor »irre«. Es habe schon so unglaubwürdig angefangen, sagte sie. Sie habe in ihrer Küche am Herd gestanden, es war heiß, viel habe sie nicht angehabt, da kam – so erzählte Luisa es – ein Mensch in die Küche gerast, im Stadtanzug, mit weißem Oberhemd, Schlips – Ehrenwort! sagte sie –, er schwitzte, er japste nach Luft, er fragte sie, alles eilig, eilig, nach dem Weg zu Frau Dobbertin. Draußen wartete das Taxi mit Irene. Ich wußte ja, um wen es sich handelte, und er hätte es auch wissen müssen. Ich hatte ihm doch das Quartier bei Frau Dobbertin besorgt, ich hatte ihm doch beschrieben, wo ihr Haus lag, wo unseres lag. Schon danach hätte er mich erkennen müssen. Aber er war noch so in Fahrt, so stadtbesessen, daß er noch nicht gucken konnte. – Und du? Hast nicht den Mund aufmachen können. – Wo werd ich denn. Ich hab ihm den Weg gezeigt. – Ganz schüchtern sei sie gewesen, sagte Clemens. – Er aber auch, sagte Luisa. – Ja. In ungewohnter Umgebung sei er schüchtern. – Aber dann! Dann habe er sich verwandelt. Zwei Tage später habe er auf ihrem Pumpensockel den Schafen was auf der Querflöte vorgespielt. – Und ich, rief Irene, ich sang dazu.

Jenny hatte ein Problem. Unterwegs hätten sie beide, Tussy und sie, sich gefragt, seit wann es eigentlich diese Zwangsvorstellung von der glücklichen Einzelliebe gebe. So daß alle Leute auf dieses Phantom fixiert seien und keiner sich mehr was anderes vorstellen könne.

Sie übersprangen einige Jahrhunderte, landeten in der Zeit der Ritter. Ach, sagte Jenny verächtlich. Minnesang. Sie meine etwas anderes. Sie meine, seit wann vor dem inneren Auge eines jeden Mitteleuropäers, wenn er das

Wort »Glück« höre, ein Paar auftauche, das sich gegen-
überstehe und zwischen denen gerade »der Blitz« ein-
schlage. All dieser Unsinn. Die romantische Liebe als
Lebensersatz. All das.

Aber die Liebe sei doch. Aber wolle sie denn ganz ohne.
Aber kenne sie denn nicht auch. Merkwürdigerweise waren es die Männer, die Jenny attackierten. Die schienen
also, sagte Jenny, am meisten von der romantischen Liebe
zu profitieren. Siehst du den Mond über Soho? Soll ich's
mal singen? rief Irene. Soll ich mal?

Der Hund Lux, ein dunkler Schatten, setzte über die
niedrige Zaunpforte. Fritz Schependonk kam und fragte
nach Bier. So spät noch, Fritz? – Jau, sagte er. Manchesmal
möt dat sind. Daß man sich mit eins allens durch den Kopf
gehn lassen tut. Und wenn wir man auch bloß kleine Leute
sind: Für dumm verkaufen lassen will sich unsereins doch
auch nicht. – Sicher nicht, Fritz. – Nee. Dat nich. Und das
eine kannstu mir dreist glauben: Unser Herrgott hat sich
das in seinem Schöpfungsplan ganz anners utdacht, du.
Aber bannig anners. – Ja, Fritz. Da magst du wohl recht
haben.

Dann trat der Mond über den Giebel, wir gingen auseinander. Wir verabschiedeten uns von Antonis und ver-
sprachen, ein Auge auf Luisa zu haben. Irene sagte,
schade, daß die Mode der Keuschheitsgürtel nicht mehr
aktuell ist, nicht, Antonis? – Auf so etwas antwortete Antonis nicht. – Bella wird ja kommen, sagte Luisa schnell.
Mit Jonas. – Meine Frau wird mich gar nicht vermissen,
sagte Antonis. – Deine Frau wird endlich auf den Putz
hauen, sagte Jenny. Dafür sorg ich schon.

Unschuld alles. Die reine Unschuld, von heute aus gesehen. Unwiederbringliche Unschuld. Luisa und Antonis
gingen, ihre Sehnsucht der nächsten Wochen vorausemp-

findend, schweigend nach Hause über die Hügel. Clemens zeigte Irene, daß sie die Frau war, von der er abhing. Jenny und Tussy legten ihre Luftmatratzen ins Freie unter den Kirschbaum. Jan sagte, er sei sehr müde. Er werde gleich schlafen. Ellen hörte noch, als sie im Bett lag, aus dem Radio eine triumphale Trompetenmelodie, die vor Jahren häufig gespielt worden war, ohne daß sie sie besonders beachtet hatte. Plötzlich rührte sie die Vergangenheit in ihr auf, ein Heimweh fast bis zu Tränen. Was ist mir mir los, fragte sie sich. Ein Gefühl, das sie vergessen hatte. Was schmerzt mich eigentlich. Daß ich mich gewöhnt habe, wie alle, niemals genau das zu tun, was ich tun will. Niemals genau das zu sagen, was ich sagen will. So daß ich wahrscheinlich, ohne es zu bemerken, auch nicht mehr denke, was ich denken will. Oder denken sollte. Vielleicht ist es das, was man Kapitulation nennt, und ganz so dramatisch, wie ich es mir früher vorgestellt habe, ist es nicht mal. Früher, als Kapitulation für mich nicht in Frage kam. Als ich ein anderer Mensch war, einer, den alle, mit denen ich jetzt lebe, nicht mehr kennen, außer Jan. Einer, den ich selbst fast vergessen habe. Einer, auf den die Trompete paßte. Unbedingt und absolut. Ja. Und nun fang bloß nicht an, deine eigene Veränderung auf die Umstände zu schieben. Und dich auf Ausflüchte einzulassen. Das fehlte noch. Dann wärst du geliefert.

Ellen wußte schon, daß solche Schärfeübungen ihr nicht immer gelangen und daß sie dabei war, sich auch daran zu gewöhnen. Die Trompete brach ab. Sie schlief ein.

## 11

Ein Nachtrag. Der Vollständigkeit halber, wegen der Lust am Erzählen, aber auch, um aufzubewahren, was, als wir es noch sehen konnten, schon auf der Kippe stand: auf der Kippe zum Nichtmehrsein. So wollen wir, während Antonis im Zug durch die verschiedenen Länder fährt, Stunde um Stunde aus dem Fenster sieht, uns noch einmal mit ihm dem Vorfahrschen Gehöft nähern, weil wir es später nie wieder so vorfinden würden wie an jenem Nachmittag. Hier trafen wir, das sahen wir gleich, obwohl wir nicht sofort hätten sagen können, welche Merkmale es anzeigten, auf Festigkeit. Selbstbewußtsein. Tradition. Bist du sicher, fragten wir Antonis, daß die verkaufen wollen? Antonis konnte nur müde die Augen schließen. Er war sicher. Das langgestreckte Haus – roter Klinker, Fachwerk, Rohrdach – lag in einer flachen Senke, unerreichbar für die Winde aller Himmelsrichtungen, unser inzwischen geübtes Auge erfaßte mit einem Blick den einwandfreien Zustand des Hofgeländes und der großen, rohrgedeckten Nebengebäude. Man betrat das Haus über ein Steintreppchen, das direkt in die leicht erhöhte Diele führte. Antonis blickte sich um, sah uns bedeutsam an: Jugendstilmöbel! Ein Aufsatzschrank mit farbigen Glasfensterchen, wie man ihn nicht leicht irgendwo sehen konnte. Die überraschend junge Frau Vorfahr, ebenso gut imstand wie ihr Haus, führte uns in das Wohnzimmer rechterhand, plazierte uns in modernen Sesseln und nahm auf unsere Bitte einen handkolorierten Stich von der Wand, der das Vorfahrsche Gehöft gegen Ende des neunzehnten Jahrhunderts zeigte, säuberlich, handlich, gut gegliedert. Jan hielt das Bild lange in der Hand.

Der Mann, der dann eintrat, übertraf alle unsere Erwartungen. Wilhelm Vorfahr, ein mächtiger, massiger Mensch, aus dem man, so sagten wir es uns später, zwei hätte machen können, gut und gerne. Unsere Hände verschwanden in seiner rechten Pranke. Besorgt sahen wir zu, wie er sich auf einem gewöhnlichen Sessel unterbrachte. Sein bulliger Kopf war, im Verhältnis zum Körper, etwas zu klein, mit einer fast weißen Haarbürste bewachsen, hochrot das Gesicht, die Augen, wasserblau, tief hinter den Wangenwülsten versteckt. Ein Mensch, der mit seinen Ansichten nicht hinterm Berge hielt. Tja, verkaufen müsse er ja nun wohl, er werde älter, und zusehn, wie das Grundstück verkomme, das wolle er ja nun in gar keinem Fall. Ein grober Klotz, dachten wir, aber er tat uns auch leid, wie er mit leicht brüchiger Stimme sagte, dieses Gehöft sei seit fünfhundert Jahren in der Hand der Vorfahrs gewesen. Das ist schon was, sagte Antonis, und er meinte es ehrlich. In einem zähen Hin und Her von Fragen und halben Antworten, von Gesprächsfetzen und Andeutungen, und während wir an dem selbstgemachten Johannisbeerschnaps nippten, kam heraus, daß Wilhelm Vorfahr Anfang der fünfziger Jahre als einer der letzten seinen Widerstand gegen die Genossenschaften aufgegeben hatte; daß er sich niemals mit dem Verlust seines Besitzes und vor allem mit dem Verlust an Ansehen, der damit verbunden gewesen, hatte abfinden können, nie hatte verschmerzen können, daß ihm die Verfügungsgewalt über Land und Leute genommen war. Ein Gewaltmensch, dachten wir. Ein Arbeitstier. Einer aus einer untergegangenen Gattung, der uns auch Scheu abnötigte. Wilhelm Vorfahr arbeitete also in der Bezirksstadt auf dem Schlachthof, seit er sich vor Jahren mit der Genossenschaft endgültig überworfen hatte. Daß es kaum noch einen Menschen gab, mit dem er nicht über Kreuz war. Als er uns durch das Haus führte, sahen wir auch, daß er sich kein Mitleid leistete mit der Frau, die um zwanzig Jahre jünger war als er und ein Unmaß an Arbeit in Hof, Haus und Garten bewältigen mußte. Tjoa, min Fru, dei moakt dat allens. Wir sparten nicht mit Lob, das uns säuerlich schmeckte. Wilhelm Vorfahr ließ uns wissen, daß er noch vor wenigen Jahren ein modernes Bad und eine Zentralheizung hatte einbauen lassen. Für die Frau. Damit sie es leichter hatte. Luisa sah Ellen an. Dieser Klotz von einem Mann lebte unter der Angst, im Alter seine jüngere Frau zu verlieren, und er konnte seine Angst und die Bitte, ihn nicht zu verlassen, nicht anders ausdrücken als durch ein gekacheltes Bad. Frau Vorfahr war inzwischen in der großen, peinlich sauberen, ziegelsteingepflasterten Küche mit ihrer Wäsche beschäftigt. Hier hätten früher, sagte sie, zehn, fünfzehn Leute gegessen, nun oftmals sie allein. Man graule sich ja. Ob wir uns mal den riesigen Gemüsegarten angesehen hätten, ganz und gar bestellt, wie früher. Für wen denn. Und wie oft sei sie nachts alleine, wenn ihr Mann zur Spätschicht müsse. Aber wie er die Umsiedlung überstehen solle…

Nun, er hat sie nicht überstanden. Noch vorher, wenige Wochen nach unserem Besuch, ist er im Krankenhaus am Herzinfarkt gestorben. Lächerlich gering sollte der Preis des Grundstücks sein, aber als wir wieder auf dem Hof standen, aus der Hörweite der Frau, sagte uns Herr Vorfahr, daß er es wahrscheinlich an eine junge Familie verkaufen müsse, die bei der Genossenschaft arbeiten werde. Das sei gesetzlich. Wir sollten uns doch mal das Klaarsche Haus ansehen, das schon ein Vierteljahr leer stehe. Er erklärte uns den Weg dorthin. Mochte der Mann rücksichtslos gewesen sein – irgendein großzügiger Kern war nicht ganz verschüttet, empfanden wir. Als wir uns aus der Entfernung noch einmal umsahen, lag da sein Gehöft in starken Farben. Plastisch, wie aus der Landschaft ausgeschnitten und nach vorne gerückt. Mit scharfen Rändern. Als sähe jemand es zum letzten Mal. Der alte Vorfahr war schnell ins Haus gegangen.

Es mochte unvermeidlich sein, daß wir uns, angesichts der prallen Wirklichkeit von Vorfahrs Besitz, eine Spur unwirklicher vorkamen, ein wenig blasser, durchsichtiger, um eine Winzigkeit schwächer. Wie soll man das glaubhaft machen, dachte Ellen. Sie sah, wie Jan Luisas Blick im Rückspiegel suchte. Wie merkwürdig es war, daß zwei grundverschiedene Menschen wie Jan und Luisa in bestimmten Augenblicken das gleiche empfanden und das auch, auf eine scheue, zurückgenommene Weise, voneinander wissen konnten. Ellen suchte nach einem Wort, das beide beträfe, und fand, überrascht: Verletzbarkeit. Eine Art Wiedererkennen, denn war es nicht dies, genau dies gewesen, was sie vor vielen Jahren zu Jan hingezogen hatte? Ein Urgefühl, das sich auf einmal wieder regte. Wie ein Zauber, dessen Kraft zurücktreten, aber nicht schwinden kann, der so fest in den Alltag eingearbeitet wird, so sicher in ihm aufgehoben ist, daß er des Wortes nicht mehr bedarf. Luisa brauchte keine Worte, sie erspürte Menschen mit anderen Organen als denen der Sprache, und auch Jan suchte keine Worte für die Art seiner Blicke, die manchmal wie verloren auf Luisa ruhten.

Nun hatten wir das kleine Dorf schon durchfahren, waren schon rechterhand auf die neue Straße abgebogen, die, ein schmales, an den Rändern abbröckelndes Teerband, zum neuen Futtermittelwerk führte und an der, gut einen Kilometer vom Dorf entfernt, das Klaarsche Haus lag, weithin kenntlich durch die Pappelreihe, die es im

Sommer gegen Nordostwinde und die Sicht von der Straße her schützt.

Jan hielt. Müssen wir da hin? Seine Unlust übertrug sich auf die anderen. Es war vier Uhr nachmittags. Hitze und Müdigkeit drückten auf die Lider. Niemand wollte das Klaarsche Gehöft noch sehen, außer Antonis. Na los, sagte er. Wenn wir schon hier sind.

Trostlos und unwirtlich, fühlten wir. Als würde die Luft kälter, je näher wir dem Gehöft kamen, einem an drei Seiten von Gebäuden umstandenen großen Quadrat. Erklären konnten wir unser Mißbehagen erst, als wir an das Wohnhaus herankamen, welches das Quadrat abschloß, ein langgestrecktes, wohlproportioniertes, festes Gebäude mit Ziegeldach. Trostlos und unwirtlich. Dieses Haus verfiel nicht, es wurde zerstört. Wie wir um das Haus herumgingen, konnten wir sie ausmachen, die Stadien der Zerstörung. Zuerst werden die Fenster eingeschlagen, daß Nässe und Wind anfangen können, sich im Haus zu betätigen. Die machen sich an die Wände heran. Einzusteigen war nicht schwierig, doch wünschten wir dann, wir hätten es nicht getan. Am schlimmsten der Anblick der alten schönen Kachelöfen, die zu zerschlagen eine schwere Arbeit gewesen sein mußte. Oder die alten Schränke, deren Türen sie ausgehoben und verbogen, zerspalten hatten. Ratlos und schweigend gingen wir durch die Räume. Keine Tür mehr heil, alle Leitungen beschädigt. Jan dachte, wie sie als Jungen in verlassene Gebäude eingestiegen waren, ein Schlupfloch gesucht, sich heimlich eingenistet, geraucht, Vorräte angelegt hatten. Aber alles zerschlagen? Warum. Woher der Haß auf unbeschädigte Dinge. Unser Unglauben, unser Zorn gingen in eine schwere Bedrückung über. Als habe die ganze ländliche Harmlosigkeit, der wir allzuschnell getraut hatten, weil es uns gerade zupaß kam, uns, durch eine Drehung um wenige Grad, ihr anderes Gesicht zugekehrt, das fremd, düster, bedrohlich und gefährlich war. Uns fror. Wir wollten weg. Antonis durchstöberte noch den Boden, fand ein paar Flaschen aus dem grünbraunen Glas der mecklenburgischen Porzellanmanufaktur, die durch einen unwahrscheinlichen Zufall nicht zerschlagen waren, und ein paar Stücke des festen grauen Leinens, das früher in jedem Bauernhaus für die Aussteuer der Töchter hergestellt wurde. Wir sollten uns Tischläufer daraus säumen. Komm! Weg hier! Wir flohen, wieder durch eines der hinteren Fenster. Es wäre nicht nötig gewesen, daß wir, mitten in den Brennesseln hinter dem Haus, das Vogelbauer noch liegen sehen mußten. Daß Luisa, Jans heftigen Zuruf mißachtend, darauf zugehen und es hochheben, daß sie so lange auf das zerschlissene, räudige Fellbündel darin starren mußte, bis sie endlich begriffen hatte, was wir anderen schon wußten: Hier war eine Katze eingesperrt gewesen und verhungert. Luisa stieß einen Klagelaut aus, Ellen packte sie fest am Oberarm und führte sie zum Auto, fühlte eine Gänsehaut die Wangen hochkriechen, unterdrückte den Brechreiz. Sie fuhren. Nach einiger Zeit fragte Ellen: Wer macht so was? Diese da, sagte Jan und zeigte auf eine Gruppe von Halbwüchsigen, die rauchend, trinkend und grölend am Dorfkonsum standen. Sie denken sich nichts dabei. Das war es eben.

In der ersten Zeit auf dem Lande hat das prall Gegenständliche noch eine weitere Bedeutung, eine symbolische, gleichnishafte Wirklichkeit tritt aus ihm hervor, die wir in den Städten nicht mehr bemerken. Der Käfig mit der toten Katze war ein Warnzeichen, über das wir nie wieder sprachen, das uns alle aber tief verstört hat, in verwandelter Form durchgeisterte er unsere Träume, in wie vielen

Nächten sind wir selbst die Katze gewesen, wieviel Angst wurde freigesetzt, während sich, wieder und wieder, die Käfigtür hinter jedem von uns schloß. Ein Ungeist, dem wir nicht zu begegnen wußten, war uns entgegengetreten, die Lemuren waren am Werk, ein Schatten war über die Landschaft gefallen.

Aber Antonis mußte an jenem weit zurückliegenden Tag noch seine Truhe kaufen, da komme, was wolle. Den kleinen Abstecher zum Forsthaus würden wir ihm doch nicht abschlagen wollen. Zum Forsthaus. Ja. Dorthin, wo die Truhe stand. Welche Truhe. Die, für die er den ganzen Tag das viele Geld mit sich herumgetragen hatte. So. Also wir sind ein Geldtransport. Aber davon hast du uns kein Wort gesagt. Dann wißt ihr's jetzt. Wenn er heute die Truhe nicht kaufte, würde er unterwegs nicht ruhig schlafen können.

Wir wußten: Das war buchstäblich wahr.

Ihr werdet staunen, verkündete er. Wir sagten, daß wir jetzt schon staunten. Das überhörte er. Er gab uns Richtlinien für unser Verhalten während der Verhandlungen: zurückhaltend, verkaufsfördernd, preissenkend. Die Förstersfrau, die übrigens Trinkerin sei und besagte Truhe in den Nachkriegszeiten wahrscheinlich aus irgendeinem Schloß hierhergeschleift habe, verlange viertausend Mark. Nach kurzem Schweigen wagte Ellen zu fragen, ob er verrückt geworden sei, und Luise sagte leise: Ja! Antonis aber rechnete uns scheinbar kühl vor, daß er ein solches Stück jederzeit für acht-, ja: zehntausend Mark wieder verkaufen könne. Mochte sein, nur daß er niemals etwas verkaufte.

Wir hatten schon zuviel gesehen, waren in zu viele Richtungen auf zu vielen verschiedenen Straßen und Wegen gefahren, Ellen verlor die Orientierung, wo dieses Forsthaus lag, hätte sie nicht erklären können. Immer erinnerte sie sich an die vier großen Kugelweiden, die wie Wächter vor seiner Eingangsfront standen, an die Ringelblumen entlang des Vorgartenwegs und an die grüne Eingangstür, an der ein Schwarm dicker bläulicher Schmeißfliegen sich sonnte, ehe wir anklopften. Erschreckt nicht! sagte Luisa leise. Über der Tür hing ein mächtiges Hirschgeweih. Die Frau, die endlich öffnete, übertraf alle Befürchtungen. Jan und Ellen stritten sich später, ob sie schon sechzig war, Ellen behauptete, mindestens sechzig. Es hauchte dich von ihr an wie aus dem Grab, hast du das nicht gemerkt! Na, na. Wie aus dem Grab! Ein Moderhauch, das schon, nach ungelüfteten Kleidern und verstaubten Stuben, nie gereinigten Polstern. Ellen sagte, es sei der Geruch ihres vermoderten Haares gewesen, der sie beinahe umgeworfen hätte. Auffallend war jedenfalls ihr Froschmund.

Die Truhe stand in der Diele, ein sehr altes, gediegenes, wertvolles Stück, das konnte niemand Antonis bestreiten, reich geschnitzt und mit Eisen beschlagen. Seht ihr, flüsterte er, fünfzehntes Jahrhundert. – Sechzehntes, sagte Jan. Antonis hielt ihm das Buch unter die Nase, in dem die Truhe abgebildet war: Fünfzehntes! So, sagte Antonis zu der Frau. Heute wird der Kauf perfekt. Das Geld hab ich dabei.

Rasche Gegenfrage: Wieviel? – Viertausend. Wie ausgemacht. – Aber. Da ist doch noch dieser Berliner Professor. – Der hat sich seit Wochen nicht gemeldet. Ich warte nicht länger. Hier ist das Geld. – Mal langsam, mal langsam.

Theater, oh, Theater! Jetzt muß die Flasche auf den Tisch, die Antonis natürlich mitgebracht hat. Ha, Schurke! Sie wird nicht angerührt. Erst sollen wir alle noch gründlich die Truhe besichtigen. Also Rollenspiel,

Balance zwischen Bewunderung und Skepsis, Jan spielt sich ein. Er äußert Zweifel am Alter der Truhe. An ihrer Echtheit, also an der Berechtigung des Preises. Dies nun duldet der Regisseur plötzlich nicht. Sei still! zischt Antonis Jan an. Wir begreifen: Jedes Wort gegen die Truhe ist ein Wort gegen ihn. Zum erstenmal sehen wir einen Sammler vor dem Stück, von dem er besessen ist. Wir haben den Mund zu halten. Schwach kann Jan noch fragen, wo Antonis das Monster aufstellen wolle. – Das laß man meine Sorge sein. – Gutgut. – Und daß Sie im Preis noch etwas heruntergingen? fragt Luisa die Frau. Die wirft den Kopf mit dem Moderhaar hoch: Viertausend! Das ist nun aber mein letztes Wort! – Aber ja! sagt Antonis und gibt uns ein energisches Zeichen: Von jetzt an rede ich!

Wir gingen ins Zimmer, das merkwürdig kühl war bei der Hitze draußen. Als kämen sie in eine Gruft, dachte Ellen. Sie stellte sich neben den Mann der moderhaarigen Frau, den ehemaligen Förster, an den kalten Kachelofen. Er begriff wohl nicht, worum es eigentlich ging, freute sich über den Besuch und stöhnte alle paar Minuten aus Herzenstiefe: Ach ja! Worauf seine Frau, vom Verhandlungstisch her und ohne zu ihm hinzublicken, scharf herüberrief: Du sei mal ruhig, und steck dir das Hemd in die Hose!

Jan setzte seine Fähigkeit ein, sich aus jedem Gespräch nach Belieben innerlich zurückzuziehen. Was sollte jetzt zum Beispiel das Palaver über die Grippewelle. Die schauerlichen Einzelheiten, mit denen die Försterfrau den Zustand der Wohnung zu rechtfertigen suchte. Seit sechs Wochen kraftlos in der Gewalt des Virus! Ellen machte einen unglücklichen Ablenkungsversuch, kam auf die Geweihe und Wandbilder zu sprechen, mit denen die Wände bepflastert waren, das hätte sie nicht tun sollen. Uferloser, oft heftiger Streit zwischen den Förstersleuten über die

Herkunft jedes einzelnen Geweihs war die Folge. Zumeist, so erfuhren wir, handelte es sich um Trophäen aus dem Ostpreußischen, aus der Jungförsterzeit des Mannes, über dessen Jägerqualitäten sich die Eheleute merkwürdigerweise einig waren. Bei mir traf jeder Schuß. Ach ja! – Wo er recht hat, hat er recht. Aber jetzt steck dir gefälligst das Hemd in die Hose, wir haben Besuch!

Die Wild- und Waldbilder aber, über alle Beschreibung gräßlich, stammten von einem guten Freund, der sie heute noch besuchen kam, um auszuruhen, zu malen und zu jagen. Ausruhen hätte genügt, fanden wir, aber dann trotteten wir ergeben hinter dem Mann her, zu jenem Gewehrschrank im Nachbarzimmer, der angeblich immer noch dem Malerfreund als Behältnis für seine Jagdwaffe diente. Über die Diele also, nochmals vorbei an der stummen teuren Truhe, hinüber ins Jagdzimmer, einen öden, schmutzigen Raum. Da war der Gewehrschrank zu unserer Überraschung in die Fußbodendielen eingelassen und durch Riegel und Sicherheitsschloß wohlverwahrt. Gespannt beobachteten wir die schier endlosen Versuche des Försters, das Schloß aufzuschließen. Als es endlich gelang, als endlich die Klappe gehoben wurde, war das sorgfältig gezimmerte und mit Aluminiumfolie ausgelegte Behältnis allerdings leer. Natürlich leer, zu unserer Erleichterung. Folgte eine endlose, sich immer mehr verwirrende Belehrung über die Sicherheitsvorschriften bei Waffenbesitz. Irgendwann war auch die zu Ende, der Schrank wieder verschlossen und verriegelt, wir konnten ins Wohnzimmer zurückgehen, wo es Antonis endlich fertiggebracht hatte, einzugießen: der Truhenbesitzerin ein volles Glas, sich selbst einen winzigen Schluck. Wir kamen dazu, wie sie miteinander anstießen. Auf Ihr Wohl. – Das hätte aber wirklich und wahrhaftig nicht nötig getan. Schönsten Dank auch. Prösterchen.

Dann konnten wir wieder mal was von Antonis lernen. Kein Schauspieler hätte den bewegenden Moment, der jetzt bevorstand, besser arrangieren können als er. Wie er langsam, langsam in die Innentasche seiner Lederjacke griff; die alte Brieftasche hervorzog, an die sich die Blicke der Frau hefteten wie festgeleimt; sie umständlich vor sich auf den Tisch legte; bedeutsam um sich blickend das Bündel Geldscheine herauszog und es endlich lässig, aber hart, vor sich auf die Platte knallte. Es war gekonnt, es war volkstümliches Theater, und es war sein letztes, unwiderlegbares Argument. Es war Überredung durch Gewalt. Wir sahen die Wirkung. Die verschlagenen Züge der Frau lösten sich auf. Wir sahen, wie ihre Gier den letzten Widerstand wegschwemmte. Sie war besiegt.

Ach ja! stöhnte der Mann vom Ofen her. Niemand wies ihn zurecht. Die Frau machte sich an das Zählen von viertausend Mark in Hundertmarkscheinen. Das dauerte, und man muß es gesehen haben. Der einzige, der keine Spur von Ungeduld zeigte, denn er war glücklich, war Antonis. Ich bitte euch! wies er uns zurecht, als die Frau zum drittenmal daranging, die vier Bündel zu je tausend Mark durchzublättern, und als wir Zeichen von Unmut von uns gaben. Dazu braucht der Mensch Ruhe. Viertausend Mark sind schließlich viertausend Mark.

Das Stück strebte seinem glücklichen Ende zu, da sagte der alte Mann vom Ofen her fröhlich: Und jetzt zeig ich Ihnen mal meinen Gewehrschrank.

Das war eigentlich zuviel. So schnell stürzt die Komödie in die Klamotte. Es war eigentlich mehr, als wir jetzt noch gebrauchen konnten, aber nun hieß es, ergeben noch einmal hinter dem Mann, dem das Hemd weit aus der Hose hing, über den Flur zu trotten, noch einmal an der Truhe vorbei, die sich nicht verändert hatte, soweit wir sehen konnten, noch einmal in das dumpfe leere Jagdzimmer, noch einmal in die Ecke, in die unten der Gewehrschrank eingelassen war. Noch einmal das unendliche Gefummel mit den Sicherheitsschlüsseln ansehen müssen, die leere Höhlung im Fußboden bestaunen und die umständliche Darlegung der Sicherheitsbestimmungen bei Waffenbesitz über uns ergehen lassen, die sich im Lauf der letzten halben Stunde, das war jedenfalls unser Eindruck, noch verworrener gestaltet hatten. Ja, sagte der Mann, als wir wieder ins Zimmer traten. Bei mir, da saß jeder Schuß!

Du steck dir mal lieber dein Hemd in die Hose! kam es scharf vom Tische her.

Wir atmeten auf. Aber nun ging es ja noch darum, einen regelrechten Kaufvertrag aufzusetzen. Das brachte Antonis sehr schnell hinter sich, auf vorbereitetem Papier, mit fix und fertig im Kopf vorgebildeten Formulierungen. Er unterschrieb, ließ die Frau unterschreiben, die nicht lange mehr unterschriftsfähig gewesen wäre. Sie trank jetzt in vollen Zügen. Jan versuchte, sich die Flaschenbatterie vorzustellen, in die man viertausend Mark verwandeln kann. Währenddessen lösten die bis jetzt mühsam gewahrten Formen sich auf, Anstand und Höflichkeit verflüchtigten sich, das Chaos nahm Besitz von der Försterstube, es wurde allerhöchste Zeit, den Rückzug anzutreten. Zwar bot der Mann uns freundlich und dringlich an, uns doch wenigstens seinen Gewehrschrank noch zu zeigen, aber die Frau, die schwankend im Türrahmen stand, beschied ihn: Du halt mal jetzt endlich dein ungewaschenes Maul. Sie griff, während sie sich vorwärtsbewegte, nach festen Gegenständen. Die Grippewelle habe sie eben immer noch nicht ganz losgelassen. – Ach ja! vom Ofen her. – Hemd in die Hose!

Morgen, sagte Antonis besorgt zu der Frau, morgen laß

ich die Truhe abholen. Vergessen Sie das nicht. Ich hab die jetzt gekauft. Es ist meine. Verkaufen Sie die nicht noch mal!

Is recht, is recht, lallte die Frau und verabschiedete uns mit einer Handbewegung, die erhaben angelegt war, ihr aber fahrig entglitt.

Über die Herkunft der Truhe hatte sie sich kein Wort entlocken lassen, nüchtern nicht, und betrunken auch nicht. Charakter hat sie ja, das muß man ihr lassen, sagte Antonis. Wir versuchten, den Alptraum mit Witzen abzuschütteln. Der Satz von den »Fußkranken der Völkerwanderung« fiel Jan ein. Ellen erinnerte sich an die Menschenströme, die bei Kriegsende über die Straßen Mecklenburgs und als Rinnsale in die Bauernhäuser gespült worden waren und zu denen sie gehört hatte. Nun, dreißig Jahre später, begegnete ihr das menschliche Strandgut, das nicht wieder hatte flott werden können. All die Jahre über, die sie woanders verbrachte, hatte sie an diese Menschen kaum gedacht.

12

Ob ihr es noch wißt, wie der Sommer weiterging? Wie Bella bei Luisa einzog, kurz nachdem Antonis uns verlassen hatte? Bella mit ihrem kleinen Sohn Jonas. Wie sie sich in dem Bodenzimmer einquartierten, dessen Fenster einen Blick über das Land freigab, von dem Bella sagte, er ziehe ihr das Herz zusammen. Das zieht einem ja schier das Herze zusammen, sagte sie in ihrer leicht zitierenden Manier, und Luisa, die ängstlich hinter ihr gestanden hatte, fing an aufzuatmen. – Ja. Ich fing an aufzuatmen. Ich sagte: Findest du? Wirklich? Ich wollte es wieder und wieder hören. Wir richteten uns alle drei im anderen Giebelzimmer zum Schlafen ein, auf dem breiten Bett mit der griechischen Felldecke, die im Winter wärmt und im Sommer kühlt.

Wißt ihr noch, wie sie dann zu einer Gruppe wurden, die uns nicht mehr in alle ihre inneren Verhältnisse Einblick geben konnte? Soviel ist sicher: Bella, die Luisa vorher gar nicht gekannt hatte und die nur auf unser Drängen, aber ohne besondere Erwartung gekommen war, weil sie es, wie immer, versäumt hatte, sich um ordentliche Ferienplätze zu kümmern – Bella unterbreitete Luisa, die soviel jünger war als sie, schon am zweiten Abend, während sie vorm Haus saßen und Wein tranken, ihre Geschichte, die zugleich die Geschichte ihrer Liebe war, und pflanzte so eine niemals endende Hingabe und eine unstillbare Sorge in sie ein. Unter Luisas sanftem Einfluß gab Bella das Rauchen auf – ganz leicht, sagte sie, ganz leicht! –, aß morgens große Scheiben des dunklen Roggenbrots, dick mit Butter beschmiert, trank nichts Alkoholisches vor dem Nachmittag, und dann nur verdünnten Wein. Ach, wie es einem gut gehen kann, sagte sie, setzte sich ruhig an das Fenster vor die überaus schöne Landschaft, schrieb etwas oder schrieb auch nichts und rechnete sich aus, daß sie zum allerersten Mal, seit Jonas auf der Welt war, die Last der Verantwortung für ihn mit jemandem teilen konnte. Luisas Umgang mit Kindern brachte ja ihr Wesen noch stärker hervor als ihr Umgang mit Erwachsenen, die Scheu und Ehrfurcht, mit denen sie Kindern begegnete, nahm denen jede Scheu. In Scharen kamen sie zu ihr und brachten ihr selbstgefertigte Zeichnungen, die Luisa glücklich und bewundernd mit ihnen besprach und dann an die Küchentür heftete. Zwar ist viel Zeit inzwischen vergangen, aber ihr werdet euch erinnern, daß Jonas nur Burgen und Festungen und militärische Anlagen malen wollte, von denen er unglaublich viel wußte und in deren innersten, durch dicke mehrfache Panzerschichten geschützten Kern er eine einzige winzige Figur setzte, mit Helm und Schwert angetan und behangen: sich selbst. In der allerersten Stunde, in der Luisa Jonas zusah, wie er sich bewaffnete: eine Drillichweste mit goldenen Knöpfen und Schulterstücken anzog; einen schwarzen Zweispitz aus Filz aufsetzte; sich ein Waffengehänge mit rotem Plasteschwert umgürtete, ohne das er niemals das Haus verließ – in dieser ersten Stunde ergriff Luisa die verzehrende, schmerzhafte Liebe zu diesem Kind. Dann hörte sie die endlosen, aussichtslosen Dialoge zwischen Bella und Jonas mit an, die erpresserischen Forderungen des Kindes, sah die unkindlich verletzten Blicke eines Liebhabers, nicht eines Sohnes: Du hast mir aber versprochen, daß ich erst mit dir zusammen ins Bett gehen muß! –, die mühsam gezügelten Erwiderungen Bellas, da legte sie sich mit ihrer ganzen Person ins Mittel, zog Jonas zu sich heran, nahm ihn auf sich, mußte sich auch dafür noch schuldig fühlen. Meinst du, daß ich das darf? konnte sie Ellen fragen, und die konnte wieder nur sagen: Du Kind. Es mußte doch jeder sehen, wie Bella aufblühte. Nachts lagen sie in Luisas Doppelbett, Jonas zwischen sich, hielten sich bei den Händen und redeten miteinander, bis der Himmel bleich wurde. Die weiß über alles Bescheid, sagte Bella. Woher sie das hat, das weiß ich nicht.

Ich möchte zwei sein, dachte Luisa, konnte es endlich denken, was sie so lange schon fühlte. Konnte es denken, im hellen Morgenlicht, die kleine Hand von Jonas in der ihren, Bellas Schlafatem auf der anderen Bettseite. Ich möchte zwei sein. Die eine hier im Bett neben Bella und

Jonas, in diesem alten großen Haus, das sich um mich legt wie mein eigener, etwas vergrößerter Körper. Die andere bei Antonis, in dem Zug, der jetzt den dritten Tag unterwegs ist, Jugoslawien passiert haben muß und heute die Grenze nach Griechenland überquert. Antonis, ich möchte zwei sein.

Nie, nie würde sie ihm das sagen. Zu Ellen konnte sie in Andeutungen davon reden, am liebsten zu Jenny, die urteilte nicht, die stieß sie immer an: Man los, man zu, hoppa! Sie konnte nicht wünschen, das war ihr Mangel. Jeder Wunsch, der in ihr aufstieg, mußte sich, ehe sie ihn aussprechen konnte, in eine Schuld verwandeln. Man sollte aber wünschen, sogar fordern können, erst neulich hatte Jenny es steif und fest behauptet, und Ellen hatte eingeworfen, mit welcher Brachialgewalt Jenny ihren Drang nach Unabhängigkeit gegen sie durchgesetzt hatte, als sie vierzehn, fünfzehn war. Rücksichtslos. Wenn sie nur an gewisse nächtliche Szenen denke, unangekündigtes Ausbleiben bis zum Morgengrauen, Alkoholmißbrauch, jawohl, frivoles Spiel mit der mütterlichen Angst... Überangst, konnte Jenny ungerührt sagen, Überbesorgnis, die man der Mutter beizeiten abgewöhnen muß. Alles undenkbar für Luisa. Andere verletzen – nie. Gerade fing sie an, sich behutsam, als umschleiche sie in weitem Bogen einen gefährlichen Abgrund, zu fragen, warum sie sich ihrer ausschweifenden Wünsche wegen Nacht für Nacht mit dieser namenlosen Angst bestrafen mußte. Niemand konnte so unwürdig und lasterhaft sein wie sie. Niemand so darauf angewiesen, sich die Nachsicht anderer – Worte wie »Freundschaft«, »Liebe« wollte sie gar nicht erst in Betracht ziehen – andauernd und immer aufs neue zu verdienen. Sie erschrak. Letzte Nacht hatte sie kurz vor einer schauerlichen Enthüllung gestanden. Beinahe war es ihr gelungen, zu erblicken, was sie am meisten fürchtete: das Gesicht des Mannes, der kam, sie zu strafen. Groß und dunkel gegen das helle Lichtviereck der Tür war er, wie immer, auf sie zugekommen, da hatte er plötzlich, als riefe ihn jemand an, sein Gesicht zur Seite gewendet, dem Licht zu, daß er fast kenntlich wurde. Da war sie noch rechtzeitig erwacht, von einem Schrei, den diesmal nicht sie, sondern Jonas ausgestoßen hatte. Ruhig, mein Jungchen, sei ruhig. Hier tut dir keiner was. Er war schnell wieder eingeschlafen.

Ganz sicher wußte sie, daß sie nicht auf der Welt war, um glücklich zu sein. Daß ein Kind wie Jonas einmal als ihr eigenes neben ihr liegen würde, wünschte sie mit einer Heftigkeit, die sie erschreckte. Aber wie, wenn Bella, um sich ganz ihrem wunderbaren Talent hingeben zu können, jemanden brauchen konnte, der alles das für Jonas tat, wozu Bella die Zeit nicht hatte? Ihm seine Lieblingsspeisen kochen – die er ja noch gar nicht kannte; die sie erst für ihn erfinden würde –; ruhig und geduldig neben ihm sitzen, während er mit nervenverzehrender Langsamkeit aß. Ihn vielleicht doch dazu bringen, daß er grammweise zunahm. Seine Spiele mit ihm spielen, an deren Unverrückbarkeit Bella schier verzweifeln wollte. Ihm nach und nach, anstelle der Rüstungen, Waffen und Soldaten, einen Ball, ein Stofftier, einen Baukasten unterschieben. Und seine endlosen Folgen angstvoller, insistierender Fragen tagein, tagaus mit Engelsgeduld beantworten: Ob es denn wirklich sicher sei, daß die Sonne nicht auf die Erde falle, eines Tages. Und wer ihm das garantieren könne. Ob es wirklich und wahrhaftig nicht zu einem neuen Krieg kommen werde. Ob seine Mutter nicht sterben werde, ehe er selbst ein großer Mann sei. Ob man ihn nicht, wenn er einmal sterbe, aus Versehen lebendig in den Sarg legen und eingraben werde. – Ach mein Kleiner. Wie schön wir zusammen leben würden, wir drei. Luisa fühlte es täglich schärfer, wie dieses Kind sich in ihr festkrallte.

Was ich bloß wieder denke. Verzeih mir, Antonis.

Im Schlaf konnte Jonas aussehen, wie ein Junge von fünf Jahren aussieht. Sein tagsüber fest zusammengezogenes Gesichtchen konnte sich lösen, die Lippen konnten weich und kindlich sein, selbst der Nasenrücken erschien weniger scharf. Das blonde Haar, das er sonst unter seinem Helm versteckte, fiel ihm über die Stirn, die Arme lagen wie bei einem Kleinkind zu beiden Seiten des Kopfes locker neben dem Kissen. Ach mein Kleiner. Mein armer lieber Kleiner.

Das große leere Haus, und in seiner innersten Kammer sie, drei atmende Wesen. Luisa konnte spüren, wie ihr Haus, das den langen öden Winter über tot, gestrandet, festgefahren gewesen war, im Rhythmus ihres Atems mitzuatmen begann, ein dunkles altes Tier mit seinem struppigen Rohrdachfell. Oder eine Barke mit roten Flanken und weißumrandeten Fensterluken, in Fahrt, endlich wieder in Fahrt. Mit der Schneeschmelze hatte sie sich zu regen begonnen, in den Nächten hatte Luisa es wahrgenommen. Ein Ächzen und Knacken, dann ein Rieseln, besonders im Lehmfachwerk am Westgiebel. Es riß an ihr, wie das alte Haus wieder flott zu werden suchte, sich losmachte, an den Leinen zurrte und endlich, als das Grün aufbrach, auf Fahrt ging, Leute aufnahm – Bella, die Schöne, Jonas, ach, mein Kleiner! –, Leute losschickte in die Welt: Antonis. Und schwamm, schwamm, in dem feuchten Grün, das erst jetzt, unter der unverwandten Sonne, anfing zu vergilben. Die Stuben unter dem Rohrdach blieben lange kühl, wenn man die Fenster zuhielt. Aber trocken wurden sie, knastertrocken. Luisa konnte zusehen, wie in der großen Stube, deren drei Fenster nach Südwesten gingen, die Dielen sich zusammenzogen, breite Ritzen entstanden, der Staub von Jahrzehnten zutage kam, wie das alte Holz im Gebälk mürbe wurde, den Holzwürmern aufgeliefert war, so daß sie jeden Tag ein Rinnsal von Holzstaub aufkehren mußte. Dabei sprach sie mit dem Haus. Begütigte. Redete ihm zu. Laß man, laß, konnte Bella sie reden hören. Ist ja alles nicht so schlimm. Das überstehst du auch noch. Das wird schon wieder.

Bella saß derweil in ihrer Dachstube und blickte auf die Felder, wie sie Welle um Welle heranflossen, und auf die korrekte Reihe der Überlandleitungsmasten, die mit ihren Drähten die Wellen schnitten. Sie wußte, Luisa hielt Jonas bei sich und glaubte, sie, Bella, würde an ihren Gedichten schreiben. Aber das tat sie nicht. Sie ließ sich gehen. Beinahe in böser Absicht ließ sie sich gehen und pflegte ihren Haß auf den Geliebten. Den wollte sie nicht beschreien und nicht beschreiben. Nach Frankreich entflog er ihr, dieser leichtflügeligen Rasse gehörte er an, und drei Wochen lang schon kein Zeichen. Hingabe, Entfernung und Sehnsucht, soll das mein Leben sein. Verletzung auf Verletzung. Die Gedichte, die daraus hervorquellen wollten, stieß sie diesmal zurück. Hart würde sie sein oder jedenfalls werden. Dem süßen Hang zum Wort, das alles mildert, nicht nachgeben. Daß er ihr auch das noch nahm, das sollte er zu fühlen bekommen. Meropsvogel. Woher kam ihr dieses Wort? – Luisa aber. Was für ein Kind sie war. Gut sein. An Güte glauben. Was für ein Kind. Gut für Kinder. Gut für Jonas, wie niemand sonst, auch nicht sie selbst.

Eine Arche, dachte Luisa, noch immer im Bett. Das muß ich mit Jonas besprechen. Unser Haus ist eine Arche. Ein Paar von jeder Art. Vom Holzwurm über den Marienkäfer, über Maus und Ratte, Grille, Frosch, Maulwurf, Spatz und Storch, über Schwalbe, Schaf, Hund, Katze, Pferd und Kuh bis hin zum Menschen. Das wird ein Spaß. Luisa konnte es kaum erwarten, die Einzelheiten mit Jonas durchzugehen. Sie würde –

Jonas fuhr hoch, als Bella sich regte. Saß steil im Bett, mit weit aufgerissenen Augen. Ist was?

Nichts, nichts. Du, Jonas, sagte Luisa sanft. Weißt du, was ich glaube? Ich glaube, wir schwimmen alle drei auf einer Arche, und du bist der Kapitän.

Dann muß ich mir aber zumindest eine Pistole um-schnallen, gegen die Piraten, sagte Jonas. Nötig wär's nicht unbedingt, sagt Luisa, doch wenn du meinst. Jonas wollte auch sein neues Kettenhemd aus dem silbrig glän-zenden Stoff anziehen, das Luisa ihm genäht hatte. Schwert und Schild ließ er an die Wand gelehnt stehen. Wir müssen aber an alles denken, sagte er. Was frißt zum Beispiel ein Storch? Frösche, mußte Luisa zugeben. Aha, sagte Jonas. Und wenn wir nur ein Paar Frösche mitfüh-ren? Aus Bellas Bett kam der Vorschlag, sich nach Frosch-mehl umzusehen, aber Jonas konnte ungehalten werden, wenn einer es an dem nötigen Ernst fehlen ließ.

Beim Frühstück vor dem Haus in der prallen Sonne hatte Luisa es nicht nur mit dem Archespiel, sondern auch mit dem anderen Gedankenspiel zu tun, das zwischen ihr und Bella im Gange war: Seit Tagen überlegten sie, was sie eines Tages tun würden, wenn sie alle Rücksichten fallen-ließen. Womit sie dann ihren Lebensunterhalt verdienen und zugleich Freude, Glück und Ruhe erwerben könnten, fernab von allem, was sich Mann nannte – ein Gesichts-punkt, den Bella einbrachte und zu dem Luisa, an Antonis denkend, schwieg. Fernab von allem, was uns von uns ab-drängen und uns kujonieren und in Besitz nehmen will, sagte Bella zornig – ein Zorn, der noch wachsen konnte;

und er wuchs. Von allem, was uns mit der Nase in den Dreck tunken will.

Also was?

Heute befanden sie, daß sie in der alten traditionsreichen Eisenwarenhandlung in der Bezirksstadt, die demnächst schließen mußte, weil der Besitzer, hochbetagt, sie nicht mehr führen konnte, ein Café eröffnen wollten. Café nannten sie es provisorisch, weil es für das Ding, das ihnen vorschwebte, keinen passenden Namen gab. Ganz falsch wäre es zum Beispiel auch nicht, von einer Teestube zu sprechen, denn ein starker, duftender Tee würde natürlich auch serviert werden. Aus einem Samowar, den Luisa auftreiben würde, sie wußte schon, wo. Dazu selbstgebackenen Kuchen, täglich frisch, und zwar vorzugsweise Hefekuchen, mit Butter- und Zuckerdecke. Oder eben Napfkuchen mit Mandeln und Rosinen. Und mittags, daran hielt Luisa fest, zwei, drei einfache Gerichte, täglich wechselnd. Eine Suppe. Gemüseeintopf. Kräutereierkuchen. Nur mal als Beispiele.

Und wer soll das alles machen?

Da war Luisa ganz zuversichtlich. Das mache sie schon. Das sei doch ganz leicht. Sie, Bella, brauche nur ihren Platz an dem kleinen runden Marmortischchen am Fenster einzunehmen und zu schreiben. In den vielen Fächern der alten Ladeneinrichtung, die der Eisenwarenhändler ihnen sicher billig ablassen würde, könnte sie alle ihre Papiere unterbringen und verstecken. Und gegen Abend, wenn draußen auf dem Bürgersteig die Lampen angingen, könnte sie, wenn es sie danach drängte, den paar jungen Leuten, die immer wiederkommen würden, ihre neuesten Gedichte vorlesen. Und mit ihnen darüber reden, wenn sie Lust dazu habe. Denn das sei ja überhaupt das allerwichtigste: daß die Leute in ihre Kaffeestube kämen, um miteinander zu reden. Daß keiner sich absondere, wenn er eigentlich Sehnsucht nach Leuten habe. Einer, sagte Luisa, bringt zum Beispiel seine Gitarre mit und spielt und singt uns was vor. Ein anderer legt uns die neuesten Platten auf, oder auch uralte, die ihm gefallen.

Einen Plattenspieler haben wir also auch, sagte Bella.

Aber natürlich! Und dann – du! Eines Tages kommt ein Mädchen, ganz jung und schön und schüchtern, weißt du. Die will unheimlich gerne Schauspielerin werden und hat sich ganz alleine eine Rolle einstudiert, die Ophelia. Oder die Johanna. Die trägt sie uns dann vor. Ganz still wird es im Raum, alle hören ihr zu und sagen ihr dann, was sie bei ihrem Vortrag empfunden haben. Ah – das wird schön.

Ja, sagte Bella zornig. Das wird schön. Schön schlimm.

Da hatte sie wieder die Luisa mit den erschrockenen Augen. Warum sie sie nur immer dahin bringen mußte. Aber sie hatte nun einmal damit begonnen, sich die Märchen aus der Brust zu reißen, den Schmerz nicht zu achten. Wenn Luisa das nicht ertrug –

Luisa war schon froh, daß die Zigarette, die Bella sich jetzt anzündete, ihre erste an diesem Morgen war. Daß sie gegessen hatte, was sie ihr hinstellte. Daß ihr schönes dichtes glattes Haar diesen bläulichen Schimmer bekam, den ihr keiner nachmachte. Heute würde Bella sich das Haar waschen und es an der Sonne trocknen lassen, und sie, Luisa, würde ihr das orangefarbene Handtuch herauslegen, damit Bella es sich um die Schultern tat und das Haar darauf fiel. Und dann würde es Funken sprühen, wenn Bella sich das Haar bürstete. Und sie, Luisa, würde sich im Hintergrund des Zimmers halten und durch das Fenster alles mit ansehen. Sie dachte ernsthaft, daß sie es wohl nicht aushalten werde, wenn es *zu* schön würde.

Kochen also, dachte Bella, und Tee ausschenken. Heute

ist es also Suppe kochen und Gitarre spielen und Ophelia aufsagen. Gestern ist es Spinnen und Weben gewesen, und eine Verkaufsstube in einer alten Mühle einrichten. Am Tag davor haben wir über Teppichknüpfen, Schneidern und Töpfern gesprochen, und morgen würde die Rede womöglich von Kasperpuppen sein, die sie herstellen und für die sie Stücke schreiben könnten, um dann – Jonas und Luisa und Bella und wer immer sonst noch wollte – mit ihnen über die Dörfer zu ziehen und Puppentheater zu machen. Und auch daran würde Luisa felsenfest glauben, einen Tag lang, und sie, Bella, nicht. Nicht eine Sekunde lang.

So war es, und mehr war darüber nicht zu sagen und zu denken. Ein Scheinleben, auf das sie sich da einließ. Wie ihre Liebe eine Scheinliebe war, die sich von den Scheinspielen, die sie lustvoll mit Luisa trieb, nicht mehr deutlich genug unterschied. Luisa, vor der sie ihre Härte verbarg, um sie zu schonen, aber wie lange würde sie das noch können oder wollen. Luisa, die sich mühte, Jonas von ihr abzulenken, damit er nicht schon wieder angelaufen kam und über jede einzige Minute des gerade erst angebrochenen Tages von ihr Rechenschaft forderte. Schon jetzt in zähen, endlosen Verhandlungen den Zeitpunkt festlegen wollte, an dem er – ohne sie!, wie er ihr, zu Tränen erbittert, vorwarf – ins Bett gehen mußte. Schon jetzt die Essenrationen, die man ihm aufzwingen würde, so winzig wie möglich bemessen wollte. Während Bella vorausfühlte, wie das innerliche Zittern wiederkam, während sie flehentlich dachte: Ruhe. Ruhe. Ruhe. Laßt mich doch um Gotteswillen einmal in Ruhe. Während Luisa mit sich steigerndem Aufwand an Phantasie und Kraft das Archespiel weitertrieb, immer neue Arten zuließ, nicht nur die Tierarten fremder Kontinente, schließlich auch Ungeheuer und andere Phantasiewesen. Während sie am Ende dazu überging, Tiere zu erfinden, und doch spürte, lange würde sie Jonas nicht mehr halten können, es zog ihn zu Bella, die, in der Haltung, die Luisa fürchtete, immer noch in der Hitze am Frühstückstisch saß, die Butter auf ihrem Brot zerlaufen ließ und ihre zweite Zigarette rauchte. Während sie nun, nachgebend, mit Jonas auf sein ureigenstes Gebiet überwechselte, das des Kriegerischen, und wenigstens versuchte, es lächerlich zu machen, was ihr, wie sie glaubte, mit dem alten martialischen Lippe-Detmold-Lied leicht gelingen mußte. Aber weit gefehlt. Als die bewußte Strophe kam, als Luisa sie mit Baßstimme, wie ein bartstreichender Feldwebel sang: Und als er in die große Schlacht reinkam, da fiel der erste Schuß, bumbum – da konnte Jonas nicht das kleinste bißchen lächeln, nur todernst und vorwurfsvoll auf sie blicken. Ei da liegt er nun und schreit so sehr, ei da liegt er nun und schreit so sehr –, Luisa mußte abbrechen.

Und all die Zeit über kreiste der Vogel über ihnen. Ein Habicht. Sehr hoch zuerst, fast unsichtbar. Dann zog er erdnähere Kreise, und dann sah Bella ihn herabstoßen, mitten durch die Sonne. Dann schrie Luisa auf. Und dann stieg er wieder hoch, pfeilschnell, ein kleines dunkles zappelndes Tier in den Krallen. Ein Schlag gegen das Herz, und jetzt das warme süße Blut in allen Adern. *Raubvogel süß ist die Luft / So stürz ich nicht noch einmal durch die Sonne –*

Nicht daß du denkst, hörte Bella Jonas sagen, und er blickte sie mit seinen kleinen intensiven Augen durchdringend an, daß ich heute abend wieder schon um neun ins Bett geh. Nicht daß du denkst – Da brach Bella in Tränen aus, stieß seine Hand weg und lief ins Haus.

Luisa hockte sich neben den schweigenden verschlossenen Jungen. War es die Hitze, die heute noch wilder schien als sonst? Lag Zersetzung in der Luft?

Etwas hatte sich verändert.

Etwas würde sich verändern, heute sagen wir alle, wir hätten gewußt, daß es so nicht bleiben konnte. Die Häuser sind abgebrannt. Die Freundschaften sind lockerer geworden, als hätten sie auf ein Signal gewartet. Der Schrei, der uns in der Kehle saß, ist nicht ausgestoßen worden. Aus unserer Haut sind wir nicht herausgekommen, anstelle der Netze, die wir zerrissen, haben sich neue geknüpft. Spinnwebfein oder dick wie Stricke. Wieder haben wir Zeit gebraucht, sie zu bemerken. Aber auch ihr werdet nicht vergessen haben, wie Luisa in jenem Sommer war, ehe sie anfing, jenen winzigen festen Punkt in ihrem Magen zu spüren. Der größer wurde, härter, kirschkerngroß, pflaumengroß, dann war es eine Kinderfaust, die fest, fest ihren Magen umklammert hielt, so daß er an manchen Tagen nicht imstande war, etwas aufzunehmen. Was sie selbstverständlich bestritt. Sie wolle einfach ganz leer sein, konnte sie sagen. Ihr Körper verlange danach. Und lange, lange konnte sie vor uns allen verheimlichen, daß sie das bißchen, daß sie unter unseren prüfenden Blicken zu sich nahm, oft wieder herausbrachte. Nein. Das fing nicht an, nachdem Bella weggegangen war. Das fing an, als Luisa zu ahnen begann, daß Bella gehen würde. Daß sie Jonas mitnehmen und er für sie verloren sein würde. Sie muß es als erste vorausgesehen haben. Sie sprach darüber nicht. Ihre Augen wurden dunkler, wenn die Rede, besorgt wohl, aber immer noch unbefangen, auf Bella kam. Und als jener Anruf einging: Also, damit ihr's wißt: Ich gehe!, da sagte Luisa, bleich wie die Wand: Siehst du. Seht ihr. — Es hat sie nicht danach verlangt, die Wege der Leute vorauszusehen. Sie konnte nichts dagegen machen, daß sie selbst sich auflösen und im innersten Gewebe eines anderen einnisten konnte. Sie hat, was sie sah und wußte, immer für sich behalten. Sie hat es immer in sich hineingefressen. Kein Wunder, daß sie dann nichts mehr zu sich nehmen konnte.

13

Wer auf die Dauer mit Menschen, mit einem Menschen zusammen leben will, dachte Ellen, der muß das Geheimnis des anderen respektieren. Wem sagte sie das? sprach sie in sich gegen jemanden an, mußte sie schon wieder sich oder irgend etwas ihr Wichtiges verteidigen? Sie sah durch das Küchenfenster Jan herumstreichen, selbstverloren. Nicht an sich, an seine Tätigkeit verloren, und wenn die auch nur im Aufsammeln der trockenen Äste unter dem Apfelbaum bestand. Jan ist, dachte Ellen, der bessere Mensch von uns beiden. Sie teilte es Jenny mit, die nicht widersprach. Ellen und Jenny konnten Jan gut gemeinsam beobachten, sein Herumtrödeln hinterm Haus, wie er kurz einen herunterfallenden Apfel zum Fußball machte, ein Stückchen mit ihm dribbelte, ihn in die Holunderhecke schoß, sie konnten sich anblicken, mit dem gleichen Blick aus verschiedenfarbenen Augen: Männer! Jenny, die glaubhaft einen unerschöpflichen Erfahrungsschatz vortäuschte, liebte es, ihre Mutter in Liebesdingen zu unterweisen. Ellen sah ihre beiden Händepaare auf der blauen Sprelacardplatte des Fenstertischs liegen, ein Anblick, den sie sich merken wollte, der schmerzlichen Erfahrung eingedenk, daß man alles, alles vergißt, sie sah ihre eigenen Hände von feinen Fältchen durchzogen, braunfleckig seit kurzem. Das Alter rückte vor. Es machte ihr nichts aus, das käme später. Jenny, das sah sie ihrem Gesicht an, hatte eben erst die Veränderung ihrer Hände bemerkt.

Sie wollte mit Ellen über ihre Freundin Tussy reden. Frau Mutter, das Weib will sich verloben!

Dies tat ich einstens auch, sagte Ellen, aber sie war nicht bei der Sache, weil sie die beiden Kinder im Auge behielt, die auf Littelmarys Sandkasten zusteuerten. Lorchen und Klausi, die Jüngsten von Frau Werkentin. Jetzt paß auf, sagte Ellen, und sie beobachteten entzückt, wie Jan versuchte, mit den beiden ins Gespräch zu kommen. Die, von Erwachsenen nur Anordnungen, Befehle und Verweise gewohnt, nicht aber eine ernstliche Ansprache, preßten fest ihre Lippen aufeinander und blickten ihn stumm und aus irgendeinem Grund trotzig an. Doch sowie Jan ratlos den Rücken gekehrt hatte, stürzten sie sich auf Littelmary und redeten pausenlos auf sie ein, die ihnen angestrengt zuhörte und sich befleißigte, allen ihren Wünschen unverzüglich nachzukommen. Sie rannte ins Haus, holte Schaufel, Eimer, Sandformen. Dann Papier und Tuschkasten. Ihre Puppen. Unendlich viel lag ihr an der Freundschaft dieser beiden Kinder, andauernd blickte sie forschend in Lorchens Gesicht – Lorchen, die schon nächstes Jahr in die Schule kommen würde! –, ob nicht jener gefürchtete Ausdruck störrischer Langeweile auf ihm erschiene, der durch keine Bestechung und durch kein Zugeständnis zu brechen oder zu erweichen war. Ellen, die sich wieder mal nicht zurückhalten konnte, unbedingt Littelmarys Bemühungen unterstützen wollte, brachte, töricht genug, Gläser mit Kirschsaft hinaus, einen Teller mit Kuchen, schlug Spiele vor, erntete aber nichts als abweisende Blicke und abgrundtiefes Schweigen. Obwohl die Saftgläser in Windeseile ausgetrunken, die Kuchenstücke im Handumdrehen verschlungen waren. Dies sei doch vielleicht, sagte Ellen zu Jenny, ein Erfolg.

Ein Erfolg wessen?

Ein Erfolg meiner selbstlosen Bemühungen um die Kinderseelen.

Scheinheiligkeit! Bei der eigenen Mutter! konnte Jenny ausrufen und die beiden Arme gen Himmel schleudern. Ellen störte doch nur die realistische Einübung der Kinder aufs Leben, das sie sich immer noch anders vorstelle oder jedenfalls anders wünsche, als es nun mal sei. Ein Generationsdefekt, darüber solle sie mal nachdenken. Aber sie hatte ja über ihre Freundin Tussy sprechen wollen. Die nämlich schicke sich an, die Fehler früherer Generationen freiwillig zu wiederholen.

Was heißt freiwillig.

Freiwillig heißt, daß niemand sie zwingen kann. Daß ihre künftige Schwiegermutter bloß den Satz fallenlassen muß, sie hätte es aber doch sehr gerne, wenn das Mädchen, mit dem ihr Junge in ihrem Hause und in einem Zimmer übernachte, wenigstens mit ihm verlobt wäre – und schon tut sie's. Tussy, meine ich. Obwohl sie weiß, was es bedeutet, wenn die Schwiegermutter in jedem Gespräch mindestens zehnmal »mein Junge« sagt, und daß sie, ob nun verliebt, verlobt oder verheiratet, im Hause der Schwiegereltern leben werden. Obwohl Tussy genau weiß, daß ihre eigenen Eltern sich zu früh verlobten. Zu früh heirateten. Zu früh ihr erstes Kind kriegten: sie. Und nun ihr Leben lang nicht mehr auseinanderkommen.

Und du bist sicher, daß sie mal auseinanderkommen wollten?

Ziemlich sicher, sagt Tussy. Aber sie sollen sich irgendwann vorgenommen haben, gemeinsam »das Leben zu meistern«.

Ja, sagte Ellen. Der Mensch ist geheimnisvoll. Aber nach ihrer Meinung wachse Jennys ironischer Zitatenschatz etwas zu schnell, es könne einem ja schwindlig dabei werden. Jenny sagte, jetzt wollten sie aber endlich mal wieder ihren schönen Kanon singen: *Dona nobis pacem.* Wie immer klappte es nur, wenn sie ihn gemeinsam sangen, dann verwechselte Ellen die dritte und die vierte Zeile, das übliche Durcheinander entstand, die Lachanfälle, auf die sie es angelegt hatten, kamen zum Ausbruch.

Ob die Frau das Frühstück fertig habe, fragten die Handwerker vom ehemaligen Schweinestall her. Aye, aye, Sir! rief Ellen zurück. Die Prüfung, ob man mit Bücherschreiben Geld verdienen könne, hatte sie hinter sich. Aber daß dieses Schreiben hinter jeder anderen Arbeit, auch hinter jeder Frauenarbeit, zurückzustehen hatte, war selbstverständlich. Punkt halb zehn stand das Frühstück auf dem Tisch. Belustigt und ärgerlich beobachtete Ellen, wie sie sich hier Regeln unterwarf, die sie in der Stadt nur belacht hätte. Wie sie es nicht darauf ankommen ließ, daß man im Dorf herumerzählte, bei ihr kriegten die Handwerker nicht pünktlich zu essen. Ihr fiel ein, was ihr manchmal Frauen von ihrem Leben mit ihren Männern erzählten – mir, wissen Sie, macht's ja seit der Totaloperation keinen Spaß mehr, aber der Mann muß sein Recht kriegen, nicht? –, da marschierte die Feierabendbrigade schon, Jan an der Spitze, durch die Küche und den Flur zu der Tafel vorm Haus. Im gleichen Augenblick begann auf dem großen Feld jenseits der Dorfstraße die Gerstenernte.

Beeindruckend, dachte Ellen, wenn man's das erstemal aus der Nähe sieht: Acht Vollerntemaschinen rückten vom Sandberg her gegen sie vor, in gestaffelter Formation. Eine Wende, und ein Drittel der Fläche war gemäht. Eine Stunde, sagte Paul Mackowiak abschätzend, und der

Schlag hier ist vergessen. Jau, sagte Uwe Potteck, der Jüngste, der immer bestätigen mußte, was Paul Mackowiak sagte: Dat schall woll sin. Sie setzten sich unter das überhängende Rohrdach in den Schatten. Eine Stunde später würde die Sonne schon auf den Tisch brennen. Den Lauf der Sonne mußte man Littelmary noch einmal erklären, mit einem großen und einem ganz kleinen Fallapfel. Sie wollte auf Jennys Schoß sitzen. Wo waren Lorchen und Klausi? Gegangen. Hatte es Streit gegeben? Nicht direkt. Es war wegen der Maulwürfe. Weil sie, Littelmary, einen Maulwurf aus der Erde hatte befreien wollen. Und weil Lorchen ihr dafür nicht die Schippe gegeben hatte. Noch dazu hatte sie behauptet, die Maulwürfe *wollten* unter der Erde leben. So ein Quatsch, sagte Littelmary. Als ob irgendeiner unter der Erde leben will. – Nach und nach kam heraus, daß sie die Maulwürfe für verzauberte Prinzen hielt, in der Art des Froschkönigs. Ja, dann, sagten die Männer wohlwollend. Denn verzauber sie man wieder zurück. Wenn dat so is!

Ellen sah, wie die Blicke der Männer zu Jenny hinübergingen, und sie sah, daß Jenny, wie immer, keine Wirkung zeigte. Wer ihr das beigebracht hatte. Ich nicht, dachte Ellen entschieden. In allen diesen praktischen Lebensdingen bin ich meinen Töchtern keine Hilfe gewesen. Sie sah, wie gespannt Jenny auf Paul Mackowiak hörte, der jetzt, in seiner westpreußischen Redeweise, in die er ein paar plattdeutsche Wörter aufgenommen hatte, vom Kaninchendieb erzählen wollte, mit dem es nämlich seine Bewandtnis hatte. Stehlen könne jeder, rief Paul Mackowiak und trank seinen zweiten Klaren, Jenny prägte sich ein, wie er den Arm dazu anwinkelte und sich dann die Flüssigkeit mit einer rigorosen Drehung des Handgelenks in den Rachen kippte. Aber bei Walter Burmeister Kaninchen stehlen – das sei eine Kunst. – Genau! rief Uwe Potteck, aber Mackowiak wollte nicht unterbrochen werden: Nu halt man an. Er war es doch, der Walter Burmeistern persönlich kannte und die Geschichte von ihm selbst gehört hatte. Ihm stand es zu, diese Geschichte zu erzählen, und zwar, wie es sich gehörte, der Reihe nach. Als erstes kam, merkte Jenny sich, nicht der Anfang, sondern die Einleitung. Also, hörte sie Paul Mackowiak dozieren, daß es keinen perfekten Mord gebe und daß jeder Verbrecher irgendeinen Fehler mache, das wisse ja jedes Kind. (Das habe sie bis jetzt nicht gewußt, teilte Littelmary Jenny im Flüsterton mit und wurde beschwichtigt: Gerade noch rechtzeitig habe sie es erfahren.) Aber, sagte Paul Mackowiak, daß ein Kaninchendieb so schwachsinnig sein kann und beim besten Kaninchenzüchter des Bezirkes klaut – nee: Das war schon dümmer als die Polizei erlaubt.

Oder das war einer von den Oberschlauen, gab Ewald Wendt, Tischler aus Pommern, zu bedenken. Einer, der ganz was Apartes gesucht hat. Bei Burmeister Kaninchen klaun, hat der vielleicht gedacht – da kommt keiner drüber.

Kann angehn, bestätigte Uwe Potteck. – Wir allesamt, dachte Jenny, sehen eben von klein auf zu viele psychologische Krimis.

Jenny verstand, daß Paul Mackowiak sich seine Pointen nicht durch Motivforschung verderben lassen konnte. Ach wat, sagte er verächtlich. Ein primitiven Kierl is dat doch gewesen, ein ganz primitiven Kierl. Dem ist das doch um gar nichts weiter gegangen als um Masse. (Lebendige Kaninchen? flüsterte Littelmary Jenny ins Ohr. – Lebendige. – Aber im Sack? Schrein die nicht? – Kaninchen schrein nicht. – Aber findste das nicht gemein? – Nach Gemeinheit kann ein Dieb nicht gehn, Mary. – Das war der neu und schwer zu fassen.) Man bloß gut, daß der

Burmeister nach dem Bunten Abend beim Kleintierzüchterverband – das wird gut und gerne auf Mitternacht zugegangen sein – so eine Ahnung kriegte und nach seinen Tieren geguckt hat. – Tiere ist gut! rief Uwe Potteck frohlockend, denn nun kam es ja: Nicht die Tiere, nur noch die leeren Buchten hatte Walter Burmeister vorgefunden, während das Geräusch eines Motorrads sich entfernte. – Erfunden! dachte Jenny entzückt. Das Motorradgeräusch ist erfunden. Das hat sich entweder Burmeister selber oder vor unseren Augen Paule Mackowiak ausgedacht. Die drei Männer ergingen sich in Phantasien, was passiert wäre, wenn der Burmeister den Dieb auf frischer Tat ertappt hätte. Aber, rief Littelmary angstvoll, dann hätte der Dieb den doch totgeschossen. Nur kurz konnten sie sich damit aufhalten, Littelmary den Unterschied zwischen einem Dieb und einem Mörder zu erklären, weil es jetzt darum ging, den genialen Geistesblitz des Walter Burmeister herauszuarbeiten. Wirklich, wie das in so einem Kopf manchmal zusammenkam! Da liegt der nun schlaflos im Bette und simmeliert und simmeliert, was der Halunke mit seinen Rassekaninchen bloß anfangen wird. Einem Züchter kann er sie nicht anbieten, jeder weit und breit erkennt die Marke vom Burmeister, die die Kaninchen im Ohr haben. Also geht's ums Fleisch und um die Felle. Da, sagte Paul Mackowiak, als er soweit gekommen war, ist er dir wie ein wilder Eber aus dem Bett gesprungen, ran ans Telefon und mitten in der Nacht die Kripo angerufen. – Die muß ja immer besetzt sein, warf Uwe Potteck belehrend dazwischen. – Aber daß er den Kerl genau richtig eingeschätzt hat. Daß der wirklich am nächsten Morgen mit zwei Körben voll Stallhasen bei der Kaninchenaufkaufstelle erscheint, wo aber ein Kriminaler in Verkleidung Dienst tut. (»Ein Kriminaler in Verkleidung«! Jenny war glücklich.) Und daß natürlich auch unser Walter Burmeister hinter einem Mauervorsprung vorkommt, dem kleinen mickrigen Menschen seine schwere Hand auf die Schulter legt und ganz ruhig – das hat er drauf, der Walter! –, arschruhig zu dem Dieb sagt: Na Meister. Meine Kaninchen verkaufen, das woll'n wir doch mal lieber bleiben lassen.

Täteräta! Vorhang! Und kein Wort weiter. Ewald Wendt fragte sich, ob der Mensch nicht versucht hätte, auszureißen, worauf Potteck ihm erklären mußte, daß in solchen Fällen natürlich der ganze Häuserblock umstellt war. (»Umstellt!«) Ellen fing an, abzuräumen, Jan fütterte den Hund Lux, der die ganze Zeit über schlaff und reglos zu seinen Füßen gelegen hatte, mit den Wurstresten, die Männer standen auf, aber Littelmary mußte doch noch fragen, ob die Kaninchen tot oder lebendig gewesen seien. Lebendig! riefen Ellen und Jenny gleichzeitig, und Ewald Wendt lüftete seine Mütze und meinte: Tja, wie man's nimmt!, und Uwe Potteck fing an, mit Paul Mackowiak über die Hitze zu reden. Man ging auseinander. Von der Küche her hörte Ellen, wie Jenny Littelmary auseinandersetzte, warum Ewald Wendts Oberkopf weiß, sein Unterkopf dagegen krebsrot war.

Mit ohrenbetäubendem Lärm wendeten die Mähdrescher zum letzten Mal am Feldrand. Wodurch sich nur das Vorurteil hält, die Leute seien, je weiter nördlich um so mehr, schweigsam und unzugänglich, besonders die Männer. Dabei tun sie, scheint es manchmal, nichts lieber, als Geschichten aus ihrem Leben zu erzählen. Allerdings gibt es Grenzen, die man strikt beachten muß. Nie hätte uns zum Beispiel Ewald Wendt, so gut wir ihn kannten, ein Sterbenswort über denjenigen seiner fünf Söhne erzählt, der damals schon sechs Monate lang wegen eines Republikfluchtversuchs einsaß. Viel später erst würde er darüber sprechen können, natürlich voraussetzend, daß wir unterrichtet waren, und voll Wut über einen Brigadier, der seinen inzwischen entlassenen Sohn geringschätzig behandelt hatte. Wie einen Sträfling! Wo kommen wir denn da hin! Ein Junge, der sich nichts hat zuschulden kommen lassen. Da kannten wir ihn schon drei Jahre und wußten, was wir zu tun hatten: Nicht fragen. Schweigen. Zuhören.

So wie man Uwe Potteck nicht darauf ansprechen konnte, als seine Frau ihn mit der Tochter, die seine Liebe und sein Stolz war, wegen eines anderen Mannes verließ. Schlimm, sagten die anderen Männer, aber nun dreht er ja woll ganz und gar durch. Er fing an zu trinken. Sie nahmen ihn nicht mehr auf Feierabendarbeit mit. Einmal traf Ellen ihn vorm Landwarenhaus mit aufgedunsenem und zerschlagenem Gesicht. Grüßen konnten sie sich. Ansprechen konnte sie ihn nicht.


Wenn es Luisa in den letzten Tagen schwergefallen war, alleine in den Wald zu gehen, der eine bedrohliche Front gegen sie gebildet hatte – mit Jonas, dem bewaffneten Jonas, war es natürlich etwas anderes. Jonas, der ihr eben angekündigt hatte, er müsse sein Heer für die Kreuzzüge ausrüsten; er brauche große Topfdeckel, als Schilde; Lanzen aus Bambusrohr. Und woher die Helme nehmen? Pappe? Biegsame Pappe, die sich kleben ließ?

Mit dem Entschluß, einen Riesenkuchen zu backen, trafen sie wieder in der Küche ein. Luisa konnte jetzt den Reibenapf aus der Kammer holen, das Mehl hineinsieben, Hefe, Milch, Zucker, Fett, leicht angewärmt, miteinander vermischen. Den Teig zum Gehen an den Herd stellen. Mit Jonas darüber verhandeln, ob das ganze Kreuzfahrerheer oder nur die Hauptleute und Obristen an dem Kuchen Anteil haben sollten. Den Grundriß für die Helme auf Papier aufzeichnen, nach Pauspapier suchen und die ganze Zeit in Richtung Bodentreppe lauschen, ob Bella etwa doch ihre Schreibmaschine in Gang setzte. Alles blieb still. Bella schrieb mit grünem Stift an ihrem vierten Brief, den sie Minuten später wie die drei vorigen in winzige Schnipsel zerreißen würde.

War es nicht eine Schande, daß ihr die Anrede jedesmal wieder die gleichen Schwierigkeiten machte und daß sie sich dann jedesmal auf das gleiche Wort reduzierte: Lieber. Und danach, jedenfalls diesmal, keine Klagen. Keine Anklagen, sondern Fragen, in die sich – Stilübung! – Klagen und Anklagen ja auch einkleiden ließen. Warum er sie um alles in der Welt nicht so lieben könne, wie sie es brauchen würde, gewaltlos und zärtlich und selbstlos und absolut. Warum er nicht ein paar von seinen verdammten Männerattitüden aufgeben, warum er diese Kleinigkeit nicht für sie tun könne: nicht immer nur sich selbst in ihr (und in jeder anderen Frau, o ja, das wisse sie!) zu lieben, zu bewundern, anzubeten. Sondern einmal auch sie wahrzunehmen, so, wie sie war. Warum er alle Last auf sie legen müsse. Ach, von den Lasten des Sich-Vorbereitens, vom Saubermachen, Einkaufen, Flaschenschleppen rede sie nicht. Aber davon, daß sie wieder und wieder all die Flaschen umsonst herbeigeschleppt hatte, und keiner war gekommen, das Bier zu trinken, all diese Brote mit vielerlei Wurst zu essen. Diese Last des Wartens und Imstichgelassenseins. Der Enttäuschung. Der Schande, wollte Bella schreiben, schrieb es aber nicht, auch nicht in einem Brief, der zum Zerreißen bestimmt war. Wisse er denn wirklich nicht, wie ihre Bemühungen, ihn in seinem anderen Stadtteil, ihn in seiner anderen Stadt, seinem anderen Land, anzurufen, fast immer erfolglos blieben. Und wie ihr zumute sein mußte, wenn dann, falls es ihr doch einmal gelang, nicht seine Stimme, sondern die einer Frau sich vernehmen ließ? Grausamkeit und Gefühlskälte, schrieb Bella. Ich soll verstiegen sein? Wie eine Gebirgsziege? Wenn ich das Einfachste, Natürlichste und Selbstverständlichste verlange? Schande, Schande! dachte sie und schrieb: So. Jetzt hab ich's mal aufgeschrieben, du immer in deinem südlichen Frankreich, das ich für eine Erfindung halte, und nun zerreiß ich den Brief und streu die Schnipsel in den Wind, heute ist es genau der richtige, Ostwind, der nicht verfehlen wird, dir einige glühende Vorwürfe zuzutragen, während ich jetzt hinuntergeh und mir mein Haar wasche, das ich dann in ebendenselben Wind zum Trocknen hängen werde. Punkt Punkt Punkt Punkt Punkt. In erbitterter Liebe.

Bella tat, was sie angekündigt hatte, und aus dem dämmrigen Hintergrund der Küche sahen Luisa und Jonas ihr zu, wie sie in großen Schwüngen Papierschnipsel gegen den flauen Wind warf. Sie gibt unserm Heer ein Zeichen, sagte Jonas. Das ist klar. – Wenn du meinst, sagte Luisa. Es kann sehr gut möglich sein. Natürlich konnten sie Bella nicht fragen, was dieses Zeichen zu bedeuten hatte, als sie jetzt ins Haus trat, das rote Handtuch über der Schulter, und wortlos ins Badezimmer ging, sich die Haare zu waschen.

Von Frau Pinnows Haus her näherten sich zwei Gestalten. – Kundschafter! sagte Jonas und schlich sich an. Atemlos kam er zurück: Irene und Clemens seien es, in undurchschaubarer Absicht. Ihn hätten sie nicht ausgemacht. Ehe man sich mit ihnen einlasse, müsse man auf Herz und Nieren prüfen, auf wessen Seite sie stünden. – Gut, sagte Luisa. Aber wie macht man das. – Fangfragen stellen!

Die Postfrau kam von der anderen Seite her den beiden zuvor und brachte eine griechische Zeitung und für Luisa einen blauen Brief mit einer griechischen Briefmarke. Nichts für mich? fragte Bella von der Haustür her, mit wirrem nassen Haar. Heute noch nichts, sagte Luisa schuldbewußt und versteckte ihren Brief hinter ihrem Rücken. Sie ist imstande, dachte Bella, sich anstelle ihres Briefes einen für mich zu wünschen.

Ihr werdet's nicht glauben, rief Clemens, näherkommend, es gibt hier Milane!

Achtung, flüsterte Jonas. Wir müssen rauskriegen, wofür Milan das Codewort ist!

So mußten Irene und Clemens sich auf ein verzwicktes Gespräch mit Jonas einlassen, dessen Gegenstand und dessen Ergebnis jeder von den dreien anders deutete, ehe sie weitergingen in Richtung auf den Kater zu, während Ellen und Jan kurz vor Mittag doch noch den kleinen Spaziergang zum Weiher machten und Ellen Jan von der Frau im Tschad erzählte, von deren Schicksal Luisa besessen war – so stark, daß sie verlangte, sie müßten etwas für diese Frau tun. Ein Gedanke, der mir nur noch selten kommt, sagte Ellen. Daß ich etwas tun könnte. Jan suchte den Rand des Weihers nach Vögeln ab und fragte sich, ob das Schwanenpaar dieses Jahr drei oder vier Junge ausgebrütet hatte. Oder vielmehr, verbesserte Ellen sich in Gedanken: Das Signal, etwas tun zu müssen, leuchtet schon noch auf. Täglich. Überhaupt bin ich wie ein Signalkasten, in dem andauernd verschiedenfarbige Lämpchen aufleuchten. Es muß ein schönes flirrendes Muster geben. Nur bewirkt es nichts.

Es sind *doch* Haubentaucher, sagte Jan. Erstaunlich, wie lange die Biester unter Wasser bleiben können. Ein Fernglas braucht man hier. (Das Fernglas lag dann in der

untersten Lade des alten Schreibschranks und hat merkwürdigerweise in der Asche keinerlei Rückstände hinterlassen.)

Ist mir die Frau im Tschad wirklich kaum etwas anderes
als der Mann im Mond, fragte Ellen sich. Und seit wann
habe ich alle die Frauen und Männer aufgegeben, die nach
meinem Engagement verlangen? Seit mir klar ist, daß ich
den Allernächsten um mich herum nicht helfen kann?

Du, sagte sie. Ich weiß nicht, ob du es bemerkst, wie ich
gesund werde.

Inwiefern gesund, sagte Jan.

Ich kann schlafen. Die Magenschmerzen sind weg.

Was sie verschwieg, was Jan entweder selber merken
oder eben übersehen mußte: daß sie sich noch einmal zu
verändern begann. Daß sie sich nicht mehr wie ein von
falschen Wörtern und Vorstellungen besetztes Land vorkam. Scham spricht nicht. Sonst müßte sie sagen: Ein mit
eigener Zustimmung, aus eigenem freien Willen besetztes
Land. Am allersichersten Ort hatte die fremde Macht, die
Gewalt über sie gehabt hatte, sich vor ihr versteckt gehalten: in ihren Augen. So daß die fremde Macht mit meinen
Augen sah, durch mich selbst, dachte Ellen. Und keiner
des anderen, aber auch ich meiner selbst nicht gewahr
werden konnte. Und daß ich denken mußte, den Fremd-
körper von mir abzutrennen, würde mich zerreißen. Fast
wünschte ich es, zerrissen zu werden. Tage gab es, da hielt
mich nur die Erinnerung an das »Fast«. Die mühselige
Heranzüchtung des »Nein« aus dem »Fast«. Es war jenseits der Sprache. Auch jenseits der Tränen. Sie weinte
nicht mehr. Sie mußte es lernen, zu schweigen.

Irene und Clemens kamen den Weg herunter. Die Männer begannen, die Vogelwelt des Weihers zu benennen.
Doch, vom anderen Ufer her konnte man das scheue

Schwanenpaar mit seiner Brut ausmachen, im Wasserge-sträuch. Fünf Junge waren es, zweifelsfrei fünf. Ein Junges hielt sich so dicht hinter der Mutter, daß man es leicht übersah.

Sehr niedrig, so daß sie sich unwillkürlich duckten, flog eines der gelben Landwirtschaftsflugzeuge, die leider auch hier, überm See, ihren Dünger abließen, über sie hinweg. Wenn der uns sieht, sagte Irene, was denkt der?

Der denkt, sagte Ellen, sieh da, da stehn vier Leute, die sicherlich im »Kater« wohnen, müßig am Teich.

Nein, sagte Irene. Der ist ja gar nicht von heute. Der ist ja ein Zukunftsflieger. Aus der Zeit, da rundum schon das meiste vernichtet ist und nur noch ein paar heile Flecken wie dieser hier übriggeblieben sind. Der ist vom nächsten heilen Flecken aufgestiegen, hat uns wider Erwarten ent-deckt, und nun weiß er nicht: Haben wir die Geheim-waffe, und werden wir sie gegen ihn einsetzen, oder nicht. Darum streut er vorsorglich erst mal Gift.

Ronny! sagte Clemens milde.

Wollt ihr es leugnen? So redeten wir. Dann setzte eine der Feuersirenen ein, die wir in der zweiten Sommerhälfte beinahe täglich aus den umliegenden Dörfern hörten. Un-unterbrochen schien es irgendwo zu brennen. Manchmal sahen wir die Rauchsäulen aufsteigen. Tante Wilma sagte, da genügt doch eine Flasche im Feld, ein Glasscherben auf einem Rohrdach. Das fängt doch an zu brennen, wenn man bloß scharf hinsieht, knastertrocken, wie das alles ist.

## 14

Ein Stück haben wir ja übrigens auch mal aufführen wollen, die Idee ging wohl von Irene aus, aber sie lag in der Luft, als Luisa, Bella und Jonas eines Nachmittags wie eine Theatertruppe über die Hügel kamen, angekleidet für das Malvenfest: Jonas in glitzerndem Panzerhemd und schwarzem Dreispitz, bewaffnet mit Schwert und Schild, die Frauen dagegen mit großblumigen Sonnenschirmen, riesigen Strohhüten, weißen Spitzenblusen und langen bunten Röcken. Tschechow, rief Irene. Aber das ist doch Tschechow! – Irre, sagte Jenny. Das gibt's doch nicht. Das müßte doch gemalt werden. Und die Dorfleute traten vor die Türen, wie einst, wenn die Zigeuner kamen, und sie ermunterten die Schauspieltruppe: Recht so, sagten sie. Macht mal ein bißchen Leben hier. Wie früher. Früher, da haben wir uns hier selber Leben gemacht. Da sind wir beim Erntedankfest nicht zu den großen Bauern ins Hauptdorf feiern gegangen. Nee, sagte Tante Wilma. Da haben wir unsern eigenen Erntewagen geschmückt, und da haben wir uns die alten Sachen aus Großmutters Zeiten angezogen, drei, vier Röcke übereinander. Ja – unsere Erntefeste hier, die waren berühmt! Immer die Reihe rum, da kam jeder mal dran, da wurde bei einem die Tenne gefegt und getanzt bis in den Morgen. Da waren wir alle noch jung, und an Krieg hat keiner gedacht.

Littelmary versäumte den ersten Anblick, sie hatte sich endlich dazu überwunden, über die Straße zu Michael zu gehen – nicht, um mit ihm zu sprechen, dies bedurfte noch längerer Zeit, aber immerhin, um ihm zuzusehen, wie er hinter Irenes Haus Holz hackte. Die Leidenschaft dauerte den ganzen Sommer, es ist nicht wahr, daß Kinder weniger ausdauernd als Erwachsene sind. Er ist so stark, sagte sie ganz benommen und versuchte, mit ihrem dünnen Ärmchen das Muskelspiel an Michaels Oberarm nachzumachen. Hast du überhaupt gesehen, wie stark der ist. – Jonas hatte inzwischen das Gelände erkundet und gab bekannt, daß seine Armee die strategisch wichtige Linie Sandberg – Weiher – Windmühle ohne weiteres würde halten können, wenn die Späher von ihren vorgeschobenen Posten her rechtzeitig das Anrücken des Feindes signalisieren würden. – Aber wie denn! fragte Luisa. – Durch Rauchzeichen natürlich, sagte Jonas. – Das lieber nicht, sagte Luisa erschrocken.

Hüte her, Mützen, damit man vor dem Haus in der Sonne sitzen konnte. Kuchen, stellte sich heraus, zwei verschiedene Sorten Kuchen waren in den Körben, die Luisa und Bella über die Hügel getragen hatten. Jonas hatte nur kleine Mengen für seine Offiziere zurückbehalten. Schon nachmittags kam Wein auf den Tisch, der immer kühl lag, also hatte der Elektriker in seiner gründlichen, zuverlässigen Art die neue Stromleitung gelegt, an die sich nicht nur ein Kühlschrank, an die sich sogar Wasserboiler und Nachtspeicheröfen anschließen ließen.

War es diese Runde, die Steffi dann fotografierte? So war auch sie inzwischen mit Josef und David angekommen, hatte das ehemalige Knechtshaus bei Luisa bezogen, fühlte sich gesund, weder sie noch wir wußten, daß ihr nur eine Pause vergönnt war, doch an der Art, wie sie einem Zwang folgte, ihre Zeit zu nutzen, hätten wir es erkennen können. Daß sie Fotos machte, konnte doch nur bedeuten: Sie wollte sich erinnern. Sie glaubte, daß ihr Zeit dazu blieb.

Und war das nicht der Tag, an dem frühmorgens auch Anton aufgetaucht war, und zwar in der für ihn bezeichnenden Weise: Er hatte, in eine Zeltplane gewickelt, schla-

fend auf der Bank vor dem Haus gelegen, Fritz Schependonk, der sein Pferd sehr früh auf die Wiese führte, hatte
mit der Peitsche an Jans Fenster geklopft und ihn geweckt:
Bei euch vorm Haus liegt ein Landstreicher. Dann mußte
er die Begrüßung des verschlafenen Landstreichers durch
Jenny erleben. Aus einer der Taschen seines weitläufigen,
abgetragenen Parkas hatte Anton drei Schößlinge seiner
roten japanischen Quitte und einige Pfund märkischer
Erde herausgeholt, Gastgeschenk, sagte er, sofort suchte
Jenny eine Stelle am Zaun, die für die Reiser passend war,
feierlich wurden sie eingepflanzt und gründlich gewässert,
sie wuchsen an und legten aus, sie bildeten sich zum
schönsten Strauch in der Zaunreihe, wurden geliebt, mit
Bedeutung beladen und gehegt, blieben vom Feuer verschont und stehen immer noch da, am alten Fleck. Anton,
der per Anhalter reiste und sich auf den merkwürdigsten
Vehikeln die Nacht um die Ohren geschlagen hatte und
mit den sonderbarsten Leuten, die alle genau auf ihn gewartet hatten, um ihn mit ihren Problemen zu beladen –
Anton wurde keine Zeit zum Schlafen zugebilligt, er geriet
sofort in die Vorbereitungen des Malvenfestes, das für den
Nachmittag anstand. Littelmary leitete das Unternehmen,
nach ihren Wünschen mußte Anton auf dem Küchentisch – auf dem Jan gleichzeitig mindestens vier Fischarten
säuberte, ausnahm und zu einer Fischsuppe verarbeitete –
ein riesiges Plakat mit der Aufschrift HOTEL MALVE
in allen Regenbogenfarben bemalen, und dann mußte er
auf die Leiter klettern, um das Plakat draußen über der
Küchenecke aufzuhängen, während Littelmary ihm beteu-
erte, daß sie die Leiter festhalte und ihm nichts passieren
werde, und während Irene erschien, um zu fragen, ob der
Kirschkuchen von neulich gut genug gewesen sei, um heute
noch einmal ihren Beifall zu finden, und Anton, der

Irene zum erstenmal sah, sich der Situation ganz und gar gewachsen zeigte: Kirschkuchen? Immer!, sagte er, und Irene sagte, ich nehme an, Sie sind Anton, wegen dem roten Bart, worauf Anton erwiderte, er sei zwar Anton, werde aber nicht mit Sie angeredet. In Ordnung, sagte Irene, also geh ich jetzt backen. Aber die Kirschen entsteinen! rief Anton noch, und Irene: Was denkst denn du!, und glücklich davonging, auf der Dorfstraße den einarmigen Briefträger traf, der heute, am Rentenzahltag und fast am Ende seiner Tour, schon leichte Schlagseite hatte, sein Rad aber noch schnurgerade führen konnte. Tag, Herr Schwarz. Tag ok, Tag ok. Nun würde er zu Jan ans Küchenfenster treten, die Post hineinreichen, den letzten Schnaps des Tages herausgereicht bekommen, dann den allerletzten: Auf einem Bein kann man nicht stehen!, und sich in weitläufigen Erörterungen über die Ernteaussichten ergehen. Aus Fischsuppe, nee, da machte er sich nichts, aber Zander, gedünstet, oder auch Kabeljau, dafür war er zu haben, und Jan sagte: Auch nicht schlecht, und brachte Ellen ihre Briefe, die sie, wie immer, nicht liegenlassen konnte und mitten in der Morgenarbeit aufmachte, und darunter war auch der Brief, auf den sie gewartet hatte, Jan hatte es gesehen, und den sie als letzten aufriß, während er die Tür hinter sich schloß und noch ein paar Worte mit dem Briefträger sprach, der im kommenden Winter schon, in einer klirrenden Frostnacht, nach einem Unfall mit seinem Fahrrad mit einem gebrochenen Bein liegenbleiben und elendiglich ganz in der Nähe eines Gehöfts erfrieren würde. Wie kann man an so etwas denken, in den Tagen der größten Hitze des Jahres.

Und fast kein Wort würde gewechselt werden zwischen Jan und Ellen über diesen Brief, mittags würde Jan einen Blick auf Ellens Gesicht werfen, würde schweigen und sie nicht zum Reden auffordern. Wieder einmal hatte ein Mensch, dem sie sich vertrauensvoll eröffnet hatte, sich vorsichtig zurückgezogen und distanziert, und jedesmal traf es sie wie beim erstenmal, und die Trauer, die sie hinunterwürgte, bezog sich nicht nur auf diesen Menschen, sie bezog sich auf sie selbst. Immer seltener würde sie den Mut zu diesem Vertrauen aufbringen, immer häufiger seine Folgen rechtzeitig bedenken, die Verletzungen meiden und sich verschließen.

So ist das eben, wenn man sich darauf einläßt, die Linien, Verzweigungen, Impulse eines einzigen Tages nachzuzeichnen, man wird nicht fertig, und mit schlechtem Gewissen überspringt man ganze Stunden voller wichtigster Ereignisse, um sich nur schon an den Tisch mit den Kaffeetassen und den Weingläsern setzen zu können, zu Kirschkuchen, Streuselkuchen und Napfkuchen, zu der Gesellschaft, die auf ein Dutzend Menschen verschiedenen Geschlechts und Alters angewachsen war und anfing, sich nach ihren eigenen Gesetzen zu entwickeln. Findet ihr nicht, sagte Luisa, daß es jetzt fast zuviel werden kann. Sie war es natürlich, in der Glück und Schrecken sich berührten. Hatte übrigens irgendeiner von uns früher schon Malven gekannt? Ich meine: wirklich gekannt? Gewußt, daß Malven, »Stockrosen«, an die richtige Stelle gesetzt – in den Küchenwinkel hinter dem Haus zum Beispiel, in den Windschutz und die Vormittagssonne –, zu übermannshohen Pflanzen mit mächtigen Blättern werden? Und, jede einzige, Dutzende von Blüten treiben? Ehrenwort. Littelmary polkte in den grünen Blütenkapseln, bis sie herausbekam, in welcher Farbe sie blühen würden. Wer sie nicht gesehen hat, von Weiß über Zitronengelb, Rosa, Zinnoberrot, über tiefes Lila bis zu Schwarz, der kann einfach nicht wissen, was Malvenfarben sind. Auf dem Tisch lagen sie verstreut, über den Türen waren die Malvenstengel angebracht, jeder schmückte sich mit Malven in seiner Farbe. Irene trug eine dunkellila Blüte im Haar. Ja, sie war es, die auf die Idee kam, ein Theaterstück aufzuführen. Frei nach Tschechow, sagte sie. Und jeder spielt sich selbst.

Wenn ich das könnte, dachte sie. Obwohl – im Spiel müßte es ihr doch einmal gelingen, ganz sie selbst zu sein. Neidfrei und selbstgewiß, und warum sollte sie nicht spielend hervorbringen, was sie sonst spielte: Glück. Glück haben. Glücklich sein. Spielerisch lieben, ernstlich geliebt werden. Gleichmütig, ja, freundlich bleiben können, hören: Luisa solle die junge einsame Frau spielen, die in ländlicher Idylle von ihrem Liebhaber, einem Universitätsprofessor aus der Stadt, belagert wird. Jennys Vorschlag, der es zugefallen war, Regie zu führen. Wer spielte den Liebhaber? Clemens rufen. Selbst Clemens vorschlagen. Irene tat es. Mußte fragend hinzufügen, ob Clemens der Rolle nicht zu nahe stehe. Mußte das Lachen der anderen doch wieder gegen sich auslegen. Also hatten auch sie es bemerkt? Ronny! Clemens' leise Stimme. Laß doch jetzt.

Sie ließ ja, ließ auch sich. Bella, rief sie, solle die unglücklich Liebende spielen. – Bella sei schon besetzt. Bella gebe die geheimnisvolle Schöne. Die Hexe im Hintergrund, die alle Fäden zu verwirren scheint und sie in Wirklichkeit in der Hand hält.

Dies, wußte Irene, hätte ihre Rolle sein sollen. Sie sagte: Ich gebe die Naive.

Schweigen. Immer dieses Schweigen nach meinen Sätzen, dachte Irene.

Steffi spielte die kaltschnäuzige und aufdringliche Fotoreporterin aus der Stadt, und Ellen wurde von Littelmary für die Rolle der Großmutter vorgeschlagen. Was sie da zu tun habe, wollte Ellen wissen. Nicht viel, erklärte ihr Littelmary. Sie brauche nur tagsüber am Schreibtisch zu sitzen, Littelmary immer zum Essen zu rufen und sie abends ins Bett zu bringen. Dann müsse sie ihr eine neue Geschichte von Till Eulenspiegel erzählen und in ihrem Schlafzimmer die kleine Lampe brennen lassen und den ganzen Abend über im Nebenzimmer bleiben. Das war schon alles.

Aha, sagte Ellen. Also mal ganz was Neues. Aber was bist du?

Es stellte sich heraus, daß Littelmary von Jonas als Prinzessin engagiert war, die sich in ihrer Burg zu verschanzen hatte und von ihm unter Einsatz seiner gesamten Streitmacht verteidigt wurde.

Also was ist! schrie Jenny. Wer führt hier denn nun eigentlich Regie! Ausufernde Dispute zwischen ihr und Jonas, der behauptete, einen Teil des Personals, zum Beispiel Jan und Anton, für seine eigenen Zwecke zu benötigen, und zwar Anton als Meldegänger und Jan als Koch. – Aber ich brauche doch Anton selber! hörte Ellen Jenny schreien, während sie das Geschirr in die Küche trug. – Und wofür? – Als Liebhaber, Mensch! – Ein Anspruch, den Jonas nicht anerkennen konnte. Zum Glück kam Michael und konnte in die Aufgaben eines Meldegängers eingewiesen werden. Es ergab sich ganz zwanglos, daß er vor der Prinzessin, der er seine Meldungen übergab, jedesmal das Knie beugen mußte. Die Prinzessin hockte, hinter übereinandergetürmten Stühlen versteckt, in Olgas ehemaliger Schlafkammer und wurde, und zwar ebenfalls von Michael, mit Erdnüssen gefüttert, eine ideale Einrichtung, fand Irene. Sie wollte gerne mit Ellen auf Littelmarys Probleme zu sprechen kommen, während sie schnell das Kaffeegeschirr abwuschen. Irene hatte schon mehrmals angedeutet, daß ein vierjähriges Kind eigentlich allein und im Dunkeln in einem Raum schlafen sollte, ohne andauernd bei den Erwachsenen zu erscheinen, um sich zu vergewissern, daß sie auch wirklich und wahrhaftig da seien. Gerne wollte Irene Ellen mitteilen, was über solch kindliches Schlafverhalten in ihren Büchern stand, aber Ellen tat wieder, als wisse sie das alles, und verschloß sich. Es lag ja auf der Hand, das Kind hatte Angst, verlassen zu werden. Alle Kinder, deren Eltern sich scheiden ließen, haben diese Angst.

Verfluchter Hochmut. Als sei in ihrer Familie sogar eine Scheidung etwas anderes als anderswo, bei ihr selbst zum Beispiel, Irene. Als sei eine Scheidung nicht notwendig die tiefste Niederlage für eine Frau. Und die Behauptung, man könne es auch anders sehen: als Befreiung, als Schritt zur Selbständigkeit – diese Behauptung war doch pure Heuchelei. Aber das würde Ellen niemals zugeben. Nie würde sie Schwäche zeigen. Klar, daß sie genau verstand, worum es ging, und daß es ein reines Ablenkungsmanöver war, wenn sie jetzt anfing, von ihrer Einseitigkeit zu reden und davon, daß sie eigentlich gar keine Eignung gehabt habe, für gar keinen Beruf, und daß dies ihr oftmals, während sie studierte, große Angst gemacht hatte. Unglaubhaft, dachte Irene. Sie kann nicht wissen, was Angst überhaupt ist, sie will mich bloß auf Abstand halten. Da steht immer, auf meiner inneren Bühne, dieser Erwachsene und sieht dem Kind, das ich eigentlich bin, unbeweglich zu. Dieser entsetzliche Erwachsene, dem die anderen Erwachsenen, besonders Clemens, besonders Ellen, manchmal so ähnlich sahen. Neulich, in der Oper, habe ich ihn erkannt, bis zum weißen Schrecken, bis zum Weinkrampf erkannt: den steinernen Komtur. Der mit seinem schweren Schritt den liebeleeren, nach Liebe lechzenden Verführer einfach zermalmt. Wie es rechtens ist. Wem aber soll ich sagen, daß dieses Ereignis auf meiner inneren Bühne beinahe täglich stattfindet. Der Erwachsene in mir immer häufiger in Gestalt des steinernen Gastes, und, vor Angst vergehend, das Kind, das ich eigentlich bin und das ihn rufen muß, weil es, weil ich nicht aufhören kann zu hoffen, nicht er werde kommen, der Rächer und Strafer, sondern eine lebendige, liebevolle Gestalt, die das Kind in die Arme nimmt, die es erlöst... Und wessen klägliche Stimme, dachte Irene, ist das jetzt, die ich zu Ellen sagen höre: Ich glaube, du bist gegen jeden von uns voller böser Gedanken.

Tränen? Ellen weinte?

Der Tag läuft nicht gut, dachte Ellen. Es kam zuviel zusammen. Erklären konnte man es ja, daß der Innendruck ansteigt, wenn die Außenwelt jede Möglichkeit des Handelns blockiert. Nur nützen die Erklärungen nichts, da jede Deutung, jedes Verstehen durch ein einziges Wort gebrochen wird: zu spät. Es blieb bei Halbheiten. Halbwahr Irenes Satz, halbwahr auch ihr Erschrecken, ihr Versuch der Zurücknahme. Halbwahr der Ausdruck, mit dem ich ihr übers Haar streiche. Wahr nur die Tränen.

Bella kam. Im unrechten Augenblick, fand Irene. Sie hätte das Gefühl, das sie in Ellens Umarmung empfand, noch auskosten mögen. Noch prüfen mögen. Konnte sie sich darauf verlassen? Unter Tränen betrogen werden, das wäre das schlimmste. Das wäre tödlich. Und war es nicht so? War nicht der Blick, den Ellen jetzt Bella zuwarf, ein Liebesblick, wie sie ihn nie empfing? Was tat Bella dafür, geliebt zu werden? Nichts. Sie kam einfach herein, sie fragte nicht, ob sie störe, sie wußte, sie war willkommen. Ihr Haar trug sie Jahr für Jahr auf die gleiche Weise, nie mußte sie sich daran mit der Schere vergehen. Und wenn Bella unglücklich war, so war sie es doch auf eine vom Grund her andere Art als sie. Selbst das Unglück war bei ihr, wie es sein sollte, und sie käme nicht auf den Gedanken, sich selbst daran die Schuld zu geben. Noch im Unglück hatte sie Glück.

Bella sagte, sie seien wohl schon mitten im Stück, erster Akt, zweite Szene, was? Ellen sagte, die Szene gefalle ihr anscheinend nicht? Nicht besonders, sagte Bella. Soweit sie das beurteilen könne. Ellen sagte zu Irene: Dann müssen wir die Szene umschreiben. Auf Wunsch einer einzelnen Dame. Da kam Jenny und erlaubte sich die Anfrage, wie das Stück eigentlich heiße. Sie sei ja nur der Regisseur.

»Liebe als Gefangenschaft«, sagte Irene schnell. Nicht übel, fanden die anderen. Daraus ließe sich was machen. Bloß wo wolle sie bei einem so herzzerreißenden Titel mit ihrem Tschechow hin. Ach, rief Irene, sie hätten ja keine Ahnung. Gebe es etwas Herzzerreißenderes als »Die Möwe«? Gebe es Herzzerreißenderes als die tödlichen Leidenschaften hinter seinen mühsam verhaltenen Dialogen? Wie du meinst, sagte Jenny, nur liege die Betonung auf *verhalten*. Also gut. »Liebe als Gefangenschaft« könne das geheime Motto des Ganzen sein, das sie, Jenny, herauszuarbeiten habe, mit Hilfe der Darsteller. Den Titel könne man allgemeiner wählen. Neutraler. Etwas wie »Landleben«. Oder, noch besser: »Sommerstück«. Wie das denn wäre. Sommerstück? Warum nicht. Das könnte gehen. Lassen wir es dabei.

Welche Rolle eigentlich Jan übernommen habe, wollte Ellen wissen. Keine! rief Jenny. Es sei wieder mal typisch. Weißt du, was er machen will? Inspizient! – Und was hätte er spielen sollen? – Das ist das allerschlimmste, sagte Jenny, ich hätte es nicht gewußt. Vater paßt in keine Rolle.

Wohlwollend beobachteten alle durch das Küchenfenster, wie Jan mit Hilfe von Josef und Anton unter dem Apfelbaum auf einem Campingtisch eine Bar aufbaute. Sinnlos, alle Vorgänge beschreiben zu wollen, in die der Nachmittag sich aufgliederte. Jennys Erinnerung würde sich an diesem Tag festhaken. An diesem Blick aus dem Küchenfenster auf Anton, den er, wie meistens, sofort spürte und wie zufällig spöttisch erwiderte. Wußten sie, daß sie sich trennen mußten? Gewußt, was heißt gewußt. War deshalb ihre Freude so hoch aufgeschossen, als sie am Morgen in dem graugrünen Bündel auf der Bank Anton erkannt hatte? Daß du noch kommst! rief sie und verriet sich. Nichts war zwischen ihnen vorgefallen. Es war undenkbar, daß mit Anton etwas »vorfallen« konnte. Jenny kannte keinen Menschen – ganz zu schweigen einen Mann –, dem Macht so wenig bedeutete wie Anton. Er war genau der Richtige gewesen, mit dem sie in dem Vorort, in dem sie damals beide wohnten, nächtelang durch die Straßen wandern konnte, verborgen unter seinem weiten Fellmantel. Mit dem gemeinsam sie immer gelassener den Polizeikontrollen begegnen konnte, die, zwei-, dreimal jede Nacht, ihre Personalausweise zu sehen verlangten. Diese Gelassenheit war ein Grundzug von Antons Wesen, die man auch Wehrlosigkeit nennen konnte und die auf andere entweder entwaffnend oder provozierend wirkte. Mit Anton redeten sehr unterschiedliche Leute über ihre geheimsten Schwierigkeiten, wie mit sich selbst kaum. Oder genau genommen, dachte Jenny, lenkte er die Klagen, die Leute ihm vortrugen und die sich meist gegen andere Personen oder gegen die Umstände richteten, unmerklich auf das, was er für wesentlich hielt: auf ihre Unbekanntheit mit sich selbst. Eigentlich sagte er nichts. Nur selten stellte er eine Zwischenfrage. Fast nie gab er ein Urteil ab, unter keinen Umständen ein abfälliges. Ganz anders als ich, dachte Jenny. Sie urteilte, sie empörte sich, verachtete. Obwohl sie beide, in einer jener klaren kalten

Mondnächte, übereingekommen waren, daß auch jene Leute, die Jenny verächtlich fand, jene Lehrer, Meister, Autoritäten, jene Menschen im Futteral, an sich selbst nicht schuld waren. Aber, meinte Jenny, sie war es sich schuldig, ihnen nicht so mir nichts, dir nichts zu verzeihen. Wo kämen wir denn da hin.

Anton war anders. Anton konnte trocken erzählen, wie er – das war am Kindertag des Jahres, in dem er zweiundzwanzig wurde –, und zwar dreißig Minuten nach der Frühstückspause, in seiner Werkhalle groß eine Frage hatte aufstehen sehen. Die lautete: Soll das denn dein ganzes Leben lang so weitergehn? Die Antwort auf diese Frage fand er fix und fertig in sich vor. Sie lautete: Nein. So hatte er denn das Instrument, mit dem er gerade die Präzision eines Werkstücks auf Zehntel Millimeter genau hatte abmessen wollen, wieder zurückgelegt, hatte seinen Werkskittel ausgezogen, seinen Schrank ausgeräumt, hatte sich herzlich von den Kollegen und vom Meister verabschiedet, und, als er zu ungewohnter Stunde zum letzten Mal durchs Werktor ging, dem Pförtner die Blume aus seinem Bart geschenkt: die hatte der immer als Werksausweis gelten lassen. Ein irres Gefühl, sagte Anton, wenn du wirklich kapierst, dir kann keiner was. Du bist, wenn du bloß willst, dein eigner Herr. Nur deine Gier ist es, die dich ankettet.

Moment mal, sagte Clemens. Falls jetzt in der Handlung des ersten Aktes, die er sowieso nicht durchschaue – er habe sich ehrlich an seine Rolle gehalten und Luisa umworben, was die bezeugen könne –, falls also jetzt das retardierende Moment in Form eines philosophischen Disputs über den Sinn des Lebens an der Reihe sei, so möchte er daran beteiligt sein.

Aber bitte, sagte Jenny. Da sich leider kein Autor für

dieses Stück dingfest machen lasse, sei alles erlaubt. Sie wolle nur noch anmerken dürfen, daß Antons Maxime ihr damals unglaublich eingeleuchtet habe. Sie erinnerte sich, worüber sie nicht sprechen würde: daß er ihr auch noch beibrachte, man ist nicht frei, wenn man anderen beweisen muß, daß man frei ist. Daß es genügen mochte, einmal in der Woche die Schule zu schwänzen. Daß es kein Zeichen für Freiheit war, wenn sie sich weigerte, zu Hause anzurufen, wenn sie über Nacht bei ihm blieb, in seiner Rumpelbude, die er nicht vernachlässigte, weil er frei, sondern weil er faul war.

Hat einer an jenem Nachmittag zufällig mal nach dem Himmel gesehen? Tiefblau wie geschmolzenes Blei: Wolkenlos. Jenny hat ihn wahrgenommen, während sie durch das Küchenfenster dem Gespräch zwischen Clemens und Anton zuhörte, Anton, der übrigens begonnen hatte, für David an einem Stuhl zu zimmern. Clemens fing an, ihm dabei zu helfen. Du kannst ja tischlern! sagte Anton. Habe er mal ein bißchen gekonnt, sagte Clemens. Zu Holz habe er immer eine Beziehung gehabt. Anton fand, wer tischlern könne, habe es doch nicht nötig, Universitätsprofessor zu werden. Das sagte der nun wieder so hin, Anton. Aber, soviel sei wahr, zu Holz habe er sich schon früh hingezogen gefühlt, ganz eigenartig. Josef, der bei ihnen stand und zusah, wie sein Sohn David sich von Anton die Handgriffe abguckte, sagte: Du wirst lachen, ich auch. Einmal ist's mir im KZ gelungen, in die Schreinerei zu kommen, irgendwer muß mich protegiert haben, ich weiß bis heute nicht, wer und warum. Nun hab ich ja immer zwei linke Hände gehabt, aber ich muß mich doch so angestellt haben, daß sie mich nicht gleich wieder rausgeschmissen haben. Der Geruch von diesem Holz hat mich ganz meschugge gemacht.

Wenn du erst mal fünfzig bist, sagte Clemens zu Anton, dann kannst du nicht einfach am Kindertag zu deinem Institutsleiter gehen und sagen: So, mein Lieber. Ab heute darfst du mit meiner Wenigkeit nicht mehr rechnen. Ich schmeiß die Brocken hin.

Am Kindertag vielleicht nicht, sagte Anton. Ich würde denken: am Vatertag. Sonst sah er keinen Unterschied, ob einer fünfundzwanzig oder fünfzig sei. Höchstens daß die Dringlichkeit zunehme, je älter man werde.

Der redete. Daß Josef ihm beipflichten würde, war vorauszusehen. Er sei ja immer eine Art Vagabund gewesen, sagte er, aber nach der KZ-Zeit habe er sich überhaupt nicht mehr anbinden lassen können. Wenn er irgendwo ein paar Wochen festsitze, werde er kreuzunglücklich, könne nichts mehr machen, schmore im eigenen Saft. Kriege es mit der Angst zu tun. Aber sowie er sich dann ins Auto setze, losfahre, egal wohin, gehe es ihm gut. Normal sei das wohl nicht, aber was solle man machen.

Clemens dachte: Mein Problem ist das nicht. An einem Fleck bleiben – das kann ich mir vorstellen. Seinen Trieb zu reisen hatte er mit anderen Trieben unterdrückt. Zu oft hatte sein Chef ihm eine Einladung aus dem Ausland mit einem falschen bedauernden Lächeln zurückgegeben: Kein Reisekader. Leider immer noch nicht. Nun will ich nicht mehr, dachte Clemens, ohne dieser Behauptung bis auf den Grund zu gehen. Sie sollte stimmen. Er wollte seinen Anspruch verteidigen, die Privilegierten, die inmitten eines harmlosen Gesprächs anfangen konnten, vom Klima Roms oder von den Verkehrsproblemen in Paris zu reden, unverblümt zu beneiden und zu verachten. Das sollte dem Charakter schaden? Mochte es. Sein Charakter war seine Sorge nicht mehr; falls die Mißgunst in ihm überhandnahm, sollten das die verantworten, die Privilegierte und

Benachteiligte schufen. Wenn Neugierde, Interesse und Begehren eine Strömung waren, so hatte er, halb unbewußt, diese früher starke Strömung in sich im Laufe der Jahre immer mehr zurückgedreht, hatte sich auf Sparflamme gesetzt. Es war ein Experiment, nicht risikolos. Als Mediziner konnte er sich selbst kontrollieren. Eine geringfügige Steigerung des Blutdrucks, Schwankungen des Blutfettspiegels, Kopfschmerzen – alles so ziemlich innerhalb der Toleranzgrenzen. Nicht Ortsveränderungen und heftige Bewegung wünschte er sich. Das war es übrigens, was Irene merkwürdigerweise nicht verstehen wollte: daß er vor alle anderen Wünsche und Verpflichtungen die Notwendigkeit setzen mußte, sich seine Ruhe zu sichern. Ruhe, Ruhe, Ruhe, hörte er oft eine Stimme in sich. Ruhe um fast jeden Preis. Er konnte es Irene nicht sagen, daß jedes Experiment sein gefährdetes Gleichgewicht zerstören konnte. Daß all ihre Anstöße, all ihre Hoffnungen, er werde doch noch tun, was er im Innersten wünschte – seine Existenz verändern; irgendwelchen kühnen Plänen leben –, ganz und gar fehl am Platze waren. Nein. Bewußt reihte er sich ein in das große Heer der Männer seiner Generation, die auf ihr Rentenalter warteten, um mit dem Leben anfangen zu können. Bis zu seinem fünfundsechzigsten Lebensjahr würde er – ein Horrorbild – die ausgetretenen Steinstufen zu seinem Arbeitszimmer im Institut hinaufsteigen, täglich, mit Ausnahme der Sonn- und Feiertage und der gepriesenen, herbeigesehnten Urlaubswochen. Mit Ausnahme auch der gepriesenen Krankheitswochen, die, da war er sicher, sich Jahr für Jahr verlängern würden. Die Augen innerlich fest auf dieses Ziel, sein Alter, gerichtet, würde er alle Demütigungen durch seinen Chef hinnehmen, den er genußvoll einen Paranoiker nannte. Wegstecken, lautete der formelhafte Vorsatz, der sich über die Jahre hin in ihm gebildet hatte (»formelhafte Vorsatzbildung« war es ja, was er auch seinen Patienten dringlich anempfahl). Aber wohin stecken? Es mußte ein geheimes Reservat geben – der Teufel mochte wissen, wo all diese seelischen Vorgänge in eines Menschen Körper lokalisiert waren –, das all seine unerfüllbare Sehnsucht, seine ungenutzten Kräfte, seinen ohnmächtigen Zorn und seine Mißgunst auffing und sammelte. Und dann bildete sich plötzlich, für ihn selbst überraschend, in diesem imaginären Behältnis ein explosives Gemisch, dann ging er hoch, dann platzte er am unrechten Ort und machte Irene eine Eifersuchtsszene.

Worüber verhandelte David mit Anton? Ob das Holz für ein kleines Tischchen reichen würde. Clemens sagte zu Josef und Anton: Ihr könnt überhaupt nicht mitreden, ihr Freischaffenden.

Was zählte, war dieser Platz. Dieses Haus, das er sich befestigen würde, in dem er den Unbilden der Zeit, später den Unbilden des Alters standhalten würde. Aber du lebst ja gar nicht! konnte Irene ihn weinend beschwören. Du lebst ja gar nicht jetzt! – Daran mochte etwas Wahres sein, aber es war nicht zu ändern. Manchmal, wenn er nachts wach lag, auf seine inneren Ströme lauschte, kam ihn eine Angst an, seine gedrosselten Lebenssäfte könnten zum Versiegen kommen. Leise, ganz leise mußten sie weitersickern, damit er sie später, wenn er von niemandem mehr abhängig war, wieder voll aufdrehen konnte. Dann würde er leben. Bis dahin würde er sich mit dem Vorgeschmack davon begnügen.

Luisa, wußte er, kannte seine innerste Verfassung, und manchmal schien sie Angst um ihn zu haben. Das rührte ihn, dann spielte er ein wenig mit ihrer Angst, das tat ihm wohl. Aber an die tieferen Schichten seines Gemüts ließ er auch sie nicht heran, da konnte Irene ganz ruhig sein.

Die Schwierigkeit ist, wie übrigens immer, die Gleichzeitigkeit der vielen Ereignisse in die lineare Erzählung einzubinden. Niemand kann an allen Ecken und Enden gleichzeitig sein. So soll Jonas an der Haustür einen Einlaßdienst eingerichtet haben, es soll zu Auseinandersetzungen mit ihm gekommen sein, als einige Gäste sich durch fadenscheinige Argumente der Ausweiskontrolle entziehen wollten, bis David, auf den Jonas mehr hörte als auf jeden anderen, mit ihm ausgehandelt hatte, daß die Malvenblüte, die jeder trug – im Knopfloch, im Haar, im Blusenausschnitt, sogar als Schuhschnalle –, Ausweis genug war. Jonas brauchte eine lila und eine gelbe Malvenblüte für seinen Dreispitz, weil diese Kombination todsicher gegen böse Geister wirken sollte. Dann ging er mit David, dessen Stimme seit kurzem manchmal schon in die tieferen Lagen umkippte, zu den Stuhlbauern hinterm Haus. Wir sind in dem Stück die Wächter, nicht, David? David sagte, er sei in dem Stück der Tischler. Ich vielleicht auch, sagte Jonas. Tischlerlehrling, wie findest du das? Spitze! sagte David.

Jenny schrie, bei diesen unmöglichen Darstellern werde sie noch verrückt. – Warum blieb nichts, wie es war. Warum konnte sie jetzt am Küchenfenster stehen und auf Anton hinaussehen, als sei der ihr bester Freund, aber doch nicht der einzige Anton. Und er, der gerade Littelmary auf sich reiten ließ und zugleich mit Jonas die Verwendungsmöglichkeiten der verschiedenen Holzsorten zu Verteidigungszwecken erörterte, er gab ihr einen Blick zurück, ein bißchen traurig, ein bißchen spöttisch. Wie er eben sein konnte. – Also Herrschaften! rief Jenny in ihrem Befehlston. Spielen wir nun ein Stück oder nicht!

Dies war das Stichwort für Steffi, die vom Flur her in die Küche trat, hallo! rief und, als alle sich ihr schnell zugewandt hatten, auf den Auslöser ihrer Kamera drückte. Danke! Das werde ein gelungenes Szenenfoto. Stellt euch vor, sagte sie, sie seien unterwegs, um sich auch ein Bauernhaus anzusehen, ganz in der Nähe. Stellt euch vor, da wird was draus, und wir leben für den Rest unserer Tage alle hier beieinander, auf Zuruf.

Wißt ihr noch, wie still es in der Küche werden konnte, auch wenn ein Dutzend Menschen darin war? Und wie laut dann eine einzelne Stimme klingen konnte – es war die von Jenny –, die energisch sagte: Hier wird sich gar nichts vorgestellt, meine Dame. Wir sind nämlich mitten in einem Stück. Hier ist alles die reine Wirklichkeit.

Was soll ich viel darüber reden, ihr wißt es selbst: Ein Satz wie dieser konnte das ganze Haus hochheben, mit uns allen darin, konnte uns sekundenlang in der Schwebe halten, und als wir langsam, langsam wieder heruntersanken, hatten wir alle in der Magengegend diesen Fahrstuhlkitzel. Und wenn der Rest unserer Tage auf diesen Tag zusammenschmolz – heute lebten wir, wie man leben soll, und darauf kam es an.

Luisa fragte an, ob es sich dramaturgisch machen lasse, daß sie eine Pita backe. – Jetzt? Hier? Vom Fleck weg? fragte Jenny. – Ich dachte, sagte Luisa. – Also meinetwegen, sagte Jenny. Das bauen wir als retardierendes Moment zwischen die Verführungsszene, die inzwischen hoffentlich stattgefunden hat – Clemens und Luisa nickten gehorsam –, und den Auftritt der ahnungslosen Naiven ein. – Halt mal, rief Irene. Die Naive kann ja gleichzeitig auftreten. Sie kann ja der jugendlichen Geliebten sogar beim Backen helfen, wie ich es jetzt mache, und dann kann sie, wie die Naiven das fast immer tun, währenddessen ihren Traum erzählen. – Welchen Traum, sagte Jenny. – Den Traum der letzten Nacht. Also hört mal her, der paßt sogar hervorragend in das Stück. Sie sei in einem riesigen Gebäude mit vielen, vielen Gängen, Treppen, Fluren, Kammern und Zimmern gegangen, treppauf und treppab, und habe den Ausgang nicht finden können. Immer habe sie es nach oben gezogen, aber immer habe sie sich verbiestert, sich in engen Sackgassen verrannt, wenn sie diesem Zug gefolgt sei. »Verstiegen« – so ein Wort habe sie wirklich im Traum gehört. Und dann, als sie es schon nicht mehr erhoffte, habe sie den Ausgang ins Freie gefunden, ganz natürlich zu ebener Erde. Sie sei ganz beglückt gewesen beim Erwachen. Dieser Traum könne doch nichts anderes bedeuten, als daß sie, bildlich gesprochen, auf dem Teppich bleiben solle. Oder? Daß es ihr nicht bekomme, zu hoch hinaus zu wollen.

Kann möglich sein, sagte Jenny. Aber sie sei hier nicht als Traumdeuter engagiert, sondern als Regisseur, und wer freihändig solche Träume in die Handlung rein erzähle, sei als Naive einfach fehlbesetzt. – Sag ich doch, sagte Irene fröhlich, lebendig und schön mit ihrer lila Malvenblüte im Haar. – Jenny sagte, ihr wachse diese Produktion über den Kopf, für sie sei jetzt erst mal Pause.

Na gut, sagte Luisa, das käme ihr gerade recht, dann könnte sie in Ruhe die Pita zu Ende backen. Niemals kaltes Wasser für den Teig nehmen! schärfte sie uns ein. Merkt es euch: immer lauwarmes! Die Füllung könne man beliebig variieren. Quark sei immer gut. Und Spinat. Oder Kürbis. Oder, im Frühjahr, Löwenzahn. Oder anderes Wildgemüse. Was man eben habe, die Griechen, müßten wir uns klarmachen, seien ein armes Volk. Hauptsächlich komme es aber darauf an, das Teigblatt dünn, dünn, dünn zu walken. Wir sahen ihr zu, welche Kunststücke sie mit dem kurzen Besenstielende betrieb, mit dem sie den Teig ausrollte, ihn schnell und geschickt vom Tisch löste, hochnahm, ihn gegen das Licht hielt, umdrehte, wieder auf den Tisch brachte und flink, flink weiter behandelte, bis er hauchdünn war und mit der Füllung beworfen werden konnte. Wir verfolgten gebannt die Zauberei, die sie mit ihren Händen da vornahm. Im Handumdrehen lagen die gefüllten Teigrollen nebeneinander in der tiefen Pfanne, wurden mit Öl übergossen und in den Ofen geschoben. Anton mußte derweil Jennys Nacken massieren, dann verlangte Jonas nach Futter für seinen Esel, der draußen angebunden stand. Littelmary durfte mitgehen, sie kam mit der Nachricht zurück, am linken Hinterfuß des Esels sei das Eisen locker. Er habe übrigens, sagte Jonas, schon den ganzen Weg über gelahmt. Ob vielleicht die Waffen zu schwer sind für das Tier? fragte Anton. Meinst du? fragte Jonas. Aber er könne höchstens einen Schild weglassen. Allerhöchstens. Klaro, sagte Anton. Zwischen ihm und Jenny gingen wieder diese Blicke hin und her.


15


Obwohl die Zeit sehr langsam lief, war es inzwischen doch später Nachmittag geworden. Schwer zu sagen, wann die Vorstellung weiterging, ob sie überhaupt unterbrochen war, ob die Darsteller wirklich in ihre Rolle hineinschlüpften, ob sie sich nicht, im Gegenteil, ganz und gar in ihnen verloren. Littelmary zum Beispiel bestand darauf, mit Luisa allein das Stück »Kindergarten« aufzuführen. Dazu stellte sie alle Schuhe aus dem Flur in Reih und Glied vor dem Haus auf, um sie mit schriller Stimme zu kommandieren: Hände waschen! Na los! Wirds bald! Nicht drängeln, verdammt noch mal! Luisa aber mußte sich im

Gras ausstrecken und auf Befehl schlafen. Als sie erklärte, das könne sie nicht, wurde ihr ein Tuch über die Augen gelegt, sie wurde angeschrien, daß sie die anderen nicht stören solle, und wenn sie sich mit ihrer kleinsten Stimme verteidigte, schrie Littelmary als Kindergärtnerin außer sich: Sei still, du!

Alles zu spät, sagte Jenny, die, an Anton gelehnt, in der Haustür stand. Glaubst du nicht, daß da alles schon zu spät ist? Anton erwiderte einsilbig: Wer weiß. Wenig später erschienen die beiden als mexikanisches Brautpaar am Kücheneingang, um im Hotel ZUR MALVE Quartier zu suchen. Anton hatte sich Jennys mexikanischen Poncho umgehängt und sich die leichte kleine Truhe mit Ellens Pullovern auf die Schulter geladen. Jenny hatte sich ein Kissen unter ihr weites indisches Kleid gestopft. Jonas, der sich als Empfangschef ausgab, verweigerte ihnen den Zutritt. Leider könne er sie nicht einlassen, jeder Fremde könne ein Spion sein. Sie erwarteten sowieso noch einige Spione. Na also, sagte Jenny, dann seien sie hier ja genau richtig. Sie wolle hier gebären. Jonas fuhr hoch. Gebären? Aber hier könne nicht einfach jeder kommen und gebären wollen! Während Littelmary heftig an Jenny schob, um sie durch die Tür zu kriegen, und dabei aus Leibeskräften schrie: Aber gerade könne hier jeder gebären! Und besonders Jenny aus Mexiko.

Später, bei der Auswertung, wurde diese Szene zum Höhepunkt des Stückes erklärt. Jan und Ellen in ihren Rollen als Hotelbesitzer mußten ihre ganze Autorität aufbieten, während die übrigen Gäste, die sich in einem Pulk zusammenrotteten, ihre gepfefferten Kommentare gaben und nach den verschiedenen Richtungen hin Partei ergriffen. Kurz und gut, die Mexikaner drangen ein, machten sich überall breit und benahmen sich so vulgär wie möglich, verlangten zu essen und zu trinken, ohne bezahlen zu wollen. Sie fraßen, anders konnte man es wirklich nicht nennen, die Reste von Irenes vorzüglichem Kirschkuchen, soffen Bier, Apfelsaft und sogar den scharfen mecklenburgischen Klaren in sich hinein, pöbelten die Leute an, hielten sich an keine Hausordnung, sondern durchstreiften die Räume und mokierten sich: Über die schön geweißten Zimmer, die neuen Stücke der Einrichtung, sie polkten aus allem das Unvollkommene oder Peinliche heraus, sie konnten es sich leisten, nur weil sie Mexikaner waren. Wir anderen hatten alle Hände voll zu tun, sie zu bewirten, sie daran zu hindern, Kirschkerne an die Wände zu spucken, ihre wüstesten Schmähungen zurückzuweisen. Als die Mexikaner satt waren und auch noch Irenes Kirschkuchen heruntermachen wollten, standen wir gegen sie wie ein Mann und lieferten uns mit ihnen eine Schimpfkanonade, nur Littelmary blieb unverrückbar auf Jennys Seite und schimpfte mit überschnappender Stimme gegen uns andere, so unflätig sie konnte. Als sie endlich drittselbst unter üblen Verwünschungen abgezogen waren, die Mexikaner, stellte sich heraus, daß sie auch noch hundsgemeine Diebe waren. In der kleinen Truhe, die Anton auf seiner Schulter trug, schleppte er weg, was nicht niet- und nagelfest war, die Kaffeemühle ebenso wie Ellens Hausschuhe, eine Blumenvase, den Wecker und, was das stärkste Stück war, sogar das Telefon.

Einzelheiten, Einzelheiten. Aber wie anders als mit Hilfe dieser Einzelheiten könnten wir bezeugen, daß, wonach wir uns sehnen, als Möglichkeit in uns angelegt ist. Als sehr flüchtige, vergängliche Möglichkeit, das soll wahr sein. Gerechtigkeit? Man solle Gerechtigkeit walten lassen? Ihr wißt, daß es nicht möglich ist. Es mag sein, daß einem jeden von uns Gerechtigkeit widerfahren würde, wenn ein jeder seinen Bericht über den Sommer abgäbe. Vielleicht wäre es doch möglich, sagte Ellen zu Luisa, über jeden nur Gutes zu schreiben. Luisa sagte, dazu müsse man über jeden nur Gutes denken. An jenem Nachmittag kam es uns allen nicht schwer vor.

Luisa strich auf dem Grundstück umher, ging von Gruppe zu Gruppe auf der Suche nach Bella und Steffi. Sie sah sie auf der alten Kirchenbank am Rande der Wiese sitzen, dort, wo man den Blick auf einen Zipfel des Weihers hat. Ein surrealistisches Motiv. Luisa zog sich zurück. Da waren zwei, die gehen mußten. Sie hatten sich gleich gefunden. Luisa versuchte, ihre Mitfreude wachsen zu lassen, den Schmerz zurückzudrängen. Er würde noch, bald genug, über sie herfallen. Sie hatte Bella beobachtet. Sie hatte gesehen, wie die Abstand nahm, probeweise, glaubte sie selbst. Die anderen mit Blicken messen. Kam man ohne sie aus? Vermutlich. – Luisa, der es das Herz zerriß, mußte Bella recht geben. Daß es sie zu Steffi zog!

Steffi hoffte, Bella wäre vielleicht die einzige, die so mit sich beschäftigt war, daß sie nicht an ihre Krankheit dachte. Die von dieser Krankheit vielleicht nichts wußte. Konnte es jemanden auf der Welt geben, der nicht wußte, daß sie, Steffi, Krebs hatte?

Bella schien unbefangen. Da entfaltete sich in Steffi, während sie mit Bella zu der Bank am Rand der Wiese ging, wo sie allein sein könnten, ganz leicht und selbstverständlich jenes Gefühl, das sie in den Monaten seit der Operation so oft hatte herbeizwingen wollen: Lebensfreude ohne Angst.

Bella sagte, sie sei schön. Steffi glaubte ihr. Die würde nie etwas sagen, um jemanden zu schonen oder, noch schlimmer, zu erziehen. Daß Bella direkt, unhöflich und sogar ungerecht sein konnte, war Steffi lieb. Sie erinnerte sich, als sie vor ein paar Jahren zum ersten und einzigen Mal das Lager Buchenwald gesehen hatte – ohne Josef; Josef ging nie mehr auf den Ettersberg –, da hatte sie mit einer Freundin lange stumm in Weimar im Park auf einer Bank gesessen. Dann war sie plötzlich aufgesprungen und auf ältere Leute zugegangen und hatte sie gefragt, ob sie hier gelebt hätten, als auf dem Ettersberg das Lager war. Was sie damals gefühlt hätten. – Die Blicke. Die Hilflosigkeit. Die Empörung.

Sie hatte genug, übergenug von all der Schonung und Rücksicht und den falschen Zurichtungen, in die man sie eingewickelt hatte. Der eigene Mann. Die besten Freunde. Sie denken, man merkt es nicht. Bella lachte böse. Denken die immer. Bei sich empfand sie immer deutlicher, angstvoll: Da muß ich mich rausziehen. Diese ganzen Stricke durchschneiden. Wie sagt man bei der Schiffahrt? Die Taue kappen. Noch einmal auf große Fahrt gehen. Ein starker, unausweichlicher Zug in ihr. Würde es schmerzen? Sicher. Doch nie mehr so stark wie in dieser Sekunde. Sie würde sich wappnen. Sich unempfindlicher machen. Und alles, was geschah – es geschah ja immer irgendwas! –, unbewußt daraufhin betrachten, ob es den geeigneten Grund abgeben konnte, zu gehen. Sie würde vergessen, daß sie danach suchte, aber früher oder später würde der geeignete Grund sich finden. Sie hatte mit Steffi so wenig Mitleid wie mit sich selbst. Sie konnte sachlich mit ihr über ihre Aussichten reden. Daß man bei dieser Krankheit zuerst zwei, dann fünf Jahre hinter sich bringen müsse. Dann habe man es geschafft.

Steffi sagte, am schwersten sei es, an David zu denken – im Falle, sie stürbe wirklich bald. Bella sagte nicht: Aber du stirbst nicht!, wie jeder andere es getan hätte. Sie sagte, im Falle einer schweren Krankheit habe jeder Mensch, auch eine Mutter, das Recht, an sich zu denken, und die anderen, sogar die eigenen Kinder, sich selbst zu überlassen. Aber David, sagte Steffi, sei in der Schule so extrem schwach. Jetzt noch schreibe er kein einziges Wort ohne Fehler und könne keinen Satz fließend lesen. – Sie aber habe eben zugesehen, wie er es blitzschnell lerne, sich einen Stuhl zu bauen, sagte Bella. Soll er Tischler werden. Da braucht er nicht zu schreiben und zu lesen. – Aber geh, sagte Steffi. Das glaubst du doch selber nicht. Aber der Widerstand in ihr schmolz, die Angst schmolz. Sie hülfe David nicht durch ihre Angst, konnte sie sich sagen. So wenig verläßlich Josef als Vater war – wenn sie eines Tages nicht mehr da wäre, mußten die beiden sehen, wie sie miteinander zurechtkamen.

Steffi verhalf Bella dazu, mit einem kurzen scharfen Ruck ihren Geliebten aufzugeben. Soll er, konnte sie denken. Soll er doch. Ich mache meins.

Ellen saß eine Weile allein vorm Haus. Die Sonne stand tiefer, die Hitze begann nachzulassen. Sie hatte Jenny mit Anton in Richtung Weiher gehen sehn. Sie hörte die Stimmen der Kinder. Wer hat Angst vorm schwarzen Mann? schrie Littelmary, und Jonas und David brüllten aus Leibeskräften von jenseits der Straße: Nie – mand!, und Ellen fühlte, wie sie in eine andere Zeit glitt, an einen anderen Ort, wo ein anderes Kind rief: Wenn er kommt, dann *ist* er da!, und sie fühlte das innere Zittern dieses Kindes, so wie auch Littelmary innerlich zitterte, wie David und Jonas ihr Bangesein überschreien mußten: Fahrn wir nach Amerika!, und wie dann jenes frühere Kind, einsam, wie nur Kinder es sein können, verzweifelt gerufen hatte: Amerika ist abgebrannt! und wie ihm genauso geantwortet worden war, wie sie jetzt Littelmary antworteten, wilden Triumph in der Stimme: Rüber komm' wir doch! Und mochten die

Gestalten und die Gesichter des schwarzen Mannes auch wechseln, dachte Ellen, auf einmal sehr schläfrig und abwesend, die Kinderangst vor ihm blieb die gleiche, weggedrückt, aber abrufbar bis ins Alter hinein; und konnte es nicht sein, dachte es in Ellen, die nicht ganz bei sich war, doch aufmerksam, daß diese verzweifelten Anstrengungen der späteren Jahre im Grunde dem einen Ziel galten, die Angst vor den schwarzen Männern loszuwerden, und daß die Freude, die sie manchmal grundlos überfiel, aus der Gewißheit erwuchs, daß sie auf beinahe unbewußten Wegen diesem Ziel näher kam. Ellen hielt still und sah alles weiter mit an. Littelmary jetzt, von oben bis unten bedreckt, wie Jan sie unter gutem Zureden ins Haus führte. Die ersten Unkenrufe. Irene an der Gartenpforte. Luisa, Bella und Steffi in vertraulichem, flüsterndem Gespräch von der Wiese her. Und dann, auf der Dorfstraße, Jenny und Anton, eng umschlungen, zwischen denen, auch das spürte Ellen, etwas Entscheidendes geschehen war. Alles sehen, von außen, körperlich, und zugleich von seiner Bedeutung angerührt sein. Ellen mußte sich ganz ruhig halten. Also kam doch wieder einmal alles zusammen. Ein Gebilde gab seinen Umriß zu erkennen, Gestalten bewegten sich schon. Vor allem war da wieder dieser unverwandt auf sie gerichtete Blick. Wabern und Wogen, dachte sie ironisch, das übliche Urchaos. Ein Lachen stieß sie. Wollten die sie schrecken? Abhalten? »Die«, das waren die Schöpfungsmächte. Die sollten nur machen. Gestalten vorführen und sie wieder zerstören. Herrgottnochmal. Jedesmal wieder die Entstehung der Welt. Darunter machen die es nicht. Zu früh durfte sie in diesen Vorgang nicht eingreifen, aber eine Ahnung stieg auf, wo das hinwollte. Wieder einmal zwei Kilo Papier umsonst beschrieben, warf sie denen vor, in unbegreiflicher Heiterkeit. Daß sie so blind hatte sein können. Derart stumpf. Vernagelt. Fühllos. Jetzt – ja! Jetzt weitete sich alles, Zusammenhänge traten hervor. Natürlich. So war es. Schrecklich, wenn es denn wahr sein sollte. Entsetzlich, das auszudrükken. Zitternd würde sie es tun müssen, das alte Angstzittern würde eine Stärke annehmen, die sie heute nur ahnen konnte. Und wie die Stimme in ihr, die dennoch rief: Rüber komm' wir doch! ganz leise, wie oft sie verstummen würde. Diese Schwärze dann. Diese Stille. Und wie die Frage hervortreten würde, woher diese Angst kam, und was wir unser Leben lang tun, sie einzusperren. Sie zu verbergen. Ihr zu entrinnen. Sie loszuwerden. Sie zu vergessen. Abzutöten. Ach, wir halben Leichen.

Diesmal mußte es möglich sein. Entwürfe machen, das schönste. Morgen würde sie damit beginnen. Ein durchdringendes Gefühl von Dankbarkeit, gegen alle, die um sie waren. Gegen jeden, der sich ihr gezeigt hatte. Wie konnte sie es ihnen nur vergelten.

Jan schleppte mit Anton zusammen den riesigen Topf mit der Fischsuppe heraus. Reicht es denn für alle, fragte Ellen mit vor Glück beinahe überschnappender Stimme. Jan warf ihr seinen erkennenden Blick zu. Genug und satt, sagte er. Luisa brachte das Brett mit der Pita. Alle versammelten sich um die lange Tafel. In den Bäumen glühten Lampions auf. Die Unken wurden toll. Ab heute, sagte Luisa, rollt die Kugel den Berg wieder runter.

## 16

Ein neues Kapitel, ein anderer Ansatz, die Farbe Blau kommt ins Spiel, eine blaue Höhle, in die Sonja hineinkriechen würde, sich verkriechen, Ruhe finden. Nur noch wenige Minuten dieser qualvollen Zugfahrt, inmitten der Bauarbeiter, die am Donnerstagabend von ihrem Berlin-Einsatz nach Hause fuhren und sich betranken. Na, Frollein? Dazu machte sie ihr Gesicht, das ihr Vater »entzündet« nannte. Immer hielt man sie für jünger, als sie war, auch ihre Patienten sagten »Frollein Doktor« zu ihr. Und sie war keins von beidem, nicht Frollein, nicht Doktor. Nur noch ein paar Viertelstunden hatte sie es zu vermeiden, sich den warmen Atem und den Duft von Littelmary zu stark vorzustellen, so wie sie es in der Stadt abends vor dem Einschlafen gewaltsam vermied. Wenn sie ins Auto stieg, wenn sie losfuhren, würde sie die Tür in ihrem Innern, hinter der sie ihre Sehnsucht fest verschlossen hielt, ganz wenig öffnen, einen winzigen Spalt nur, und dann, auf der Fahrt, würde sie spüren, wie die Sehnsucht ihrem Gefängnis entwich, sie ganz ausfüllte. Wenige Fragen und Antworten würden zwischen ihrem Vater und ihr hin und her gehen, die Scheinwerfer würden sich durch den dunkelgrünen Lichttunnel bohren, und am Ende dieses Tunnels läge die blaue Höhle. Vorher noch die Einfahrt in den Bahnhof, das Gejohle der Betrunkenen auf dem Bahnsteig, der Gestank aus den offenen Zugtüren. Das Gesicht des Vaters am Fuß der Bahnhofstreppe. Grüß dich, würde sie sagen, und er würde ihr ins Genick greifen, wie er ihr immer ins Genick gegriffen hatte, als sie ein zu langes, zu staksiges Mädchen gewesen war. Sonja dachte, wie merkwürdig es war, daß das Körpergefühl des zu langen, staksigen Mädchens sich nicht verlieren wollte; daß ein abschätzender Blick eines beliebigen Mannes diesen Phantomkörper in ihr wiedererstehen ließ; daß sie wohl *wußte*, aber nicht glauben konnte, daß dieser Blick auf eine schlanke, wohlgebildete junge Frau traf, zu der der Vater, die Hand immer noch an ihrem Genick, sagen würde: Mal ein bißchen durchschütteln, die Mucken herausschütteln. Sie entzieht sich dem Griff. Sie gibt ihm ihre Tasche, die er zum Auto trägt. Nun sitzt sie im Auto. Nun soll geschehen, was immer geschah: Alles, was hinter ihr liegt, soll von ihr abfallen. Das Gesicht jener Frau, das sie im Zug noch verfolgt hat, soll schwinden. Ob es diesmal wie immer gelingt, ist nicht sicher. Sie weiß, wo sie nur die Scheinwerferschneise, die Schwärze der Nacht rechts und links sieht, ist für ihren Vater die Landschaft gegenwärtig wie am Tag. Dutzende von Fahrten haben für jeden Meter der Wegstrecke das dazu passende Abbild in ihm befestigt.

Auf dem letzten Stück der Fahrt wird Sonja still. Die paar dürftigen Dorflaternen, die Schlimmes anzukündigen scheinen. Die Kneipe an der Ecke, die der Scheinwerfer abtastet, das elende Kopfsteinpflaster.

Die Genossenschaftsställe, mit Flutlichtscheinwerfern taghell erleuchtet, vor denen sie rechts abbiegen. Die Jauche auf dem Weg. Der Gestank. Dann geht es ins Dunkle, Unwegsame, immer an dieser Stelle beginnt für Sonja die Wildnis, die sie anzieht und abstößt. Das schmale helle Band des Sandwegs, in den Gesträuch hineinwuchert. Zwei, drei Hasen, die, hypnotisiert, kaum aus dem Lichtkegel wieder herausfinden und die Jan anredet. Na mach schon. Was soll denn das? Dummes Tier. Der schwarze Katen linkerhand, ein vom magischen Fernsehlicht erleuchtetes Fenster. Die letzte scharfe Einbiegung. Endlich unser Grasweg. Heimkehr? Die Heimkehr der verlorenen Tochter, denkt Sonja. Ach. Einige Sätze von Jan über die Leute, die in den kleinen Häusern neben der Straße wohnen. So spät noch fernsehen, sagt Sonja, mitten auf dem Land. Das ist der Fortschritt, oder? Dann das Weidengesträuch nah bei unserem Haus. Die auf den Zentimeter genau abgezirkelte Kurve in die Einfahrt, am Hausgiebel vorbei, noch mal ein kühner Bogen auf dem Grashof. Genau vor der dunklen Scheunenöffnung bringt Jan das Auto zum Stehen. Das Licht auf dem Hof, gefiltert durch die blauen Küchenvorhänge. Hier war sie nun.

Sie wurde erwartet. Das Kind hing ihr am Hals, Littelmary. Wie du nach Kräutern riechst! Und: Bist du immer noch nicht im Bett! konnte Sonja sagen, wie es von ihr als Mutter sicherlich erwartet wurde, damit Littelmary ihr nachweisen konnte, daß ihre Ankunft jedes lange Aufbleiben mehr als rechtfertigte. Aber ja, aber ja. Ein Wirbel um sie herum in der Küche, Jenny, die es schon immer verstanden hatte, Wirbel zu machen, die Blicke der Mutter, forschend, darum bemüht, nichtforschend zu wirken, alles wie immer, und die Wände der Küche waren blau gestrichen, das Wachstuch auf dem Tisch blau gemustert, blaues Geschirr. Die blaue Höhle, aus deren Dämmer die tief herabgezogene Lampe ein einziges helles Lichtdreieck herausstach.

Bleichgesicht. Blaßnase. Stadtmensch.

Wie klang Ellens Stimme? Unauffällig? Jetzt hatte Sonja zu sagen, sie sei der einzige Vertreter der werktätigen Bevölkerung in dieser Familie, das sagte sie, und dafür sollte sie nun eine gute Suppe bekommen, die man ihr aufgehoben hatte. Jenny brühte Tee, dann saßen sie alle um den Tisch und sahen andächtig zu, wie der werktätige Mensch aß und trank. Sie fragten nichts, sogar Ellen hatte es sich abgewöhnt, die Fragen, die hervordrängten, gleich zu stellen. Iß und trink! Diese unerschütterliche Überzeugung, nur im Schoß der Familie werde sie richtig ernährt. Und es war ja die reine Wahrheit. Eine Sauerampfersuppe wie diese bekam sie nirgends sonst, das konnte sie ohne Übertreibung zugeben. Hand aufs Herz und nicht gelogen? fragte Littelmary. Sie hatte nämlich den Sauerampfer geerntet. Mit Jenny zusammen.

Großmütig stimmte sie dem Vorschlag zu, schlafen zu gehen. Wenn Ellen sie ins Bett brachte. Wenn Sonja dann käme und ihre gute Nacht sagte. Ihr noch eine Geschichte von der Fortsetzungsserie erzählte. Gut. Aber welche Serie sei denn dran? – Die vom Eulenspiegel. Zu unserer Zeit, sagte Jenny, war es immer die Tierserie, erinnerst du dich? Mit Fuchs und Bär und Eichhörnchen. – Zu deiner Zeit, sagte Sonja. Zu meiner Zeit war es die Prinzessinnenserie. – Was mag noch kommen, dachte Ellen. Zwerg Erwin war noch nicht geboren. Bei Jennys Kindern käme die Serie von Zwerg Erwin. – Würde die Nachttischlampe brennen bleiben? Ellen versprach es Littelmary. Sonja wechselte einen Blick mit ihr: Immer noch? – Immer noch. – Du, sagte Jenny, hast du schon die Prinzessinnen mit den endlos langen Hälsen gesehen, die deine Tochter jetzt malt? Wahnsinn!

Sie sahen der Mutter nach, wie sie Littelmary vor sich her aus der Küche schob. Wahrhaftig, sie alterte. Ihre Haltung hatte sich verändert, war erschlafft, ihr Gang wurde ungeschickter, sie schien ihre Hüften zu schonen. Sonja versuchte, sich die ganz junge, ihr gleichaltrige Mutter vorzustellen, die dem Arzt sagte: Doch. Sie wollte das Kind haben!, obwohl sie mitten im Studium war. Wie später sie selbst das gleiche sagen und tun sollte, das Kind bekam, sich dann prompt, wie mehr als zwanzig Jahre früher die Mutter, im Examen überarbeitete. So daß sie, die Mutter, ihrem Kind manches schuldig blieb. Wie ich, dachte Sonja. Die sich so sicher gewesen war, daß ich die gleichen Fehler nicht wiederholen würde. Nie. Nie. Für den Bruchteil von Sekunden sah Sonja vor sich die Spur von Schritten, spürte den Zwang, in dieser Spur gehen zu müssen, ein Leben lang. Das nicht. Eher ausbrechen, um jeden Preis.

Jenny hatte angefangen zu erzählen, wie ihr, als sie klein war, eine Geschichte der Mutter einmal das Leben gerettet habe – so habe sie es damals empfunden, so behalten. Als sie diese schrecklichen Bauchschmerzen hatte und diese noch schrecklichere Angst, der Bauch werde ihr platzen, so wie die großen Jungen, diese Sadisten, es ihr eingeredet hatten – wie ihr da die Mutter von dem kleinen Fuchs erzählt habe, dessen schreckliche Bauchschmerzen allmählich vergangen waren, und ihr dazu ganz sanft den Bauch gestrichen habe, und allmählich waren auch ihre Angst und dann die Bauchschmerzen vergangen. Diese Erleichterung! Immer werde sie sich daran erinnern.

Psychosomatische Symptome, sagte Sonja. Bei wem? sagte Jan, der hereinkam. Haarklein mußte ihm jedes Wort wiederholt werden. Also, wenn Frauen neugieriger sein sollen als Männer, sagte Jenny, bei ihnen sei es jedenfalls umgekehrt. Überhaupt: In dieser Familie könne jeder mit jedem stundenlang über die beiden anderen reden. Jeder frage jeden ununterbrochen, was er gemacht habe, was er gerade mache und was er in nächster Zeit zu tun gedenke. Jeden interessiere nichts so sehr wie die Seelenperistaltik der drei anderen. Ob das nun gerade normal sei, das möchte sie gerne mal wissen. – Mich nicht, dachte Sonja. Mich interessiert das Innenleben unserer Familie nicht mehr so sehr. Seit wann? Das wußte sie nicht.

Sie sagte aber, so schlecht finde sie das gar nicht. Zum Beispiel könnten sie doch jetzt mal schnell zu dritt über die

Mutter reden. Ob sie denn sicher seien, diese Bauernhaus-
manie bei ihr sei echt? Ob sie nicht fänden, es passe gar
nicht zu ihr, sich hier zu verkriechen? Ob sie nicht auch
glaubten, sie brauche eigentlich das Getümmel? Und ob
sie nicht fürchteten, sie werde in eine Grube fallen, wenn
sie erstmal merke, wie still es hier wirklich sei?

Ellen kam herein. Wir sind gerade über dich hergezo-
gen, sagten sie zu ihr. Das habe sie auch nicht anders erwartet, sagte Ellen. Leider leider hätten ihre Töchter keinen Herzenstakt, und den könne auch die sorgfältigste Er-
ziehung und die beste Abstammung nicht vermitteln. Ihr
Blick suchte Sonjas Blick. War etwas geschehen? War das
Schlimme, das sie, bald bewußt, bald unbewußt für ihre
Kinder befürchtete, vielleicht eingetreten? Hatte es der
Tochter vielleicht jenen unstillbaren Kummer zugefügt,
den sie ihr um jeden Preis ersparen wollte? Hatte Sonja
genug geschlafen? Wie sah sie aus? Sie wich ihrem Blick
aus, ließ sie hängen. Hast du wenigstens genug gegessen?

Aber ja, aber ja. Jeder, Frau Mutter, sagte Jenny, muß
sich die Sorgen machen, die er braucht. Ungerührt ließ sie
sich ein gewissenloses Geschöpf nennen. Jan erkundigte
sich, welche Sorte Fleisch er für morgen aus der Kühltruhe
nehmen sollte. Und ob sie noch ein Glas Wein zu trinken
gedächten. – Wein? Immer!

Sie vier um den Familientisch, so sollte es sein. Sonja
wartete darauf, daß das Gefühl, auf das sie aus gewesen
war, sich in ihr ausbreitete. Dadurch würde nichts in Ordnung kommen. Im Gegenteil. Alles außerhalb des Licht-
kreises dieser Lampe, die sie tief herabgezogen hatten, so
daß ihre Gesichter im Schatten, nur die Hände auf dem
Tisch im Licht waren, schien ihr in tiefer Verwirrung und
Unordnung zu sein, und von ihnen allen bekam nur sie mit
dieser gefährlichen Unordnung wirklich zu tun, und nur

sie war in der Gefahr, von ihr verschlungen zu werden. Dagegen, fand sie heute, waren die Verwicklungen, in die sie ihre Mutter hatte geraten sehen und deretwegen sie sich um sie hatte sorgen müssen, nicht wirklich lebensbedrohlich gewesen. Die hatte doch immer – mag sein, im letzten Moment, ja – Praktiken gefunden, die es ihr erlaubten, die Nase über der Flut zu halten, und sei es um Millimeter. Vom Vater zu schweigen. Der war nicht so stark in Versuchung geraten, sich in den Strudel zu werfen, zum Glück nicht. Warum konnte sie erst jetzt anfangen zu sehen, daß eben dies seine Stärke war, warum sollte sie nur die Abhängigkeiten der Mutter als Stärke sehen. Begann alles noch einmal, sich umzuwälzen? Konnte sie das wollen? Konnte sie das aushalten? Wenn ihr wüßtet. Wenn ihr wüßtet, was ich aushalten kann.

Wenn ihr wüßtet! hörte sie im gleichen Augenblick ihre Schwester sagen. Wenn ihr wüßtet, was ich alles angestellt habe! Aber du, sagte sie zu Ellen, hast mir mal gesagt: Egal, was du anstellen solltest, und sei es noch so schlimm, ich hab dich immer lieb. Darauf kannst du dich felsenfest verlassen. Und den Ablaß hab ich in Anspruch genommen. Wenn ihr wüßtet!

Immer müsse Jenny sich mit ihrem Lebenswandel brüsten, sagte Sonja. *Sie* habe nie was angestellt. *Sie* sei immer brav gewesen. Viel zu brav.

Eigenlob stinkt, sagte Jenny, Ellen wußte, dieser Kehrreim: Viel zu brav! richtete sich gegen sie, und Sonja dachte, wie vieles auch in einer redseligen Familie wie der ihren unausgesprochen bleibe. Sie war dafür, alles auszusprechen, auf den Grund zu gehen, die Quellen für die Konflikte bloßzulegen. Diese Grundsätze habe sie selbst früher auch vertreten, sagte Ellen. Und sogar nach ihnen gehandelt. Und Unheil damit gestiftet. Heute sei sie eher dafür, einander gelten zu lassen. Sogar einander zu schonen. – Aber das bringt doch nichts, sagte Sonja. Offenheit müsse ja nicht Rücksichtslosigkeit sein. Aber wie solle man sonst zur Realität überhaupt vorstoßen!

Jan sagte, er sei für den goldenen Mittelweg.

Weißt du, an wen ich jetzt denken muß? sagte Ellen zu Sonja. An deinen ersten Klassenlehrer, wie hieß er doch gleich. Du hattest ihn nur ein Jahr, weil wir dann umzogen. Da sagte er mir beim Abschied: Tun Sie mir einen Gefallen – passen Sie auf Sonja auf. Das ist ein ganz besonderes Kind.

Was! rief Sonja. Und das hast du mir nie gesagt!

Ach, sagte Ellen, wie oft ich dir das gesagt hab!

Sollte das wahr sein? Sollte das heißen, daß sie Lob vergaß und nur die Niederlagen und das Versagen behielt? Übrigens, sagte sie, hieß er Pankow, mein erster Klassenlehrer. Und er liegt seit zwei Wochen auf meiner Station, bei den Alkoholikern. Entziehungskur. Natürlich habe ich ihn mir nicht als Patient geben lassen. Er hat mich auch, hoff ich, unter meinem anderen Namen nicht wiedererkannt.

Damals, sagte Ellen nach einer Weile, habe nichts darauf hingewiesen, daß Herr Pankow anfangen würde zu trinken. Ja, sagte Sonja: Familiäre Probleme, ein Parteiverfahren, und überhaupt: die Pädagogik – wie das halt so ist. Keine Schonung im wirklichen Leben.

In Ellens Kopf lief wieder einmal einer dieser Filme ab. Deutlich sah sie nach so vielen Jahren – siebzehn? achtzehn? – das sehr junge Gesicht von Sonjas erstem Lehrer vor sich, die Haarsträhne, die ihm in die Stirn fiel, sie glaubte sich sogar zu erinnern, daß er graue Augen hatte – aus einer Zeit, aus der sie sonst aus Gründen, denen sie wohl einmal würde nachgehen müssen, so vieles vergessen

hatte. Jetzt sah sie Sonja, die Schulmappe auf dem Rük-
ken, mit ihrem wippenden Gang aus dem Gartentor gehen. Der Film lief rückwärts. Jetzt ging sie selbst mit der
noch kleineren Sonja früh zusammen in Richtung S-Bahn,
verabschiedete sich von ihr an der Straßenecke, sah ihr
nach, wie sie allein zum Kindergarten ging. Wie ihre nack-
ten Knie aneinanderwetzten und ihr Pferdeschwanz hin
und her schaukelte. Erinnerst du dich, sagte sie, an ein
dunkelblaues Jäckchen mit einem rotkarierten Kragen? –
Dunkel, sagte Sonja. Aus der Vorzeit. – Und an das Sterntalerkleid? – Schon eher. Aber ich kann die echten manchmal nicht mehr von den Fotoalbum-Erinnerungen unterscheiden. – Das geht mir auch so, sagte Ellen. Hab ich
euch je erzählt, daß das Sterntalerkleid, das dir so gut gefiel und das auch so gut zu dir paßte, für mich immer mit
Angst- und Schuldgefühlen verknüpft bleibt? Während sie
auf Sonjas himmelblaues Lieblingskleid die Goldpapier-
sterne aufgenäht hatte, war sie alle paar Minuten zu Jennys Gitterbettchen gelaufen, dem Baby, das an Ernäh-
rungsstörungen litt und von dem die Ärztin vorwurfsvoll,
so war es Ellen erschienen, gesagt hatte, das Kind sei sehr
krank. Dann hatte sie Ellen fühlen lassen, wie die Haut
über der noch nicht geschlossenen Fontanelle auf Jennys
Köpfchen nach innen gezogen war, aus Flüssigkeitsman-
gel. Dieses Gefühl war immer in Ellens Fingerspitzen geblieben, und es war eine jener Nächte gewesen, in denen
sie sich vorgenommen hatte, nicht mehr zu arbeiten, sich
nur noch den Kindern zu widmen. Wenn sie das getan
hätte, glaubte sie fest, wäre Jenny niemals so krank geworden. Sie konnte zum ersten Mal darüber sprechen,
wie sie geweint hatte über Sonjas erstem Faschingskleid,
und sie wußte, und auch die anderen wußten, daß sie an
das Mitgefühl ihrer Töchter appellierte, die sich in die

Zwangslage einer um zwanzig Jahre jüngeren Mutter hineindenken sollten, und ihr fiel ein, daß sie sich geschworen hatte, nie, niemals ihre Töchter durch einen Appell an ihr Mitgefühl zu erpressen, und sie brach ab. Was sie nicht sagte, aber klar erkannte: Ihr Entschluß, die Arbeit hintanzustellen, wäre, selbst wenn sie ihn strikt verwirklicht hätte, für Sonja zu spät gekommen. Vieles, was man heute weiß, sagte sie noch, haben wir damals einfach nicht gewußt. Wir haben wenig gewußt darüber, wie wichtig für ein Kind die ersten Jahre sind. Aber die Welt habt ihr verändern wollen, sagte Jenny. Ja, sagte Jan. Mehr und mehr auf Konferenzen, auf denen wir uns gegenseitig beschimpften. Wie es dazu gekommen ist, sagte er, das müßte man auch mal genauer untersuchen.

Ellen dachte, daß Jan immer häufiger sagte, man müsse einer Sache einmal genauer nachgehen, ohne es dann wirklich zu tun. Zum ersten Mal stieg vor ihr das Bild von einem Graben auf, der sich zwischen den Generationen hinzog, auch zwischen ihrer eigenen Generation und der ihrer Töchter. Es war eine flüchtige Vorstellung, die sie erschreckte und die sie schnell verscheuchte.

Vielleicht konnte ein einzelner wirklich die Erfahrungsmuster seiner Generation nicht überspringen, dachte Sonja. Aber wenn sie einmal an die Reihe kämen – sie und ihre Freunde, mit denen sie um die gleichen Fragen stritt wie vor einem Vierteljahrhundert ihre Eltern mit ihren Freunden –, sie würden alles ganz anders machen. Sie würden diese ganzen verfestigten Strukturen noch einmal aufbrechen. Nur war eben nicht daran zu denken, daß sie an die Reihe kämen. In allen Stellen, wo man etwas entscheiden konnte, saßen die Generationsgenossen der Eltern. Schlecht, dachte Sonja, schlecht hatten die ihre Chance genutzt, als sehr junge Leute sehr wichtige Positionen zu haben. Oder vielleicht sind in jeder Generation die, die die Positionen haben, nicht die, die etwas verändern können?

Aber jetzt wollten sie endlich schlafen gehen. Jan und Ellen absolvierten noch ihren beinah täglichen Wortwechsel über ein Buch, das Jan verächtlich »schwach« nannte, obwohl er nur darin geblättert, es gar nicht wirklich gelesen hatte, worüber Ellen sich immer noch aufregen konnte, da sie auch dieses Buch ganz las und fand, es habe seine guten Seiten. Da mußten Sonja und Jenny wieder diese mitleidigen Blicke tauschen, womit sie schon früh – sehr früh, gebt es zu! – angefangen hatten. Ob die Eltern anders miteinander umgingen, wenn sie allein waren, wenn sie nicht, um dieser Blicke willen, ein kleines bißchen Theater spielten? Jan räumte sein Bettzeug ins Nebenzimmer, denn es stand Sonja zu, heute nacht mit Ellen in einem Zimmer zu schlafen. Sie wußte nicht, ob sie es eigentlich wollte. Ellen dachte, schlank und jung wie ihre älteste Tochter sei sie nie gewesen. Sonja sah, daß nicht nur die Haltung, daß auch der Körper der Mutter alterte. Sie lagen in den übereck stehenden Betten, die Köpfe nah beisammen. Das Mondlicht fiel durch die gelblichen Vorhänge, die Nachtgeräusche des Dorfes waren mehr zu ahnen als zu hören. Diese Stille, sagte Sonja, komme ihr fast bedrohlich vor. Das sei ihr anfangs auch so gegangen, sagte Ellen. Nun lausche sie Nacht für Nacht auf diese Stille und könne nicht genug davon kriegen.

Nach einer langen Weile, in der sie auf das geräuschvolle Treiben eines Igelpaares vor ihrem Fenster gehorcht hatten, fragte Ellen: Es lief wohl nicht so gut, zuletzt?

Nein, sagte Sonja. Eine Patientin von mir hat sich umgebracht.

Ellen spürte, wie ihre Kopfhaut sich zusammenzog.

Nach einer Weile fragte Sonja, ob sie sich an die junge Frau erinnere, von der sie ihr mal erzählt habe: die kleine blonde Verkäuferin, von der sich ihr Mann getrennt hatte und der man, auf Antrag des Mannes, wegen ihrer Depressionen das Sorgerecht für ihr Kind entzogen habe. Letzten Sonntag sei sie vom vierzehnten Stock eines Hochhauses gesprungen.

Ellen fiel nichts ein als der sinnlose Satz: Du hast keine Schuld.

Nein, sagte Sonja. Aber ich habe mich dafür eingesetzt, daß sie diesen Wochenendurlaub bekam. Ich habe die Frau nicht gut genug gekannt.

Wieder nach einer langen Weile fragte Ellen, ob sie es nicht für möglich halte, daß es Menschen gebe, die in jedem Fall eine Gelegenheit ergreifen würden, sich umzubringen. Früher oder später.

Ja, sagte Sonja, sie halte das für möglich. Sie halte es für möglich, daß es Menschen gibt, denen nicht zu helfen sei. Das sei ja überhaupt das Problem. Aber davon dürfe sie in ihrer Arbeit nicht ausgehen.


17

Ein Jahrzehnt, das sagt man so.

Ein Jahrzehnt.

Reden wir noch miteinander? Erreichen unsere Stimmen uns noch? Brauchen wir es noch, daß sie uns erreichen? Steffis Stimme – haben wir sie noch im Ohr? Und Bella? Hört sie uns?

Wir haben es nicht halten können.

Man kann es nicht halten. Das ist die Bedingung, man

hat sich auf sie eingelassen, ohne es zu wissen, und man vergißt sie, solange es eben dauert. Was denn. Was dauert. Aber das ist es ja: Daß wir uns danach nicht fragten. Keinen Namen dafür suchten, das Geschenk annahmen, wie es uns gereicht wurde, es nicht zerlegen mußten. Daß es uns Lust genug war, früh im Jahr Weidenstöcke zu schneiden und sie in Eimer zu stellen, bis sie unter Wasser punktgroße helle Augen zeigten, aus denen sie bleiche fadendünne Wurzeln trieben, die wir nun in den gut gewässerten Boden einsenken konnten. Dann kann man zusehen, wie die Ruten noch im gleichen Jahr ausschlagen und schon zwei, drei Jahre später ein dichtes Gebüsch bilden, von dem Korbflechter aus der Umgebung ernten konnten. So etwas zu erleben. Solche Art Schöpfung. Die Hände erinnern sich länger daran als der Kopf. Oder wie man das zähe Wurzelgeflecht von Brennesseln unter der Erde zu fassen kriegt, wie man es lockert und vorsichtig, vorsichtig herauszuziehen beginnt. Das Gefühl im Bauch, wenn ein langer Stock dem Zug folgt, ohne abzubrechen. Oder daß die Löcher, die wir den Zaun entlang ausheben, eine bestimmte Tiefe haben müssen, um die jungen Sträucher mitsamt ihren Erdballen aufzunehmen. Wie behutsam man sie wässern muß. Wie man die Erde von den frischen Maulwurfshügeln auf der Wiese holt und sie in den Blumentöpfen festdrückt, in denen man den Malvennachwuchs zieht. Wie man mit der linken Hand den Pflücksalat hält, wenn man ihn mit der rechten dicht über der Erde schneidet. Daß man mit gewissen Unkräutern den Kampf aufgeben muß. Und wie wir über all das ernsthaft und unspöttisch stundenlang reden konnten.

Das erste Dorffest, wißt ihr noch? Das große Zelt, das auf der Wiese beim Dorfeingang aufgeschlagen war. Und daß man uns wissen ließ, Sonnabend nachmittag könnten auch wir unter dem Stichwort »Hobby-Schau« das Kulturprogramm bereichern. Die junge spröde Bürgermeisterin kam extra vorbei, um mitzuteilen, was sie sich vorstellte. Sie stellte sich nämlich eine Art Basar vor, wie es ihn unlängst in der Bezirksstadt gegeben hatte. In bescheidenerem Rahmen, sagte sie, das schon, aber warum nicht. Solidaritätsbasar, man las das Wort dauernd in der Zeitung. Die Verkaufsobjekte waren dann im Genossenschaftsbüro auf Tischen und an den Wänden ausgestellt. Clemens' Bilder hingen neben den von Herrn Bitterlich strikt fotoähnlich gezeichneten Porträts. Niemand konnte Kunst ernster nehmen als Herr Bitterlich. Er hatte ein Bein bei der Panzerschlacht im Kursker Bogen verloren, hielt sich zu den Zeugen Jehovas und brauchte seit kurzem einen Herzschrittmacher. Fräulein Seeger hatte eine grüne Filzweste ausgelegt und einen Wandteppich mit einer farbenprächtigen Applikation, die einen Hahn darstellte. Kunstvoll gehäkelte Topflappen neben schmiedeeisernen Zeitungsständern und Leuchtern, gestickte Kaffeedecken neben Bastflechtereien. Und dazwischen unser Beitrag: Bücher, ebenfalls selbstgemacht, bis zu einem gewissen Grad. Der Schulchor aus Groß-Plessow wurde auf der Treppe zum Obergeschoß postiert und sang für die Handvoll Laienkünstler »Schwarzbraun ist die Haselnuß« und »Wenn die bunten Fahnen wehen«, und dann kauften die Mitglieder des Schulchores fast alle verkäuflichen Gegenstände der Hobby-Schau auf, sogar die Bücher, denn aus dem Dorf waren kaum Leute gekommen, weil zu gleicher Zeit im Zelt der Bierausschank begonnen hatte. Aber der Bürgermeisterin wurden zweihundertdreiundneunzig Mark als Solidaritätsspende überreicht, und sie war sehr froh darüber. Sie dankte den Hobbykünstlern in einer kleinen vorbereiteten Rede, und die Leute im Zelt klatschten aufrichtig und lange. Es hatte alles seinen Platz und seine Richtigkeit.

Vor dem Eingang der Festwiese war ein blumenbekränzter Triumphbogen aufgestellt, »Herzlich willkommen!« stand darauf zu lesen, aber keiner ging unter dem Triumphbogen hindurch, alle gingen drum herum. Nur Littelmary mußte mit Luisa mitten durch den Triumphbogen gehen, mehrmals, wie konnte man eine solche Gelegenheit versäumen. Und dann auf die Berg- und Talbahn. Littelmary wollte auch schon alle Lose ziehen und den riesigen Plüschhund gewinnen, aber sie gewann nur einen kleinen gelben Gummitaucher, der an einer langen Leine hing und den sie in der Badewanne steigen und sinken lassen konnte. Er hat alle Katastrophen überdauert. Dieser Platz – das Dröhnen der Karussellmusik, das Schnarren des Glücksrads, die heiseren Stimmen der Ausrufer, das An- und Ausgehen des grellbunten Lichterkranzes an der Glücksbude – war für Luisa und für Littelmary das wahre Leben. Hand in Hand konnten sie zwischen den Wohnwagen am Rand der Festwiese durchschlüpfen, sie konnten sich die Hälse verrenken, um einen Blick in das geheimnisvolle dunkle Innere der Wagen zu werfen, und sie konnten sehnsüchtig die Wäsche der Rummelplatzleute anstarren, die da auf der Leine hing. Auf den beiden Karussells konnten sie stundenlang vorwärts und rückwärts fahren, immer mit dem gleichen selig entrückten Gesichtsausdruck, konnten kreischen, wenn alle kreischten, Luisa konnte Bratwürste essen, so viele sie wollte, nicht ein einziges Mal wurde ihr schlecht. Jan ging nach einiger Zeit. Ellen hatte vorher gewußt, daß es ihr bald ein wenig langweilig würde, wie meist auf Rummelplätzen, seit ihrer Kindheit, und als sie merkte, daß es anfing, ging sie ins Zelt.

Drinnen war es so heiß und stickig, daß ihr aus allen

Poren gleichzeitig das Wasser trat, man mußte sofort umkehren oder nicht darauf achten. Irene und Clemens winkten heftig, sie saßen schon mit den Bauarbeitern und ihren Frauen um einen Tisch und besprachen das nächtliche Fußballspiel zwischen Jugoslawien und der Bundesrepublik. Die Männer erörterten noch einmal anerkennend die Taktik des Mannschaftstrainers, jeden Coup, jede Wendung hatten sie sachkundig genossen. Frau Mackowiak beschwerte sich, wie unmäßig sie in der ersten Spielhälfte geraucht und getrunken hätten, als es für die Bundesdeutschen nicht gut aussah. Sie gehe ja sowieso immer ins Bett, aber wer solle schlafen können bei dem Lärm da unten und bei dem Kühlschrankgeklapper. Zur Versöhnung spendierte Paul Mackowiak seiner Frau eine Tafel Schokolade. Abwechselnd, nach einer streng eingehaltenen Ordnung, holten die Männer eine Lage Bier, eine Lage Klaren, die sie mit angeekelten Mienen sofort hinunterschütteten. Paul Mackowiak rückte an Clemens heran, endlich wollte er seine Männergeschichten loswerden, aber da die Musik so laut war, mußte er schreien, und alle hörten mit. Fast alle Geschichten von Paul Mackowiak spielten in der Zeit nach dem Krieg, als er ein junger Mann war und an den Wochenenden über die Dörfer ging, wo ein aufregendes, ungebundenes Leben und Treiben herrschte. Unter unbeherrschbaren Lachanfällen erzählte er Clemens, wie er damals von einem, der »stöbern« gehen wollte, ein paar Schuhsohlen gegen einen Überzieher eingetauscht hatte, den er aus einem Wehrmachtsrock hatte machen lassen. Das war nun die ganze Männergeschichte, und Clemens wußte nicht recht, was für ein Gesicht er dazu machen sollte, während Irene in ein nervöses Lachen ausbrach. Ellen wendete sich schnell zur Tanzfläche. Der richtige Erwachsenentanz hatte noch nicht angefangen, aber die Musik spielte schon, und Kinder, die sich an den Händen faßten, tanzten ernsthaft miteinander. Ellen mußte immer auf Littelmary sehen, die, mit dem Rücken zu ihr, dicht neben Luisa an der Tanzfläche stand und sich danach verzehrte, mitzumachen. Jetzt nahm Littelmary Luisas Hand, gemeinsam taten sie den Schritt auf die Tanzfläche, stellten sich gewissenhaft auf, einander gegenüber, reichten sich die Hände, lauschten, die Köpfe auf genau die gleiche Weise geneigt, fingen an, in den Hüften zu schwingen, versuchsweise mit den Füßen zu stampfen, erfaßten den Rhythmus, nahmen ihn auf und legten los. Wo sie's nur lernen! sagte Jenny, die von draußen kam, eine riesige bonbonfarbene Papierblume im Ausschnitt, die irgendein Fremder für sie geschossen hatte. War er denn hübsch? fragte Irene. Sie fing an, »Hübsche« unter den jungen Leuten zu suchen, fand kaum welche. Kein Wunder, daß alle Blicke sich an Luisa festsaugten. Der Kapellmeister war ein dicker Mann, der ein weißes Hemd und eine blaue Tuchweste trug und mit einem winzigen Stöckchen dirigierte. Er spielte alles, von »Adelheid, Adelheid, schenk mir einen Gartenzwerg«, bis zu »Wir wollen unsern alten Kaiser Wilhelm wiederham«, aber auf ein Zeichen vom Zelteingang her brach er abrupt ab, ließ eilig die Tanzfläche räumen, und unter dem rhythmischen Klatschen der Zuschauer marschierten vierzehn schmucke Jäger der Jagdgemeinschaft ins Zelt, in grünen Uniformen, mit Jägerhüten, die Jagdhörner gegen den rechten Oberschenkel gestützt. Alle fühlten wir: Dies wurde ein Höhepunkt des Festes. Wer von uns hatte je alle Jagdsignale, die es gibt, auf Waldhörnern hintereinander blasen hören, von »Das Ganze und Treiber vor!« über »Die Sau ist tot!« bis zum Halali.

Wir waren begeistert und klatschten laut und beobachteten die Männer in Förstertracht, wie sie sich sofort an einem Tisch niederließen und stark zu trinken anfingen, und auch wir fanden es in der Ordnung, daß der Leiter der Jagdgemeinschaft die Bürgermeisterin aufforderte und mit ihr den Tanz eröffnete. Redlich steuerten wir unser Scherflein zu den deftigen Kommentaren bei, die rings an den Tischen geliefert wurden, aber es blieb das Gefühl, eigentlich nicht dazu berechtigt zu sein, auch nicht berechtigt, in das Kichern der anderen über die beiden alten Frauen einzustimmen, die keinen Tanz ausließen: die eine dick und selbstbewußt, die andere abgezehrt, gekrümmt und schüchtern, beide grauhaarig, die eine mit krausen Locken, die andere mit einem winzigen Dutt, und beider Körper abgearbeitet und deformiert. Hier eine versteckte Kamera! sagte Irene. Was die filmen könnte! und Ellen erwiderte etwas zu heftig: Gar nichts! Die Hauptsachen kriegte sie nicht mit.

Was fände, nur als Beispiel, dachte Ellen, eine versteckte Kamera an dem Auftritt der Postfrau, wie die sich jetzt, unbefangen nach allen Seiten grüßend, durch die Tischreihen schob. Was sähe sie auf den Gesichtern, die sich ihr zuwendeten, in den Blicken, die ihr nachstarrten? Nichts. Gar nichts. Während die Dorfleute, und wir ja auch, den Mann der Postfrau, den einarmigen Herrn Schwarz, unseren Briefträger, in Schnee und Eis mitten im kalten Winter auf dem Hof jener stattlichen Person mit den dunklen Augen liegen sahen, die ihm ihre Tür nicht aufgemacht hatte, weil sie ihm nicht glauben wollte, daß er vom Rad gefallen war, sich ein Bein gebrochen hatte und nicht weiterkonnte. Weil sie dachte, er sei wieder betrunken und wolle bloß das Verhältnis mit ihr wieder anfangen. Weil ihr Mann auswärts auf Montage war und weil weder er noch die Dorfmeinung ihr je verziehen hätten, wenn sie den

Briefträger noch einmal zu sich eingelassen hätte. So machte sie ihm ihre Tür nicht auf, und er erfror, dreihundert Meter von ihrem Hof entfernt, und das Verfahren wegen unterlassener Hilfeleistung gegen sie wurde eingestellt, weil sie in Unkenntnis der Tatsachen gehandelt hatte, und damit war der Fall erledigt, und niemand hatte unsere Fassungslosigkeit geteilt, und wir hatten einsehen müssen, daß wir das Dorf nicht verstanden. Wenn es darauf ankam, verschloß es sich vor uns und lebte sein eigenes rätselhaftes Leben. Kein Urteil stand uns zu über die jungen Burschen, die jetzt schon betrunken waren und an ihren Tischen immer lauter zu grölen anfingen. Über die in mißfarbige Dederonblusen gezwängten großbusigen Frauen, die schwitzend miteinander auf der Tanzfläche herumhüpften, während die Männer, so schien es festgelegt, sich eben bei Dorffesten betrinken mußten. Ellen sah, die Frauen behandelten ihre angetrunkenen Männer wie große unvernünftige Kinder, keine ließ sich auch nur eine Spur von Ekel anmerken, als wäre das ein nichtwiedergutzumachender Verstoß gegen die Eheregeln gewesen. Ellen sah das verwüstete Gesicht von Uwe Potteck vorübertreiben, sie sah seine ehemalige Frau mit ihrem neuen Mann am Tisch der Traktoristen sitzen. Da hat sie aber was Reelles, sagte Frau Mackowiak, der neue säuft doch wie ein Schwein. Na, der alte ja auch. Heute gibt's jedenfalls wieder jede Menge Schnapsleichen. Wenn bloß die Auswärtigen sich nachher nicht in die Scheunen verkriechen und in ihrem Suff anfangen, im Stroh mit Streichhölzern zu hantieren.

Dann setzte der Chor ein, drängte das Solo von Frau Mackowiak zurück. Ob wir, fragten die Dorfleute uns, die alte Frau Kroll gekannt hätten, in dem Katen gleich links am Dorfeingang, wenn man vom Kater aus komme. Flüchtig hatten wir die alte Frau Kroll gekannt, die ja schon monatelang bettlägerig gewesen war, und daß sie vor kurzem gestorben war, wußten wir. Schön. Aber das Ende vom Lied, kannten wir das auch? Nein? Na, das war doch wirklich und wahrhaftig ein Stück aus dem Dollhaus. Also. Die alte Kroll war tot, da ließen sich endlich ihr Sohn und die Schwiegertochter aus der Stadt mal blicken, besser gesagt, sie kamen angerauscht. Neuer Wartburg, alles da. Aber daß bloß ja die Beerdigungsleute vor ihnen da waren und die alte Frau Kroll schon eingesargt hatten – dafür war gesorgt, was denken Sie denn. Wenn Sie etwa meinen, der Sohn hat seine Mutter noch mal sehen wollen – i bewahre. Der ist in sein Elternhaus reinmanövriert, als ob der sein Lebtag keinen Katen von innen gesehen hatte. Un sien Fru – die ierst! Die ist rumgestakst wie son neumodscher Vogel. Was er ist, der Sohn, der soll ja wohl bei der Sicherheit sein. Der macht ja immer ein bannig großes Geheimnis aus sich selbst. Vor lauter Sicherheit redet der mit keinem Menschen mehr. Laß das man sein, wie es will. Klar doch. Ich sag ja bloß. Na jedenfalls – die alte Frau Kroll war eine ganz manierliche und reinliche Frau, das weiß jeder. Jeder kann das bezeugen. Und soll ich Ihnen sagen, was sie der angetan haben? Sie werden's nicht glauben. So wahr ich hier sitze: Den nächsten Tag schon, als die Herrschaften wieder abgerauscht waren, kam ein Laster an, mit zwei handfesten Kierls. Und die sind rein in der alten Frau Kroll ihren Katen und haben den ausgemistet. Das waren deren eigene Worte: Na denn mal los, wolln wir den Stall mal ausmisten. Na und denn sind die ja beigegangen und haben jedes einzelne Stück aus der alten Frau Kroll ihrem Haushalt auf ihren verdammten Laster geschmissen, gutes Geschirr dabei, einwandfreie Leinenbettwäsche aus ihrer Aussteuer, unbenutzt!, die Nähmaschine, eine alte »Singer«, vollkommen takko, Schrank,

Tisch, Stühle – einfach alles. Die haben nichts verschont. Na und dann? Passen Sie auf, was jetzt kommt: Dann haben sie sage und schreibe den ganzen Klumpatsch zur Müllkippe gefahren und dort einfach ausgekippt. So. Da hatten sie ihr Teil getan, sind noch zum Konsum und haben jeder zwei Flaschen Bier getrunken, und weg warn sie. Ja, und was dann passiert ist? Erzähl das nun aber auch! Man sachte, alles der Reihe nach. Also: Dann ist das halbe Dorf auf die Müllkippe und hat sich aus der alten Kroll ihrem Haushalt rausgesucht, was noch zu gebrauchen war. Ich persönlich habe für meine Frau, die die alte Kroll bis zuletzt gepflegt hat, die »Singer« geholt, die war ihr nämlich lange versprochen. Und da hab ich mit eigenen Augen gesehn, was der liebe Gott, wenn es ihn doch geben sollte, dem jungen Kroll nicht verzeihen wird: Da ist nämlich ein Wind aufgekommen, und da sind ein paar von den Bündeln aufgegangen, die da rumlagen, und da sind dann die Familienfotos der alten Kroll, alle ihre Urkunden und Schriftstücke und auch die Briefe von ihrem damaligen Verlobten aus dem ersten Weltkrieg umhergeflattert. Wißt ihr, was ich gedacht hab? Ich hab denken müssen: Wie verirrte Seelen, weiß auch nicht, wieso. Na jedenfalls: Der Sohn hat das alles nicht haben wollen. Bloß keine Erinnerung. Hier, sehen Sie selbst: die Heiratsannonce von der alten Kroll aus dem Jahre fünfundzwanzig. Und hier: die Geburtsanzeige ihres sauberen Jüngelchens. Hans-Joachim. Mai siebenundzwanzig. Und nun sagen Sie mir bloß mal, was ist mit solchem Menschen los.

Wir gingen dann bald. Luisa blieb schweigsam. Was ist wirklich mit ihm los? fragte sie nach langer Zeit. Diese Söhne. Wer hat ihnen, und wann, die Nabelschnur zur Vergangenheit durchgehauen. Wie ist in ihnen jedes bißchen Ehrfurcht abgetötet worden. Alle dachten wir an die

Briefe und Lebenszeugnisse der Frau Kroll, wie sie über die wüste Müllkippe flatterten und nicht zur Ruhe kommen konnten.

Erinnert ihr euch? Ohne Verabredung hatten wir uns in Irenes und Clemens' Haus zusammengefunden. Die Freischaffenden auf ihrem Floß, sagte Clemens spöttisch. Bella, die plötzlich auch da war, sagte: Ich spring ab. Eines Tages spring ich da ab. Und wohin? fragte Ellen. Ins Wasser? Egal, sagte Bella. Da lern ich eben schwimmen. Soll ich euch mal sagen, sagte Irene, was Ellen jetzt denkt? Soll ich? Sie denkt: Wenn ich jünger wäre. Jenny sagte schnippisch: Dicht daneben ist auch vorbei, und Luisa blickte angstvoll mit kleinen, ruckhaften Kopfbewegungen von einem zum anderen. Clemens sagte: Ja, ja. Dieser Anspruch der Künstler, geliebt zu werden. Mein Gott. Wofür denn bloß.

Das könnte man nun alles immer weiter erzählen, es lief ja auch immer noch weiter, Ellen zum Beispiel ging in den Garten, wo es dunkel war und nach Jasmin duftete, Jan folgte ihr, um ihr zu sagen, sie solle bloß nicht albern werden, sie erwiderte ihm, wenn sie mit Grund traurig sei, nenne er das immer albern, und so weiter. Zeit war vergangen, sie hatten es nicht gespürt, die Zeit, die jetzt verging, spürten sie. Aber was war denn geschehen, das fragten wir uns jeder für sich, und wir mußten uns antworten: Nichts Besonderes. Ellen und Jan blickten von draußen durch die kleinen Bauernfenster in die helle Stube, in der die Leute saßen, die noch vor zwei Minuten ihre Freunde waren und es in zwei Minuten wieder sein würden. Die da saßen in einer nachgeahmten Bauernstube, in die sie nicht hineingehörten; die Röcke aus bäuerlichen Stoffen und Arbeitshemden trugen, die ihnen nicht zustanden. Die gegrilltes Fleisch aßen, Rotwein dazu tranken und über die Baustoffversorgung in den kleinen Landstädten der Umgebung redeten, die sie sonst nichts angingen. Die Geschichte hatte weitergearbeitet. Leute unserer Art, dachte Ellen, verweist sie in diesem Land auf Inseln. Und da müssen wir noch froh sein, wenn die uns bleiben. Nur daß wir keine Inselmenschen sind.

Das Gespräch, das inzwischen in der Stube angefangen hatte, paßte auf vertrackte Weise zu ihren Gedanken. Gerade hatten die westlichen Sender von einer Versuchsreihe berichtet, die ein paar weißbekittelte Sozialwissenschaftler mit Leuten von der Straße angestellt hatten: Mit Hilfe ihres autoritären Auftretens und einer technisch überzeugenden Versuchsanordnung hatten sie diese Leute dazu gebracht, andere Menschen, die sie nicht sahen, deren Schreie sie aber hören konnten, durch Stromstöße zu foltern. Daß es gar keine Gefolterten gab. Daß die Schreie simuliert waren. Daß gar kein Strom durch die Leitungen lief – darauf kam es nicht an. Es kam darauf an, daß die Versuchskaninchen das alles *glaubten*. Und daß sie trotzdem weitermachten, wenn der Experte es ihnen befahl, weitermachten fast bis zum eigenen Zusammenbruch. Und daß nur ganz wenige sich weigerten, die Stromdosis über einen bestimmten Punkt hinaus zu erhöhen. Und daß keiner die angeblichen Wissenschaftler in ihren weißen Kitteln in Frage stellte oder gar angriff. Was ist das? fragten wir uns ratlos, und jeder für sich fragte sich, was *er* getan hätte. Eine Art Scham hinderte uns, lange darüber zu reden. Es lag ja auf der Hand: Wenn es Leute gibt, denen solche Experimente einfallen, und wenn es ihnen erlaubt ist, sie durchzuführen, und wenn das unter der Bezeichnung Wissenschaft läuft – das wäre der Anfang vom Ende. Wozu das bereden?

Ebensogut konnten wir noch mal eines unserer Spiele spielen, das oft schön gewesen war, erheiternd, sogar erhellend. Wir versteiften uns darauf. Wir wollten die alte Ungezwungenheit noch einmal erzwingen, wir wollen noch einmal so frei sein, die anderen und uns selbst zu ironisieren, noch einmal sollte die Überzeugung, daß keiner dem anderen übel wollte, uns tragen. Es ging nicht gut. Das Spiel ist bekannt: Einer geht vor die Tür, die anderen bestimmen eine Person aus dem Kreis, nach der gefragt werden soll. Was wäre, fragt zum Beispiel der, der vor der Tür stand, was für ein Weg wäre die Person? Was für ein Baum? Was für eine Pflanze? Welches Gericht? Was für eine Straße? Was für ein Wasserlauf? Welches Tier? Es ging ja an, wenn Bella auf diesem Umweg Ellen eine Kuh nannte – es war ja was dran, alle lachten, Spielverderber war doch keiner von uns, zwar waren wir nicht hart im Nehmen, aber jedenfalls taten wir so, das gehörte zum Spiel. Und daß Littelmary, als sie für Luisa eine Pflanze suchen mußte, die Malve fand, das gefiel uns allen sehr. Das war noch einmal schön und gut. Doch man konnte auch zu weit gehen. Man konnte auch eine unsichtbare Grenze überschreiten, wie zum Beispiel Jan, den Irene fragte, was für eine Art Weg die gesuchte Person wäre, und der darauf wie aus der Pistole geschossen erwiderte: Ein Labyrinth. Woraufhin Irene sofort sich selbst erkannte und lange und laut lachen mußte. Auf einmal – habt ihr es auch so empfunden? – bewegten wir uns in der hellen Stube auf einer Bühne, und an den Fenstern, hinter den blühenden Geranien, drückte sich ein schweigender unbestechlicher Zuschauer die Nase platt. Bösartig war er nicht, er war nicht einmal spöttisch oder ablehnend. Er war nur da. Wie konnten wir ihm vorwerfen, daß er alles verdarb? Daß wir das Spiel abbrechen mußten? Daß er unsere Verkleidungs- und Verstellungskünste als das durchschaute, was sie waren, letzte Barrieren gegen die Einsicht, daß es dahinter für uns nichts gab. Wir machten uns natürlich nicht lächerlich, indem wir über dieses Nichts ein Wort verloren. Ganz im Gegenteil, wir verstiegen uns noch einmal in träumerische Pläne. Gemeinsam ein Buch schreiben. Worüber? Ein Kriminalfall, natürlich, heute und hier. Sechs Anfänge wurden auf der Stelle entworfen. Ein zugkräftiger Name für den kollektiven Autor gefunden, zu dem jeder eine Silbe oder einen Buchstaben seines Namen beisteuerte – wie früher die alten Meister, die ihren eigenen Namen hinter den ihrer Werkstatt stellten. Aber heute ist nicht früher, sagte Bella. So frei sind wir nicht. Aus irgendeinem Grund geriet in das Buch eine Liste der Dinge und Zustände, mit denen wir uns abgefunden hatten – die wurde lang. Und dann der Versuch, eine Liste der Dinge aufzustellen, mit denen wir uns nie abfinden würden, unter keinen Umständen. Da hatten wir schon Mühe, einige Posten zu finden, die auf jeden von uns zutrafen, und darüber gerieten wir endlich noch einmal in einen gesunden Streit.

Gar nichts war geschehen, wer nachträglich nach Mißgriffen oder Einbrüchen suchen wollte, ginge fehl, es war nur die Bedeutung aus den Dingen und Vorgängen gewichen, das übertrug sich auf die Personen, so daß sie sich nicht mehr recht ernst nehmen konnten. Jeder von ihnen hatte den Blick des Stummen Gastes bis auf die Knochen gespürt. Nicht nur das Spiel dieses Abends, ein größeres Spiel war mißlungen. Vielleicht hatten sie den Einsatz auch eine Spur zu niedrig gehalten. Hatten sich, jeder für sich, ganz im stillen einen Hinterhalt offengelassen, als ob sie eine Weile ihren neu entdeckten Neigungen folgen und darauf warten können, daß sie wieder anderswo und für anderes – »Wichtiges« mochten sie es immer noch nennen – benötigt würden. Ganz deutlich, bedrängend sogar, spürten sie doch bei aller Lebensfülle einen Vorrat in sich, der niemals angefordert wurde, ein Zuviel an Fähigkeiten und Eigenschaften, die sie für nützlich und brauchbar hielten, die eine Vergangenheit und, so hofften sie immer noch, eine Zukunft hatten, aber keine Gegenwart. Was eine Zeiterscheinung war, bezogen sie noch auf sich. *Sie* waren es, die nicht gebraucht wurden. Unbenötigt saßen sie nun also die ganze Sommernacht hindurch in der niedrigen Stube von Irene und Clemens, die Gardinen an den Fenstern paßten zu den Decken auf den Tischen, altes Geschirr und altes Gerät waren sorgfältig im Raum verteilt, an den Wänden hingen die Bilder, die Clemens malte, auf denen langbeinige Reiher in einer Wiese standen oder eine Gondolfiere in den roten Abendhimmel davonflog. Bessere Bilder, dachte er, würde er nicht mehr malen, selbst wenn er Tag und Nacht zum Malen Zeit haben würde. Und der Stumme Gast, der vielleicht ein Faun war, oder Herr Oberon persönlich, der hatte schon längst seinen Zauberstab erhoben und hatte sie alle verzaubert zu Puppen in einem Puppenhaus. Sie spürten es, fragten sich nach ihrer Schuld und gaben so zu erkennen, daß sie auf dem Grund der Zeit noch immer nicht angelangt waren, daß sie noch immer in ihrer Gondolfiere saßen. Daß sie nicht bereit waren, auszusteigen, obwohl die Gondel längst aufgesetzt hatte. Fürchteten sie, daß sie sich den Bodenverhältnissen nicht anpassen könnten? Es war eine Augenblicksstimmung, in der grauen Stunde zwischen Nacht und Tag, sie waren übermüdet. Gespenster, sagte Irene mit ihrer fröhlichsten Stimme, kommt ihr euch nicht alle wie Gespenster vor? und Ellen sagte schneidend: Keineswegs. – Die Häuser brannten ab, aber das war viel später. Es gab

noch einige Sommer, jeder von ihnen drohte die Nach-
ahmung des vorigen zu werden. Sie vertrugen sich noch
lange sehr gut, tauschten Rezepte aus, Blumensamen,
tranken abends Rotwein und erzählten sich ihre Träume,
behielten aber diejenigen für sich, die sie verraten hätten.

Der Morgen kam, als sie hinaustraten. War es der Wein,
waren es die Tränen – Ellen sah den roten Mond doppelt
und rief laut: He, ihr! Der Mond ist doppelt! – Ja, Mutter,
ja! sagte Jenny gönnerhaft. – Irene umarmte sie: Du
nimmst mir doch die Gespenster nicht übel, gerade wir
sollten uns nicht entzweien. Ellen dachte kühl: Warum eigentlich nicht. Sie war mit einem Schlag nüchtern. Da rief
Erna Schependonk von jenseits der Straße zu ihnen her-
über: Seht ihr's nicht? In Tarnow brennt der Bullenstall!

Da sahen sie's. Also war die Feuersirene, die Luisa vorhin angeblich gehört hatte – mitten in der Nacht! Nun halt
aber die Luft an ! – doch keine Täuchung gewesen. Nun
war ihre stille Straße besetzt mit schwarzen schemenhaf-
ten Gestalten. Alle sahen unbeweglich nach Osten. Und
der rote Saum am östlichen Himmel war eben nicht das
erste Licht der aufgehenden Sonne, sondern der Wider-
schein des Feuers, aus dem eine mächtige schwarze
Rauchwolke kerzengerade aufstieg. Und in Ellens Augen
und in Irenes Augen stand eine Sekunde lang der gleiche
Schrecken: So auch uns. Und jede sah das Schreckensbild
in den Augen der anderen, und sie schlugen vor ihrer Verwandtschaft die Augen nieder.

## 18

Häuser haben wie Menschen ihre schwachen Zeiten. Häuser können stärker sein als die Menschen, die in ihnen leben und sie halten, jedenfalls für eine gewisse Zeit. Häuser können schwächer werden als ihre Bewohner und von ihnen Fürsorge und Zuwendung brauchen, eine andauernde Aufmerksamkeit. Bedrohlich wird es, wenn die Schwachzeiten von beiden zusammenfallen.

Der Bullenstall war, das wissen wir heute, das erste Signal. Das Grauen, das sich in der ganzen Gegend verbreitete, als die Nachrichten ruchbar wurden: daß die Tiere, von den Menschen unter Lebensgefahr gerettet, ins Feuer zurückliefen. Frühmorgens, wir standen alle noch auf der Straße, kam Schependonks Sohn Jürgen auf seinem Motorrad vom Brand zurück, rußverschmiert, mit angesengtem Haar. Erst trank er hintereinander zwei Flaschen Bier, dann wusch er sich unter der Pumpe. Dann redete er, stoßweise. Sie seien ja noch rein in den Stall, besonders die Leute von der Tierproduktion. Er mit. Sie hätten die Tiere ja noch losgebunden. Aber denkt ihr, daß die überhaupt aufgestanden sind? Liegengeblieben sind die, die waren einfach nicht hochzukriegen. Mit Mistgabeln sind wir auf die los, sagte Jürgen Schependonk und weinte. In die Weichen haben wir sie getreten. Vorne haben welche am Strick gezogen, hinten haben welche geschoben. Nichts zu machen. Gestemmt haben die sich, die Viecher, gewälzt. Und geschrien. Tierisch. Aber nicht ins Freie zu kriegen sind die gewesen. Und die wir gleich anfangs rausgetrieben hatten, die sind ins Feuer zurückgerast. Die Frauen von der Genossenschaft sind weggerannt, die konnten's nicht mit ansehen. Die Kinder wurden eingesperrt, alle waren in ihrem Nachtzeug auf die Straße gelaufen. Durch die Dorfstraße ist das Vieh gejagt. Der Brigadier vom Bullenstall, der sitzt auf dem Hof und hat den Kopf zwischen den Händen. Den kannst du gar nicht ansprechen. Den hat sogar die Brandpolizei erst mal in Ruhe gelassen. Und wie das stinkt, sagte Jürgen Schependonk. Mann o Mann. Geht bloß nicht hin. Wer nicht muß, soll da nicht hingehn.

Was konnte den Instinkt der Tiere so verdorben haben. Flüchteten die wilden Herden in der Prärie nicht vom Feuer weg? Was trieb das Hausvieh in die Flammen? Es war früher Vormittag, da kochte Ellen noch einmal Kaffee für alle, den sie schweigend tranken. Ein ungutes Gefühl ließ sie nicht mehr los.

An einem der nächsten Morgen erwachte Luisa mit der deutlichen Empfindung, daß der Tag krank sei. Sie fing gleich an, dagegen Kraft zu sammeln. Sie bringt eine unglaubliche Kraft auf, wenn sie darauf gefaßt ist, daß sie ihr abverlangt wird. Bella und sie haben es später erzählt, wie unheilvoll der Tag in seiner bleiernen Schwüle ihnen von früh an erschien. Wie sie beide gewußt hätten, daß etwas geschehen werde, aber vermieden, darüber zu reden. Irgend etwas mußte die Erde, aufgeladen mit dieser unheilschwangeren Hitze, aus ihrem Schoß ausstoßen.

Jonas legte sich waffenlos matt in den Schatten der riesigen Kastanie. Er schlief ein. Dann sah Bella, daß Luisa etwas sah, etwas Gräßliches; die Gänsehaut, die über ihre Wange lief. Das Entsetzen, der Ekel in ihrem Gesicht. Trotz der warnenden Geste von Luisa drehte Bella sich um und sah ihn nun auch, den lebenden Kadaver. Das Vorderteil eines Maulwurfs, das sich qualvoll aus der Erde zwängte, während seine hintere Hälfte von Würmern abgefressen war, die noch auf ihm wimmelten. Bella fühlte, wie sich ihr die Haare sträubten. Schlief Jonas? Sie griff nach einem Spaten und trennte dem unseligen Tier mit einem scharfen Stich den Kopf vom Rumpf. Sie bedeckte es wie besessen mit Erde, taumelte zur Hausecke, übergab sich. Bella kann so etwas, sagte Luisa. Sie ist nicht zimperlich. Totenbleich standen sie dann beide in Luisas Zimmer und sahen sich, die beiden Fenster und die Wiese vor dem Haus im Spiegel. Da fuhr durch den Spiegel auf einmal eine kleine rote Feuerwehr, die war schon in einer Staubwolke verschwunden, als sie vors Haus liefen. Sie jagten die Stiege hoch, zum Bodenfenster, da sahen sie den Rauch, der stieg auf, wo der Kopf des Katers war. Da brannte was. Das Haus von Ellen und Jan, flüsterte Luisa. Beide glaubten sie es. Ihre plötzlich eiskalten Glieder machten es sie glauben. Eine innere Stimme, daß es logisch, daß es fällig war, befestigte den Glauben. Luisa nahm das Blech mit dem frischen Kuchen vom Herd, Bella riß Jonas hoch, sie liefen los.

Der Weg der Erkenntnis dauert Bruchteile von Sekunden, das können alle bezeugen. Als wäre sie sowieso auf das Schlimmste gefaßt, als müßte sie nur Jans Stimme in einem nie gehörten Tonfall ihren Namen rufen hören: Ellen!, damit ein Schrecksignal sie durchfuhr: Jetzt!, und ihr die Finger zitterten, daß sie den Reißverschluß von ihrem Rock nicht zukriegen konnte. Loslos, mach! Das Feld brennt.

Das Feld. Nicht das Haus. Aber die Rauchwand trieb auf sie zu, die Funken sahen sie sprühen. Wenn einer aufs Rohrdach sprang! In weniger als einer Minute sahen sie das Haus abbrennen. Nach dem ersten Funken die erste handbreite Feuerzunge am First. Den ersten Quadratmeter Rohrdach, der züngelnd, freudig zu brennen anfinge. Und dann folgerichtig alles übrige. Bis zu dem Balkenskelett, das, stinkend, angeräuchert, qualmend, stehenbleiben würde.

Jetzt schon? dachte Ellen. Wieso schon jetzt. Da wollte

irgend etwas sich bestätigen. Für irgend etwas war das die Quittung. Wofür, wußte jeder bei sich. Ob wir dir noch helfen können, Haus. Wir tun unser Möglichstes. Jan zerrte den Schlauch um den Stall, begann das Dach zu bespritzen, mit einem elendig dünnen Strahl. Ellen sah Jenny losrennen, über die Straße weg, wo jenseits weit entfernt auf dem riesigen Stoppelfeld zwei Traktoren in einer Staubwolke beim Pflügen waren. Ellen stürzte ans Telefon, hämmerte auf die Gabel: tot. Wie immer um diese Zeit, wenn die Traktoren die Erdleitungen zerrissen. Zum Dorf! schrie Jan. Feuerwehr! – Das Auto aus dem Stall. Auf der Straße rannte Clemens an ihr vorbei, mit Eimern, auch er mit diesem aufgerissenen Gesicht. Irene, an der Gartentür, rufend, winkend. Die Dorffrauen barmend auf der Dorfstraße, alle Blicke gebannt auf das brennende Feld. Gas geben. Vorbei. Auf dem Weg zum Dorf stoppte ein Mann in Arbeitskleidung sie, sprang ins Auto. Ab! rief er. Zur Traktorenstation! Schweigend saß er neben ihr, sie spürte seine Spannung, nur einmal, als sie die Kurve schnitt, sagte er: Na, na. Heil ankommen wollen wir aber doch, was?

Ellen war fühllos. In ihr brannte mit unbeschreiblicher Glut das Haus. Es war die Vor-Glut, die sich, als das Haus wirklich brannte, nicht mehr mit gleicher Stärke einstellte. Die realen Bilder und Vorgänge verblaßten hinter dem Bild des brennenden Hauses. Ihr war, als riefe der Mann neben ihr: Halt!, als hielte sie kurz, solange er brauchte, um hinauszuspringen, ihr zuzurufen: Ich schick Hilfe. Zum Bürgermeister!, während er schon zur Verwaltungsbaracke rannte. Sie mußte weitergefahren sein, Gesichter mußten an ihr vorbeigeglitten sein, deren Ausdruck verwundert, neugierig, entsetzt gewesen war. Das Haus brannte. Ihr war, als hielte sie vor der Bürgermeisterei, wo der zweite Bürgermeister vor der Tür stand, schrie: Was ist los?, ihr war, als riefe sie: Unser Feld brennt. Feuerwehr!, worauf der zweite Bürgermeister hastig im Haus verschwand, während sie schon wieder Gas gab. Sie sah im Vorbeifahren noch, wie Paul Mackowiak die großen roten Tore des Spritzenhauses aufschob, hatte nicht auch er dieses Gesicht, das man an Männern selten sieht, hörte sie nicht, nun schon wieder am Dorfausgang, zwei Minuten später die erste Feuersirene? In ihr brannte das Haus. Standen da Jungen mit Schulmappen und Rädern? Sie hielt an. Kommt, einsteigen. Helfen. Sie warfen ihre Räder in den Straßengraben, sprangen ins Auto, stellten keine Fragen. Das Haus brannte, es brannte das Haus.

Es ist uns zu gut gegangen. Es sollte nicht sein. Später gaben sie sich diesen Gedanken gegenseitig zu. Aber daß die Seele eines Hauses brennen kann, das haben sie damals noch nicht erlebt. Was selten vorkommt, sie erhielten Aufschub.

Dieses Mal, sagte Fritz Schependonk, sind wir ja noch eins mit dem Schrecken und mit einem blauen Auge davongekommen. Das hätte nämlich leicht danebengehen können, bannig leicht sogar. Nein, sagte Tante Wilma, dies wär zu ungerecht gewesen, dies hat nicht sollen sein. Da saßen sie schon alle um den Küchentisch bei Jan und Ellen und aßen den Kuchen auf, den Luisa über die Hügel angeschleppt hatte, Luisa, die sehr bleich war und deren Gesicht heftig zuckte, die nicht von dem Maulwurf sprechen konnte, Bella, nicht zimperlich, konnte davon reden. Ja, sagte Erna Schependonk, das seien so Zeichen, aber sie, wenn sie nicht gewesen wären und gegen das Feuer angegangen wären, na, sie wisse ja nicht. Wer der erste gewesen war, ließ sich nicht mehr ausmachen, insgeheim hoffte wohl jeder, daß er es war, und möglich ist es durchaus, daß der Gedanke in mehreren gleichzeitig aufblitzte. Mag sein, daß Fritz Schependonk, als er Clemens mit den Eimern über die Straße laufen sah, fast automatich nach seinem Spaten griff, mag durchaus sein, daß er der erste war, der aufs Feld rannte, dicht hinter ihm Clemens, der hatte sich von Jans Giebel auch einen Spaten genommen. Jan sah sie und verstand, was sie wollten – sie selbst hatten es da noch nicht ganz verstanden –, langte nach der nächsten Schippe und lief ihnen nach. Dichtauf folgten die Dorfleute, auch die Frauen, alle etwas in der Hand, womit man das Feuer ausschlagen konnte. Auf einmal bildeten sie eine Reihe, niemand gab irgendein Kommando, ganz still soll es gewesen sein, bis auf das Prasseln der kleinen Flammen und gelegentliches Husten, wenn einer sich am Rauch verschluckte, denn der Rauch kam ihnen zuerst ja direkt entgegen. Und das dumpfe Klopfen der Spaten war natürlich zu hören, mit denen sie die niedrigen Flammen ausschlugen. Sie ließen sich nicht einschüchtern. Sie hatten ihren Schreck und ihre Augenblicksschwäche überwunden, sie waren stark genug, sie gingen gegen das Feuer vor. Sie hielten den Rauchschwaden stand. Das soll woll sind, sagte Fritz Schependonk. Das nutzt ja nun alles nichts. Wenn man da gleich wieder wegrennen wollte – also nee. Trotzdem. Tante Wilma ließ nicht locker: Ein Wunder hatten sie aber doch noch gebraucht. Und das kam ja denn auch, und zwar genau im richtigen Moment.

Was wahr ist, muß wahr bleiben: Der Wind schlug plötzlich um. Der Rauch zog nach der entgegengesetzten Richtung. Und im gleichen Augenblick erschien am Feldrand der erste der beiden Traktoren, die Jenny geholt hatte, mit ihr auf dem Trittbrett, und begann unverzüglich, einen Streifen Feld umzupflügen, zwischen der Feuerlinie und dem Haus. Hinter ihm, leicht versetzt, pflügte der zweite. Nun war der umgepflügte Streifen schon breit genug. Jetzt hatte jeder sehen können, auch Irene, daß nichts mehr passieren konnte. Jetzt ging sie in Ellens Küche und setzte Wasser auf. Jetzt erschienen gleichzeitig von verschiedenen Seiten Luisa, Bella und Jonas (mit dem Kuchen wohlgemerkt. – Ja, hattest du denn gedacht, wenn das Haus abgebrannt wäre, würden wir uns hinsetzen und deinen Kuchen aufessen! – Ja, Clemens. Das hatte ich gedacht. – Wir gaben zu, direkt falsch gedacht war es nicht) und, auf der Straße, Ellen mit dem Auto. Die Jungen sprangen heraus und stellten sich zu der Menschenkette, die immer noch das Feuer bewachte. Nun wendeten die Traktoren. Und nun rückten, in kurzen Abständen, vier Feuerwehren aus den umliegenden Dörfern an. Auf einmal stand das Feld, das eben noch gebrannt hatte, voller müßiger Leute, darunter zwei Bürgermeister. Auf einmal hatte jeder mit jedem was zu reden, alle hatten mit den Armen zu fuchteln und nach verschiedenen Richtungen zu zeigen. Jonas verkündete, daß er seine Sondertruppe einsetze, die er für solche Fälle immer mit sich führe. Das Feuer, das der Wind zurück auf den schon abgebrannten Streifen trieb, fand keine Nahrung mehr und sank in sich zusammen.

Ellen und Irene schwiegen. Was sie nicht erzählten: Wie Ellen das Haus betreten hatte, das in ihr abgebrannt war. Wie sie das Steinmuster im Flur wahrgenommen hatte, und wie sie nicht gewußt hatte, wo sie war und ob sie einen sehr deutlichen Traum gehabt hatte oder jetzt eine sehr schwache Wirklichkeit erfuhr. Wie sie dann die Tür zur Küche aufstieß und Irene da stand, am Fenster, mit dem Rücken zu ihr, und der Wasserkessel zu pfeifen anfing. Wie Irene herumfuhr. Wie sie beide aufeinander zustürzten. Sich in die Arme fielen. Weinten. Lachten. Wie Ellen das Gas abdrehte. Irene fragte, wo denn bei ihr der Kaffee sei, Ellen vom Holzbrett über dem Tisch die Büchse herunterlangte: Hier.

Und dann kamen schon, wie gesagt, Luisa und Bella mit ihrem Kuchen.

## 19

Was machst du, Steffi. Wohin treibst du. Wohin läßt du dich gehen. Krankenhaus, höre ich dich am Telefon, wieder Krankenhaus, Hepatitis, sagen sie, wer soll das glauben. Morgen werde ich dir schreiben, daß du daran glauben sollst. Heute, nur heute noch, werde ich dir keine Lügen schreiben. Heute rede ich wahrhaftig mit dir, wie mit einer Toten. Es sind so Zeiten, denk ich manchmal, daß man nur mit den Toten wahrhaftig reden kann. Morgen werde ich dir schreiben, du sollst die Droge, die sie dir am Tropf einflößen werden, als heilbringend annehmen, du sollst sie ruhig in deinen Blutbahnen kreisen und wirken lassen. Das beste wäre, werde ich dir schreiben, du könntest innerlich daran teilnehmen, wie die Heilflüssigkeit die entzündeten Zellen – »entzündet« werde ich schreiben, nicht »bösartig« – umspielt und ihnen wohltut. Ich werde dir versprechen, dich bald zu besuchen, dann werden wir uns ansehen, und unsere Augen werden eine andere Sprache sprechen als unsere Münder.

Heute, Steffi, wollen wir auf den Regen hören. Es regnet seit dem frühen Morgen. Als ich aufwachte, sah ich durch das Ochsenauge, wie sich in schneller Folge klare Tropfen vom struppigen Rand des Rohrdachs lösten. Eine helle Freude. Du hattest noch nicht angerufen. In mir war schon die Ungeduld, an die Arbeit zu kommen. Aus irgendeinem Zusammenhang, der mir verlorenging, drang das Wort »Bewährung« in mich ein. Ich habe keine Bewährung mehr. Was ich mache oder nicht mache, gilt. Solche Sätze denkt man, wenn der Schreck über sie nicht mehr unerträglich ist. Ich bin mir nicht sicher, daß ich alle die Sätze kennen möchte, die du denkst.

– Das glaub ich. Über die Toten nichts als Gutes. Damit sie nicht stören. Damit ihr euch Zwang antun könnt. Und uns auch. Warum diese Angst vor meinen Sätzen?

– So. Du redest mit. Also gut. Ich habe vorhin, als ich meine Gewürze sortierte, ohne Umschweife an deinen Tod gedacht, und am liebsten würde ich dir jetzt ganz genau beschreiben, welche Gewürze ich in welcher Menge in die Kartoffelsuppe tue – Senf, Steffi, vergiß nie ein Teelöffelchen Senf! –, weil ich ja weiß, daß auch du süchtig auf Einzelheiten bist, in die das Leben sich verkriecht. Was du nicht erleben wirst: Wie diese Sucht zum Alter hin anwächst.

– Und zum Tod hin auch.

– Wenn man jung stirbt, wie du. Also erzähl ich dir noch ein paar Einzelheiten. Wie zum Beispiel vorhin ein Wartburg auf den Hof gefahren kam, wie im platschenden Regen zwei Männer zum Mücheneingang rannten, unser Elektriker und ein Monteur aus der Bezirksstadt, die sich in den Kopf gesetzt hatten, unseren neuen Zähler anzuschließen, damit wir im Bad warmes Wasser bekämen. Das haben wir nun, und schon nach einer Stunde bin ich daran gewöhnt. Ich habe den Männern die Taschenlampe gehalten und den schwarzen Geschichten zugehört, die sie sich über den elektrischen Strom erzählten. Für sie ist »der Strom« ein wildes, unberechenbares Wesen, das sie mit sicherer Hand zur Raison bringen. Du würdest es nicht glauben, wie stark die Stromstöße sein können, die ein

Elektriker verträgt. Das sei eine Frage der Einstellung. Man müsse »den Strom« einfach widerstandslos durch sich hindurchfließen lassen, da findet der keinen Vorwand, einem was anzutun. Als ich dann über meinen Papieren saß, bei der schönsten Arbeit: Entwürfe machen, hab ich denken müssen: Auch das ist ja eine Frage des Stillhaltens. Den Strom durch dich hindurchfließen lassen, den Widerstand immer mehr verringern, ihn schließlich ganz aufgeben. Immer wieder erstaunlich, daß man dann hohe Spannungen in Energie umsetzen kann.

– Manche sagen, einem jeden sei nur ein bestimmter Energievorrat mitgegeben, den kann er schnell verzehren, oder er kann haushälterisch damit umgehn und länger reichen. Und wenn der Vorrat zu Ende geht, erfindet der Körper einen Vorwand, um abzutreten.

– Spekulation. Sparsam bist du jedenfalls nicht gewesen, Steffi. Eher verschwenderisch.

– Was dich gestört hat.

– Manchmal. Manchmal hat es mich gestört, wie du dich verzettelt hast.

– Weil du, immer schon, insgeheim gefragt hast: Was bleibt.

– Was bleibt, Steffi. Was bleibt. Ich seh uns dahinschmelzen wie unter zu starker Strahlung, ein zeitgemäßes Bild, ich weiß. Die Umrisse unserer Großeltern scheinen mir, verglichen mit unseren, dauerhafter zu sein. Ich sehe unsere Umrisse sich auflösen. Es scheint uns nicht bestimmt zu sein, Konturen zu gewinnen. Was alles haben wir ausprobiert, uns zu befestigen, in wie viele Häute sind wir geschlüpft, in wie vielen Räumen haben wir Schutz gesucht. Unser alter Trieb nach Höhlen, Wärme, Miteinandersein ist zu schwach gegen die Weltraumkälte, die hereinströmt. Und all die vielen Fotos, die wir von unseren vielen Gesichtern machen lassen, sind weniger haltbar als das eine steife Hochzeitsfoto unserer Großeltern.

– Ich habe, das weißt du, gerade mit Fotos die Löcher in unseren Höhlenwänden verdecken wollen. Aufgeregt, mit dem größten Entzücken habe ich immer im Entwicklerbad das Bild kommen sehen. Manchmal habe ich an die Leute gedacht, die diese Fotos betrachten werden, wenn ich tot bin.

– Was bleibt, sind Bilder. Jetzt will ich dich sehen. Jetzt lächle, daß ich dich seh. Jetzt mach mir keine Angst und versteck dich.

– Was siehst du denn, ohne mich.

– Ich seh einen grünen Schimmer, der kommt vom Apfelbaum vor dem Bodenfenster, er filtert das Licht. Die Blätter, seh ich, sind noch nicht gebildet.

– Das war im April.

– Ich seh das honigfarbene Holz, mit dem der ganze Bodenraum ausgeschlagen ist.

– Was mir so gefiel.

– Was so gut brennt. Ich seh das hölzerne Geländer der Treppe, die in knappem, schönem Bogen hinaufführt. Jetzt seh ich dein Lächeln. Jetzt seh ich dich. Du sitzt auf der obersten Treppenstufe. Dein Gesicht ist verschattet.

– Ich sagte, in einem solchen Raum würde ich auch leben wollen.

– Ich wußte, du würdest nie in einem solchen Raum leben. Ich sah, wie bevorzugt ich war.

– Ich sagte, in den Wochen nach der Operation hätte ich so intensiv gelebt wie nie.

– Ich glaubte es. Absurderweise fühlte ich einen Stich von Neid. Ich sagte es dir.

– Ich fand es nicht absurd. Warum hast du mich nie wirklich an dich herangelassen.

– Vor mir stehen sieben rote Rosen in einem grünen Krug. Ich habe ihre Stiele angeschnitten, ihnen frisches Wasser gegeben und warte darauf, daß sie sich öffnen. Hast du den Brief vergessen, den ich dir vor Ostern schrieb. Wir haben nie darüber geredet.

– Der Brief über deinen wüsten Winter. Vergessen habe ich ihn nicht, aber wohl nicht ganz verstanden.

– Ganz, bis ins Letzte, versteh ich ihn heute auch nicht mehr.

– Besonders deinen Schmerz nicht. Auch nicht die Enttäuschung. Ich hatte nicht die gleichen Erwartungen wie du.

– Ist das nicht merkwürdig, wir vergessen Schmerz und Lust. Aber die Zeit, die ich für den besinnungslosen Schmerz verbraucht habe, kommt mir nicht mehr wie gestohlen vor. Übrigens: An der Stärke des Schmerzes kann man die Stärke der Hoffnung messen, die immer noch dagewesen sein muß. Hast du das gewußt.

– Gelernt. Ich hab's gelernt.

– Hoffnung und Leben sind dasselbe, hat dein Arzt zu uns gesagt. Glauben Sir mir doch. Er habe Menschen in kürzester Zeit an Hoffnungslosigkeit sterben sehen, die nach ihrem klinischen Befund noch hätten leben können. Andere, sagte er, springen aus dem Fenster, oder sie schlucken Tabletten. Wenn man dich täuschen könne, solle man dich täuschen.

– Um mich besser über meinen Befund täuschen zu können, hast du mir ersatzweise dein Inneres geöffnet.

– Wir saßen alle zusammen in Irenes Garten, neben dem Hügelchen mit dem roten Riesenmohn, wir aßen Kuchen und tranken Kaffee, wir sprachen in komplizierten Diplomatensätzen über dich, damit dein Arzt seine ärztliche Schweigepflicht nicht verletzen mußte. Angenommen daß..., und: Im Falle, wenn... Wir gebrauchten versuchs-weise das Wort »Metastasen«. Dein Arzt schwieg. Wie man dich täusche, entrüstete ich mich. Mit Scheindiagno-sen. Mit denen man, so sagte er, dir immerhin den einen oder anderen halbwegs glücklichen Nachmittag ver-schaffe. Und wir alle, die wir uns deine Freunde nannten, sollten den Ärzten bei ihren Täuschungsmanövern helfen. Denn nicht wir seien krank, sagte dein Arzt, sondern du, und er glaube uns wohl, daß wir uns vielleicht manches vorstellen, uns in vieles einfühlen könnten, aber die Wand, die sich zwischen dir, der Kranken, und uns, den Gesun-den, aufgerichtet habe, die könnten unsere Vorstellungen eben doch nicht einreißen. Die Wand, Steffi, zwischen uns und dir, endgültig errichtet an einem schönen mecklenbur-gischen Nachmittag. Zwar rief ich noch: Ja, läßt sie sich denn täuschen, und Irene rief: Nein!, sie weinte, ich liebte sie dafür: Nein! Niemand lasse sich täuschen!, und dein Arzt fragte kühl, so schien es uns, woher wir denn das so genau wissen wollten. Woher wir denn wissen wollten, ob nicht wir, in deiner Lage, uns nach guten Täuschern seh-nen würden. Da führte ich, kraftlos schon, als Gegenbe-weis an, wie du dich in die Arztzimmer schlichest und dein Krankenblatt suchtest, und dein Arzt sagte: Ja, das sei die Angst, die dich umtreibe. Aber die wolltest du gerade wi-derlegt, nicht bestätigt haben. – Hast du dein Kranken-blatt gefunden? Ja? Und dich nicht gewundert, daß es gar zu auffällig offen dalag? Und was lasest du?

– Was ich wußte: Karzinom, soweit es die Brust betraf. Aber für die Leber die brave alte Hepatitis, die wir, wie man mir sagte, bekämpfen können.

– Siehst du. Das hat dich beruhigt. Aber später, diese Verwechslung auf dem Krankenschein? Als da doch wie-der die Nummer für Krebs stand? Als du empört den Finger auf die richtige, die falsche Nummer legtest? Und der Schein hastig eingezogen und dir mit der falschen richtigen Nummer wieder ausgeliefert wurde? Wie war dir da.

– Mir schwindelte. Ich schob es auf die Medikamente.

– Irene sagte: Aber ihr entmündigt sie ja! Niemand läßt sich täuschen! Glaubt mir das doch! – Ich dachte: Aber was machen wir denn. Wie reden wir denn hier über dich. Ich sagte: Wenn nun einer bei ihr bliebe. Ihr helfen würde, die Nachricht zu fassen. Mit ihr und der Nachricht leben würde. Ja, sagte dein Arzt, zweifelnd. Vielleicht. Aber wer sollte das sein. Er beschrieb, Stunde für Stunde, seinen täglichen Dienstverlauf. Es wurde deutlich, die Stunde, um an deinem Bett zu sitzen, gab es nicht. Die Schwestern? sagte er. Die achten am strengsten darauf, daß wir unsere Geheimnisse hüten. Wenn ein Patient durchdreht, haben sie die Last. Irene sagte, weinend: Und Josef? – Wir schwiegen dann.

– Mit Josef ist es jetzt sehr schön, du. Wie nie. Wir sind glücklich miteinander. Sag mal, welche Art Befehl bringt eine gesunde Zelle dazu, sich hemmungslos zu vervielfältigen. Zu »entgleisen«, so hatte es die Ärztin genannt, mit der ich am besten reden konnte, obwohl sie nach einiger Zeit über sich selbst reden mußte. Zugab, daß sie abends trank. Wir trinken hier doch alle, sagte sie. Das Zellwachstum entgleist. Solchen Vergleichen habe ich oft stundenlang nachgehangen, wenn ich im Liegestuhl im Garten lag, Musik hörte, immer wieder das kleine Impromptu von Schubert, gespielt von Rostropowitsch. Du. Sag mir mal. Wie ist das: Altern.

– Jetzt seh ich dich ganz deutlich. Du hast dein neues dunkelblaues Kleid an.

– Marineblau, hat die Verkäuferin gesagt. Blonde müssen Blau tragen. Plötzlich ist mir, als ich mich bückte, mein

Schaumgummibusen nach oben gerutscht. Da habe ich ihn aus dem Kleiderausschnitt herausgezogen und ihr hingehalten: Sowas bieten sie einem nun an! – Der Blick der armen Frau!

– Um das Stück Fleisch, hast du gesagt, das sie dir da weggeschnitten haben, täte es dir wirklich leid.

– So lächerlich es ist, ich war stolz auf meinen Busen.

– Altern ist Rückzug. Ein Rückzug, den du nicht selbst vornimmst. Der in dir vorgenommen wird. Etwas, was dein Teil ist, zieht sich in dir von dir zurück. Du bist zuerst irritiert. Fühlst dich durch dich um dich betrogen. Daß du an dir das Interesse verlieren könntest, hast du nicht erwartet, aber es entweicht unaufhaltsam; wie aus einem Ballon, der ein winziges Leck hat, das Gas entweicht.

– Was würdest du tun, wenn du wüßtest, daß du morgen sterben mußt.

– Tun? Da werd ich wohl nichts mehr tun können.

– So ist es. Nicht das berühmte Bäumchen pflanzen. Nicht das letzte Geschirr abwaschen, den letzten Reißverschluß einnähen. Nicht deinem Kind die letzte entscheidende Lehre erteilen. Die Antwort ist: Angst. Angst Angst Angst. Und alles umwühlen wirst du nach einer Hoffnung.

– Und kein Anhauch von Erleichterung? Daß nicht einmal du noch etwas von dir verlangen kannst? Daß die Überanstrengung zu Ende ist?

– Was für Fragen. Sind mir fremd.

– Jetzt sind vier von den sieben Rosen aufgegangen, und ich habe es wieder nicht bemerkt. Ich seh dich. Du gehst mit deinem Fotoapparat durch den ganzen großen Bodenraum, der noch leer ist, und fotografierst den Blick aus allen Fenstern. Seh ich alles. Seh ich für immer. Nicht nur du, auch ich machte Bilder.

– Wie oft wir beieinanderhockten. Meist sprach ich, du

hörtest zu. Dann sagtest du ein paar Sätze, und ich dachte, du verstehst.

– Verstehen, das war meine Rolle. Wußtest du das nicht.

– Ich weiß natürlich, Schwester, wogegen meine geschundene Leber protestiert. Sie kämpft an meiner Statt gegen das Leben, das ihr aufgezwungen wurde. Das auch ich ihr aufgezwungen habe, in diesem Irrenhaus. Kämpft auch gegen den alten Josef – dabei denk ich manchmal, er könnte mich retten.

– Ich hab ihn gefragt, Josef: Und du denkst, wir machen das richtig. Daß wir ihr nicht sagen, wie es um sie steht. Sie will es doch wissen. – Das glaubst *du*, hat er mir gesagt. Nix will sie wissen. Neulich hat sie es mir zugegeben: Wenn es *das* ist, hat sie gesagt, sagt mir nix. Belügt mich, aber belügt mich gut.

– Wenn er abends seine dicken kühlen Bratzen auf meinen Bauch legt, bis sich dahinter was rührt, endlich was rührt, und die Lebenssäfte wieder fließen, dann fühl ich eine himmlische große Ruhe in mir, dann bin ich glücklich. Die Bäume. Der Regen. Noch ein Rest Natur, eh der Irrsinn alles verschlingen wird.

– Ob du's nicht doch versuchen solltest, hab ich zu Josef gesagt, und er hat geantwortet: Ich kann doch jetzt nicht weich werden, gerade jetzt. Weißt du, was dann passiert? Dann bricht alles zusammen. Ich hab gesagt, du hast Angst, daß dann alles zusammenbricht, und er hat gesagt: Na klar hab ich Angst. Ich hab gesagt: Du, Josef. Sie stirbt. Er hat gesagt: Wem sagst du das. Was kann ich machen. Kann ich sie halten? Bin ich Gott?

– Ich hab Schuldgefühle, weil ich krank bin und eine Last und mich nicht mehr beherrschen kann, nicht mehr alles hinnehmen kann, was mich krank macht. Das Protoplasma glänzt nicht mehr. Ich darbe. Ich darbe. Habe

Schrumpfträume. Alles ausgetrocknet. Durch Josef dringt zu wenig Leben zu mir herein. Er kriegt schon wieder eine dicke Haut, und meine wird immer dünner.

– Sie verlangt Unmögliches, hat er gesagt, Josef. Sie greift mich an, du, sie verletzt mich, sie zieht mir die Seele aus dem Leib. Kannst du dir sowas vorstellen. Sie will, als müsse sie das noch schaffen auf Erden, mir meinen Panzer runterreißen. Sie hält einen Gepanzerten neben sich nicht aus, sagt sie. Dabei weiß sie ganz genau, daß ich es hab lernen müssen, mich fühllos zu machen. Daß ich anders das KZ nicht überlebt hätte. Daß ich die Erinnerung an das KZ sonst nicht ertragen hätte. Und jetzt kommt sie mir wieder zustatten, meine verfluchte Technik. Alles ist noch da, du. Gelernt ist gelernt.

– Die Wirkung des Tropfs läßt ein bißchen nach, heute ist mir schon wohler, nur die Schwellung geht nicht zurück, das Gedränge und Gezerre in meinem Innern. Die Einsamkeit des Krankenbettes. Daß die Krankheit die einzige Wahrheit werden kann, und alles andere ist Lüge. Daß dich nur noch die Krankheit ansieht, wann immer du in dich hineinblickst. Wie hatte es eine Zeit ohne Krankheit geben können? Manchmal erreicht dich ein Bote aus dieser Zeit. Die Druckfahnen des Buches. Ich habe es vor der Krankheit geschrieben, nun fällt es mir schwer, es anzunehmen. Es kommt mir wie eine Fälschung vor.

– Du, hör mal. Das passiert dir jedesmal. Mit jedem Buch. Du erlebst es nur zum ersten Mal.

– Auch zum letztenmal. Widersprich nicht. Hör mir jetzt mal zu. Ich weiß nicht, wem ich das sonst sagen soll. Wenn es soweit ist, sollst du dafür sorgen, daß mir die letzten unerträglichen Schmerzen erspart bleiben. Du verstehst, was ich meine. Das bitte ich dich. Vergiß es nicht. Ich meine es ernst.

— Das sagtest du, an einen der Holzpfeiler gelehnt, die das Dachgebälk tragen, du sahst mich nicht an, du sahst aus dem Fenster, auf die Wiese, den Kirschbaum. Ich habe gesagt: Ich werde daran denken. Versprochen hab ich dir nichts, ich war auch nicht erschrocken. Die Frage, auf wen er sich in dem Notfall, der dir bevorsteht, verlassen könnte, ist niemandem fremd. Daß für dich ich es war, versetzte mir einen Stoß. Verständnis, Erbarmen, Hilflosigkeit, Zorn, ein übles Gemisch. Du mußtest wissen: Versprechen konnte ich nichts. Ich habe dir nichts versprochen. Ich habe gesagt, daß ich daran denken würde. Mehr nicht. Es war Spätnachmittag geworden, das Licht hatte sich verändert, du drehtest kurz deinen Kopf zu mir hin, auf deine besondere Weise, ich seh dich, seh deinen Blick. Dann wieder nur dein Umriß gegen das Licht vom Fenster her. Davon wird nie wieder zwischen uns die Rede sein.

— Auch von manchem anderen nicht. Warum läßt du keinen an dich heran.

— Was glaubst du eigentlich, warum ich schreibe.

— Um deine Art Fälschungen herzustellen, nehme ich an.

— Schlaues Kind. Du schreibst nämlich aus anderen Gründen.

— Aus weniger zwingenden, nehme ich an.

— So ist es. Oder: Du brauchtest es nicht, wenn du statt dessen leben könntest. Übrigens, wenn du es hören willst: Altern heißt, daß auch die zwingendsten Gründe weniger zwingend werden.

— Das glaub ich dir nicht. Das ist eine vorübergehende Konditionsschwäche, meine Liebe.

— Wir werden sehen. Es hat ja auch was für sich, wenn die Zange sich öffnet, und sei es zeitweise. Aber wir wollen aufhören mit dem Geplapper.

— Genau. Wolltest du mir nicht vom Regen erzählen.

— Dies ist der letzte Tag des Sommers. Der Regen nimmt immer noch zu. Eben bin ich, mit Regenmantel und Kapuze, die Dorfstraße runter zu Frau Freese gelaufen, die uns mit Eiern versorgt. Ich habe ihr das Restgeld vom Eierkauf auf ihren Küchentisch gelegt, und sie hat mich nicht weggelassen, ehe sie mir die letzten Dorfneuigkeiten erzählt hatte. Frau Freese ist klatschsüchtig und selbstgerecht, so wie wir es alle ein bißchen sind, sie ist es auffallend stark. Es ging um Schependonks, die du ja kennst, Steffi. Weißt du, daß sie sehr stolz sind? Es »geht nicht so gut mit dem Schriftlichen«, das ist wahr, bei beiden nicht, genau genommen geht es gar nicht, Erna kommt zu mir, wenn die Karteikarten für den Besuchsantrag ihrer Schwester aus Polen ausgefüllt werden müssen, nie läßt sie sich umsonst helfen, eine Schüssel Eier bringt sie dafür. Und Fritz hat uns nicht erzählt, warum er jetzt mehr trinkt als sonst: Die Genossenschaft hat ihm den Schweinestall weggenommen, es hat einfach nicht geklappt mit der Buchführung über die Zu- und Abgänge, sie haben ihn auf den Futterboden umgesetzt, das wurmt einen Mann doch. Und was soll aus Inge werden, sagte Frau Freese, heuchlerisch, Ernas Tochter, wenn sie nun doch den Abschluß der zehnten Klasse nicht schafft, und wenn sie dann doch nicht bei der Post ankommt, wo sie Telegrafistin werden will, das Telegrafische liegt ihr nun mal. Aber Frau Freese war da ganz skeptisch, wo nun der Jürgen es auch noch mit der Staatsmacht zu tun gekriegt hat. Da hat es mir doch die Sprache verschlagen, denn die Staatsmacht ist niemand anders als Frau Freeses Sohn, Dorfpolizist seit kurzem, und ein alter Feind von Jürgen Schependonk, mit dem er zusammen zur Schule gegangen ist und dem er letzten Sonnabend nach dem Dorftanz auf dem Weg zum Kater auflauerte, um ihn als Verkehrsteilnehmer in betrunkenem Zustand zu stellen, obwohl der Jürgen sein Motorrad im Stall gelassen hat und ganz gemütlich mit dem Fahrrad auf der menschenleeren Straße langfuhr. Nachts um eins. Ein Strafmandat? hat er Frau Freeses Sohn, den Dorfpolizisten, angeschrien, von dir? Und hat noch ein Wort gebraucht, daß den Tatbestand der Herabwürdigung einer Amtsperson in Ausübung ihrer Pflichten erfüllt, und hat wohl auch ein bißchen mit seinem alten Kumpel zu rangeln angefangen, während dieser ihm, in Ausübung seiner Pflichten, einen Ärmel vom Anorak abgerissen hat. So erfuhr ich erst von Frau Freese, daß ein Prozeß über der Familie Schependonk schwebt, und mußte noch ihr Schlußwort hören: Manch einem ist nicht zu helfen. – Steffi, hast du mal nachgedacht über die vielen Menschen, denen nicht zu helfen ist? Wenn man erst mal den Blick für sie hat, sieht man sie überall.

– Hast du die Briefe meiner Großmutter an ihre Tochter noch, die ich dir damals, im April, gegeben habe, als wir uns schließlich auf zwei Stühlen auf dem leeren Boden gegenübersaßen und es anfing zu dämmern? Weißt du die Stelle noch, die ich dir vorlas? Ich kenne sie auswendig. »In Gottes Namen ich Bin arm und Hilflos und verstoßen schon geboren, und so bin ich mihr selbs überlassen worden und habe noch dazu zum unklük mein junges freies Leben mit Heiraten auch noch hin gegeben Die Libe macht Blind und so komt ein übel um das andere Di Lieben armen Kinder Sind geboren worden 10 ander Zall und Das Elend war da Besonders ich Bin immer machtlos und rechtlos.«

– Dann konntest du endlich weinen, und ich konnte dir die Hand in den Nacken legen, und dann saßen wir auf den Rohrstühlen mit den flachen Sitzkissen und sahen uns an, es war fast dunkel, und ich dachte, daß ich mir alles einprägen wollte, jede der häufig wechselnden Mienen auf deinem Gesicht, die Form deiner Hände, und wie du sie hieltest, wenn du mir ein Blatt herüberreichtest. Vergänglichkeit, du Donnerwort. Ich habe dich in der Vergangenheitsform gesehen, so, wie ich dich einmal beschreiben würde, falls ich das je wollte. Ich wußte, die Sünde, dich oder irgendeinen in eine Geschichte zu pressen, würde ich nicht begehen, ich kann nur noch unsere Alltage sehen, und es ist mir entfallen, wie aus den Tagen der Menschen Geschichten werden. Und doch sündigte ich, indem ich uns beide in unserem warmen Alltag sah und zugleich als Skelette. Dieser Vorgang macht mich nicht mehr fassungslos wie in der ersten Zeit. Du erzähltest mir deinen Traum.

– Ich stand im Traum mit meiner Mutter an einem kleinen Abhang, das war meine Kindheitslandschaft, ganz vertraut, und meine Mutter versuchte, mich davon zu überzeugen, daß ich diesen Hang hinunterrutschen und mich auflösen müsse. Das tat sie ganz ruhig, und ich war auch ganz ruhig und gab mir Mühe, einsichtig zu sein, gehorsam ließ ich mich hinunterrollen, aber mit den Augen suchte ich nach einem Versteck, wo ich überleben könnte, mich nicht auslöschen müßte, und zugleich hatte ich ein schlechtes Gewissen wegen des Betrugs. Ich sah nur einen stachligen Distelstrauch, der war zu niedrig. Und jetzt erzähl mir, wie ich es anstelle, daß meine Mutter nichts von meiner Krankheit merkt, wenn sie mich demnächst besuchen kommt.

– Und daß du einfach mit ihr darüber sprichst?

– Über den Krebs? Du bist nicht gescheit.

– Aber was könnte passieren.

– Nun. Zunächst Heulen und Zähneklappern. Und dann großes Mitleid meiner Mutter mit sich selbst. Wie immer.

– Und du? Hättest von deiner Mutter lieber Mitleid mit dir.

– Kein Mensch will Mitleid.

– Das glaub ich nicht. Ich glaube, daß jeder Mensch manchmal Mitleid will. Selbst deine Großmutter, sagte ich, und dachte, wie ich dir, wenigstens jetzt, eine erwachsene Mutter wünschte. Das waren noch Menschen. Jedes Wort ein Diamant. Wenn sie schreibt »verstoßen«, wenn sie schreibt »machtlos«, da könntest du auch mit einem Vorschlaghammer nicht eine Stecknadelspitze zwischen ein solches Wort und die Wirklichkeit zwingen. Bei uns, da kannst du den Finger dazwischenlegen. Die ganze Hand. Ach, manchmal den ganzen Menschen, dich selbst.

– He, Schwester. Nun halt aber mal die Luft an. Nun gönn dir mal diesen Zwischenraum. Oder sollen dich deine Sätze mit Haut und Haar verschlingen.

– Dazu war nichts zu sagen, aber heute sag ich – während der Regen nachläßt, Steffi, erste Sonnenstrahlen durchbrechen –: Ja, sie sollen. Sollen sie doch. Zurückhaltend, wie du mich kennst, gebe ich mich auf. Rückhaltlos, wie du mich wünschst, bleibe ich bei mir. Und nun lege ich meine Hand zwischen diese beiden Sätze, und, solange du es noch kannst, leg die deine dazu.

– Übrigens: Das alles mußt du mal beschreiben.

Ich sagte, ohne zu überlegen: Dazu müßte das Haus erst abgebrannt sein. – Und du, meine Liebe, hast mit keiner Wimper gezuckt. Du hast gewußt, wovon ich rede. Warum ich so rede. Hast weder Abwehr noch Empörung geheuchelt. Du hast die Augenbrauen ein wenig hochgezogen, du hast nachgedacht, und nach einer Weile hast du gesagt: Komische Welt.

– Das habt ihr alle nicht wahrhaben wollen: daß ich hart sein kann. Auch du hast es mir nicht geglaubt. Bloß weil ich meine Angst vor Verletzungen anders abgefangen habe als du: mehr weibhaft. Sogar weibchenhaft.

– Hat man mir nicht erlaubt.

– Hast du dir nicht erlaubt.

– Okay, Schwester. Sollst recht haben. Es ist nicht wichtig. Altern ist, übrigens, auch, daß du dich immer öfter zu dir sagen hörst: Es ist nicht wichtig. Es ist jetzt tief in der Nacht. Drei von den sieben Rosen in dem grünen Krug zeigen fast unmerkliche Anzeichen von Verfall. Irgendwann, während ich die ganze Zeit neben ihnen saß, hat sich, unbemerkt von mir, entschieden, daß sie nicht aufblühen, sondern verwelken werden. Irgend etwas im Verhalten oder in der Zusammensetzung ihrer Säfte ist umgekippt. Sie kippen um.

– Ich sollte schweigen, Schwester, mit diesem aufgeblasenen Kopf. Oder auf dem Grund eines kühlen Wassers liegen, wohin keine Reize dringen, nur alles sanft umspült wird, ohne weh zu tun. Dieses Wasser wünsch ich mir so sehr, fast ist es eine Zwangsvorstellung. Wie geht es dir, Schwester.

– Mir? Da bringst du mich in Verlegenheit.

– Dich fragt man nicht, wie? Aber das liegt an dir. Weil du immer gleich ablenkst. Diesen Schleier über die Augen ziehst.

– Das macht man absichtlich, meinst du.

– Mag sein, daß man am Ende nicht mehr anders kann.

– Aber wir sind noch nicht am Ende. Übrigens: Altern ist auch, daß du aufhörst, für irgend etwas, was dir zustößt, jemand anderem die Schuld zu geben.

– Du beschreibst dein Altern.

– Welches sonst. Und noch was: Wenn mal was ist, ich meine, wenn wirklich mal was sein sollte, dann gibst du Laut, und ich komme dich beschwestern, ja?

Steffi sagte: Okay, aber was soll schon sein. Solange ich arbeite, weißt du.

– Ja.

Sie sagte noch: Also ist es kein Rückzug, was du hier betreibst, in Stille und Abgeschiedenheit, sogar in Schönheit? Ich sagte: Du mußt verrückt sein. Sieht's dir danach aus? Nicht mehr, sagte sie, während wir vorsichtig im Halbdunkel die Treppe hinuntergingen. Gut, daß ich hier gewesen bin.

Unten ging das Licht an, sie riefen nach uns.

Dieser Text wurde in seinen frühen Fassungen bis 1982/83 niedergeschrieben, Teile davon parallel zu »Kein Ort. Nirgends«. Er wurde 1987 für den Druck überarbeitet.

Alle Figuren in diesem Buch sind Erfindungen der Erzählerin, keine ist identisch mit einer lebenden oder toten Person. Ebensowenig decken sich beschriebene Episoden mit tatsächlichen Vorgängen.

C. W.

## Christa Wolf im Luchterhand Literaturverlag

»Grelle Töne sind Christa Wolfs Sache nie gewesen; nicht als Autorin, nicht als Zeitgenossin hat sie je zur Lautstärke geneigt und doch nie Zweifel an ihrer Haltung gelassen.« *Heinrich Böll*

### Gesammelte Erzählungen
228 Seiten. Leinen. Auch lieferbar als SL 361

»Phantasie und Genauigkeit sind der Erzählerin Christa Wolf eigen. Ihre Welt ist aus Fakten und Unwägbarkeiten zusammengefügt. Sie hört immer wieder – wie sie in einer ihrer Erzählungen einmal sagt – ›das feine Geräusch, mit dem der biedere Zug Wirklichkeit aus den Schienen springt und in wilder Fahrt mitten in die dichteste, unglaublichste Unwirklichkeit rast‹ . . .« *NZZ*

### Kassandra
Erzählung. SL 455

»Was Christa Wolf anbietet, ist eine Parabel, atemberaubend, weil so einfach, zwingend, weil historische Wahrheit bergend wie aktuell ausmünzend. . . . Wenn es das gibt: literarische Würde – dann haben wir sie hier.« *Fritz J. Raddatz, Die Zeit*

### Voraussetzungen einer Erzählung: Kassandra
Frankfurter Poetik-Vorlesungen. SL 456

»Inwieweit gibt es wirklich ›weibliches‹ Schreiben? Insoweit Frauen aus historischen und biologischen Gründen eine andere Wirklichkeit erleben als Männer . . . Insoweit sie, schreibend und lebend, auf Autonomie aus sind.« *Christa Wolf*

### Kein Ort. Nirgends
SL 325

»Christa Wolfs Denk- und Darstellungsweise ist konsequenter geworden, entschlossener, ja radikaler. So frei wie in dieser Erzählung, diesem Essay war sie nie vordem.« *G. Kunert*

## Christa Wolf im Luchterhand Literaturverlag

**Kindheitsmuster**
SL 277

»Einen Geruch wiederfinden, das Knarren eines Drehkreuzes an einer bestimmten Stelle? Vielleicht ist das wirklich eine Reise wert, eine Möglichkeit, sich hinter sich selbst zu stellen und von dort aus herauszufinden, was Historiker anderswie herausfinden: das Muster, das diese Kindheit zwischen dem vierten und sechzehnten Lebensjahr geprägt hat.« *Heinrich Böll*

**Nachdenken über Christa T.**
248 Seiten. Leinen. Auch lieferbar als SL 31

»Ein Mensch, der mir nahe war, starb, zu früh. Ich wehre mich gegen diesen Tod. Ich suche nach einem Mittel, mich wirksam wehren zu können. Ich schreibe suchend. Später merkte ich, daß das Objekt meiner Erzählung gar nicht so eindeutig wie Christa T. war oder blieb. Ich stand auf einmal mir selbst gegenüber.«

**Unter den Linden**
Eine Erzählung. SL 249

Ein Traumspaziergang der Erzählerin »Unter den Linden«. Einst und Jetzt, Vergangenheit und Gegenwart durchdringen einander in diesem Traum.

**Störfall**
Nachrichten eines Tages. SL 777

An diesem Tag kommt die Nachricht aus Tschernobyl in einem kleinen Dorf in Mecklenburg an. An diesem Tag muß der Bruder der Erzählerin sich in der fernen Stadt einer Hirnoperation unterziehen. An diesem Tag kommen Besucher auf den Spuren alter Kriegserinnerungen in den Ort. An diesem Tag will der alte  Nachbar ein paar Saatkartoffeln in den Boden kriegen. Was ist an diesem Tag im April 1986 mit den Menschen geschehen?

## Christa Wolf im Luchterhand Literaturverlag

**Ansprachen**
96 Seiten. Gebunden

Dieser schmale, aber gewichtige Band vereint die bisher nicht publizierten Reden Christa Wolfs sowie öffentlich gemachte Briefe und Reflexionen aus den letzten Jahren.

»Heute stehen wir, glaube ich, in einem heiklen geschichtlichen Augenblick, weil die Auflösung verhärteter Frontstellungen und Feindbilder in Gruppen und Menschen, denen gerade diese Härte Halt gibt, Angst und Aggressivität freisetzt. Wer da zu vermitteln sucht, muß sich auf Haß und Beschimpfungen gefaßt machen; darüber zu reden, ist dies nicht der Ort. Besonnen, doch unbeirrt sollte man in der Gesellschaft, in der man lebt, soweit wie möglich an Veränderungen mitwirken, die notwendig sind, um diese Erde für das nächste Jahrtausend bewohnbar zu erhalten.« *Christa Wolf in ihrer Rede anläßlich der Verleihung des Geschwister-Scholl-Preises*

**Die Dimension des Autors**
Essays und Aufsätze, Reden und Gespräche 1959–1985
956 Seiten. Leinen

Die erste umfassende Sammlung von Essays und Aufsätzen, Reden und Gesprächen aus fünfundzwanzig Jahren ermöglicht die Rekonstruktion von Erfahrungen und Entwicklungen: Entwicklung der Schriftstellerin Christa Wolf, Entwicklung von Einsichten und Aussichten.

»Ich kann nur über etwas schreiben, was mich beunruhigt. Insofern unterscheiden sich bei mir die einander ablösenden (oder einander durchdringenden) prosaistischen und essayistischen Äußerungen nicht grundsätzlich voneinander. Ihre gemeinsame  Wurzel ist die Erfahrung, die zu bewältigen ist.« *Christa Wolf*